JEAN PAUL CLARENS

RÉACTION

« La critique doit avoir ses amours
et ses haines. »

SAINTE-BEUVE.

PARIS

ALBERT SAVINE, EDITEUR

Nouvelle Librairie Parisienne

12, RUE DES PYRAMIDES, 12

1890

RÉACTION

DU MÊME AUTEUR

Ecrivains et Penseurs

LETTRE-PRÉFACE DE M. SULLY PRUDHOMME
de l'Académie française.
(Ollendorff, Paris, 1886)

———

SOUS PRESSE

Portraits du Siècle
(Première série.)

*(De Maistre. — Chateaubriand. — Ampère. — De
Bonald. — Lamartine. — De Vigny. — George
Sand. — Théophile Gautier. — Arsène Houssaye.
— Jules Simon. — Jean Reynaud. — Lacordaire.)*

———

EN PRÉPARATION

HEURES VÉCUES
LES FAUX DIEUX

JEAN PAUL CLARENS

(JEAN PIERRE CABANES)

———

RÉACTION

J. JOUBERT. — H. F. AMIEL. — JULES BRETON.
CARO. — GRATRY.
SULLY PRUDHOMME. — M. RENAN.

PARIS

ALBERT SAVINE, EDITEUR

Nouvelle Librairie Parisienne

12, RUE DES PYRAMIDES, 12

———

1890

A Mon Beau-Frère PHILIPPE RÖDEL

Je te dédie ce livre, mon cher Philippe, en témoignage de ma profonde affection.

Tu retrouveras dans ces études comme un écho de nos longues causeries sur la Littérature et sur l'Art, tu y trouveras surtout, je l'espère, une constante affirmation des principes spiritualistes hors desquels il n'y a que désorganisation, impuissance et douleur.

Aussi, pour préciser mes tendances, j'ai cru devoir placer au seuil de cet ouvrage quelques pages écrites avec une respectueuse admiration sur notre immortel Joubert dont je suis aussi fier d'être le petit-neveu que je suis heureux de t'avoir pour frère et compagnon de route dans la vie.

JEAN PAUL CLARENS.

AU LECTEUR

Réaction... Tel est le titre de ce recueil d'études.

Chercher à le justifier est sans doute inutile pour tous ceux qui liront notre livre en entier ; mais pour les autres, il est nécessaire de dire dans une courte introduction quel esprit a guidé nos critiques et de déployer hardiment notre drapeau.

Cet esprit, c'est un esprit de *Réaction* contre l'abaissement des caractères, la vénalité de la littérature, la corruption de l'art.

Ce drapeau, c'est celui du Spiritualisme rationnel

1˙

résolument opposé à celui du Matérialisme dogmatique.

Ainsi donc *Réaction*... Non pour revenir en arrière, mais pour retrouver le chemin perdu.

Notre protestation arrive-t-elle à son heure ?

Nous le croyons fermement.

Quel est aujourd'hui le bilan des vingt dernières années ? L'agitation inféconde, le déchaînement des appétits, l'ironie dans l'incrédulité, les aspirations sans but, le sensualisme débordant, la frivolité insouciante, l'anarchie dans le désarroi, l'envahissement de tout par le flot de la médiocrité. En un mot, le XIXe siècle continue et consomme la plupart des traditions mauvaises et des utopies du XVIIIe.

Malgré quelques nobles protestations, quelques œuvres réconfortantes et dignes de survivre, on sent que les sophistes dirigent toujours les générations présentes, et que leur influence préside encore aux évolutions contradictoires de notre société moderne.

Nous sommes dans une douloureuse période de transition. Que sortira-t-il de ce formidable travail qui trouble si profondément les esprits ?

Sera-ce la mort ? Sera-ce la vie ?

Notre individualité nationale va-t-elle surgir de ces ruines accumulées, dans l'épanouissement radieux d'une nouvelle transfiguration, comme l'atmosphère s'épure après les perturbations de la tempête, ou bien sommes-nous voués à une irrémédiable décrépitude et à une disparition fatale de l'orbe civilisé ?

Voilà la question qui se pose à l'aurore du XXe siècle.

En effet ne vivons-nous pas aujourd'hui dans ce cercle de l'enfer du Dante où il ne fait ni clair ni obscur ?

Tout est vrai, et rien n'est vrai ! Telle est la formule de notre temps. Plus de Règle, mais des instincts ; plus de Morale, mais des mœurs ; plus de Principes, mais des faits.

L'idolâtrie du Fait, le mépris du Droit, la méconnaissance du Bien, sont devenus les pierres angulaires de notre société. Quoi de surprenant si l'édifice menace ruine et si la désagrégation commence ?

Tout se courbe sous le vent de folie qui souffle des quatre coins de l'horizon.

Et, cependant, l'histoire nous regarde impassible dans la sérénité menaçante de ses terribles leçons.

Elle nous dit avec les accents austères de son expérience que les nations disparaissent quand elles arrivent au point où nous en sommes.

Mais, entraînés par le torrent de l'égoïsme et de l'orgueil, nous méprisons les enseignements du passé.

L'erreur contemporaine est d'attribuer au Progrès une marche fatalement ascendante. Rien n'est plus faux. Le Progrès n'est véritablement fécond, n'est véritablement Progrès que lorsqu'il s'appuie sur les Principes éternels hors desquels tout est chaos dans la nuit.

Qu'on le veuille ou non, telle est la loi. Aussi dans l'ordre d'idées qui nous occupe il ne faut pas plus confondre la brutalité avec la force, la subtilité avec la profondeur, le sophisme avec la science, que la critique avec le dilettantisme.

De nos jours, il y a des analystes érudits, des curieux superficiels, des fantaisistes brillants ; mais il n'y a pour ainsi dire plus de critiques véritables, au moins dans la signification précise et sévère de ce mot.

On ne veut plus *juger* : on ne cherche qu'à *comprendre*. Juger suppose un point fixe de comparaison, une pierre de touche, un code intérieur ;

tandis que comprendre n'exige pas de critère, c'est-
à-dire de principes inébranlables, de raison déter-
minante, de motifs de sympathie ou de causes de
répulsion.

Puisqu'il est entendu que rien n'existe d'une
façon essentielle, positive, absolue, pourquoi telle
ou telle manifestation littéraire ou artistique
aurait-elle sur telle ou telle autre une supériorité
quelconque?

Puisque le Bien et le Mal, le Faux et le Vrai, le
Beau et le Laid sont même chose sous différents
noms, pourquoi s'évertuer à établir la prééminence
d'un de ces termes sur son contraire ou ce qu'on a
coutume de désigner ainsi ?

Aussi pour la plupart de nos critiques actuels,
tout est également curieux, tout est également
acceptable et sympathique, puisqu'il n'existe que
des phénomènes et des nuances dans le monde
physique, intellectuel et moral.

Tel est la doctrine des hommes qui s'imaginent,
de bonne foi peut-être, s'ériger en précurseurs. Ces
mêmes hommes prennent leur mouvement de recul
pour une vigoureuse poussée vers l'avenir; et la
masse flottante des intelligences à demi cultivées
les croit sur parole sans se donner la peine d'aller

au fond des choses. Ils disent : « Nous sommes
la lumière ! »... et l'on prend l'obscurité crépusculaire où s'agitent leurs vaines ombres, pour le
plein jour de la Vérité.

Aussi que se produit-il ? Ce qui doit logiquement se produire. Les esprits affolés par toutes
les vicissitudes de cette critique moderne, diffuse,
ondoyante et factice, ne savent qui croire, et que
penser. De là l'inquiétude, le trouble et l'affaissement profond où nous sommes tombés.

Et qu'on le remarque, tel est indiscutablement
l'état d'âme contemporain. Aussi cette lamentable
facilité à accepter à titre égal les productions les
plus élevées de l'esprit et celles du dévergondage
le plus éhonté, a fini par encourager toutes les
audaces, par légitimer toutes les tentatives.

C'est pourquoi nous souffrons d'une façon
suraiguë de cette confusion inexprimable, de cette
absence de hiérarchie dans la classification des
productions intellectuelles ou des œuvres artistiques.

Cet affreux état de malaise est dû aux perturba-
teurs des lois esthétiques et morales qui dans la
vie sociale sont d'une inflexible nécessité.

A nous de revenir aux Idées éternelles d'où

tout procède et où tout retourne. Aux critiques
de demain de renouer les saines traditions du
passé, à eux de comprendre qu'ils doivent être
des juges et des guides au lieu de demeurer d'inutiles spectateurs, qu'ils doivent enfin exercer avec
un soin scrupuleux la plus haute des magistra-
tures, nous voulons dire celle de l'Intelligence et
du Goût.

Aussi est-ce le cas de leur rappeler les belles
paroles du philosophe Alaux, cet esprit si étendu
et si profond :

« Éloquence ou poésie, toutes les œuvres littéraires ont ce précieux et dangereux pouvoir d'agir
sur les cœurs, soit pour leur élévation ou pour
leur abaissement. Quand elles n'abaissent ni
n'élèvent, elles troublent; elles ne sont pas bonnes.
Quand elles abaissent, elles sont funestes, et leurs
auteurs coupables; quand elles élèvent, elles font
la civilisation ou la maintiennent; elles sont
l'honneur des auteurs qui les ont écrites, des lecteurs qui les goûtent, du public sans lequel elles
ne se seraient pas produites ou elles n'auraient pu
réussir, du siècle et du pays dont le cœur les
inspire, dont la pensée les anime. Une grande
littérature témoigne de la grandeur d'un peuple

dont elle est la gloire : une littérature brutale et basse déshonore le peuple qui la produit, ou qui en fait le succès. »

Et qu'on ne nous accuse pas de déclamation et d'emphase ; on ne peut parler de grandes choses qu'avec de grands mots. Se peut-il d'ailleurs trouver un sujet plus passionnant que l'avenir et les destinées de l'esprit français ?

Répétons-le : sommes-nous voués à la dissolution où nous conduit la mise en pratique des théories matérialistes, ou devons-nous, au contraire, renaître de nos cendres par le retour au Spiritualisme sainement compris, c'est-à-dire par la foi en Dieu, la croyance au devoir, et, surtout, par la ferme certitude d'une destinée immortelle ?

Mais n'est-il pas juste de dire que la critique littéraire ouvre à la pensée les plus vastes horizons, puisque la littérature, qu'on ne l'oublie pas, est aujourd'hui le miroir fidèle de la vie sociale, en ce qu'elle réfléchit, avec une précision et une clarté souveraines, les tendances, les progrès, les vices et les vertus des civilisations en marche.

Ah ! nous savons bien que maintenant les mots qui précèdent n'ont plus de sens pour la plupart

des esprits qui se flattent de conduire le mouvement intellectuel.

Vice et vertu, termes bons à prendre place
dans la paléontologie de la linguistique!

Quand des chimistes de la valeur de M. Taine
viennent nous déclarer gravement que « le vice et
la vertu sont des produits comme le vitriol et le
sucre », nous comprenons qu'il est téméraire de
prononcer encore ces mots dans le sens enfantin
que leur avaient donné les siècles.

Quoi qu'il en soit du dédain transcendant (car
c'est aujourd'hui un métier) dont nous accable-
ront certains faux dieux, nous n'en croyons pas
moins, grâce à l'irrésistible voix de notre conscience, que, malgré toutes les confusions voulues,
tous les sophismes échafaudés, l'homme est un
être libre, un être moral en qui doit se résumer la
vie dans ce qu'elle a de plus élevé; nous n'en
croyons pas moins qu'il marque dans l'histoire les
empreintes de son existence à la fois une et multiple : une, quand il s'appelle Humanité; multiple,
lorsque, comme individu irréductible, il se meut
dans la sphère d'action assignée par la Providence.

Tout travail humain correspond donc à deux
objectifs : le progrès de l'ensemble et le per-

fectionnement des individus. C'est la loi fondamentale.

Mais le Progrès, ce mot dont on abuse tant, ce
mot que l'on accouple aux plus monstrueuses
tentatives, que doit-il être enfin ? Il doit consister
dans le développement normal et parallèle du
Vrai, du Beau et du Bien, c'est-à-dire dans
l'observation de l'Ordre qui est l'harmonie du
Tout. Aussi, au commencement et à la fin de
chaque siècle, faut-il poser cette question fondamentale, germe d'avenir ou fruit du passé : *Dieu*
ou *non ?*

L'œuvre de Dieu, voilà le but et la raison
d'être de l'Humanité.

On travaille pour lui ou contre lui. Chacun dans
son milieu, chacun selon ses forces, agit consciemment ou inconsciemment pour ou contre
l'œuvre de Dieu.

Mais « il y a peu d'ouvriers », selon la parole
du Christ, parole d'une tristesse infinie, mais aussi
parole essentiellement stimulante dans la voie du
bien. « Il y a peu d'ouvriers », donc il faut grossir
ce petit nombre qui accomplit le vrai labeur.

Pouvons-nous avoir une plus noble ambition ?

Certes, quelle responsabilité terrible et consolante à la fois, que celle qui nous incombe à des degrés divers : l'homme éducateur de l'homme, et cela d'une façon absolue, continuelle, inévitable!

Comme la terre où poussent, grandissent, portent leurs fruits, les germes divers que l'on y jette, l'esprit humain est un immense champ où toutes les semences peuvent se développer et fleurir.

Travaillons donc de plus en plus à en arracher l'ivraie et à n'y répandre que le bon grain. Assez de beaux épis ont émergé depuis cent ans du fouillis ténébreux des ronces et des épines, pour ne pas désespérer de la moisson future. La prédominance momentanée du mal, le développement accidentel de l'erreur et de l'égoïsme a fait croire à beaucoup que la soif de l'Infini, l'*Idéal*, avait disparu sans retour. Craintes chimériques, imaginations grossières! L'Idéal ne meurt pas, il s'éclipse quelquefois, mais pour reparaître resplendissant d'un éclat nouveau.

> En est-il donc moins vrai que la lumière existe,
> Et faut-il l oublier aussitôt qu'il fait nuit ?

Méditons ces paroles du grand Musset, car elles sont pour nous un gage de résurrection dans l'avenir.

Mais c'est du présent qu'il faut parler. Ne s'opère-t-il pas, au milieu de notre France contemporaine, un travail de métamorphose salutaire ?

Des deux pôles de la pensée de nouveaux souffles vivifiants ne se font-ils point sentir; la *Réaction*, en un mot, ne s'accentue-t-elle pas tous les jours davantage ?

Nous sommes saturés d'abjections. Cette littérature, soi-disant expérimentale, a versé de l'observation utile dans les bourbiers de la pornographie la plus hideuse. On rencontre tout chez elle, sauf l'observation sincère dont elle avait fait sa raison d'être. Il n'y a plus de vices à exploiter, la curiosité publique est repue d'immondices. La « crapulerie » est à son apogée. Il faut plier bagage ou recommencer sur un air connu. Toute la gamme des turpitudes inavouables a été fouillée avec toutes les nuances du dilettantisme sadique, avec toute l'impudeur de la bestialité.

Nous ne voulons nommer aucune de ces productions infâmes, de peur de leur faire une réclame à contre-sens. Il y a, du reste, des choses innommables.

Sous ce rapport et sous bien d'autres encore, le Bas-Empire n'a rien à nous envier, et nous sommes tout à fait dignes de la Rome des Pétrone et des Juvénal.

Pendant que le naturalisme dans l'art (?) aboutit à *la Terre* ou à d'autres épopées ignobles, l'athéisme tapageur s'épanouit dans un livre d'hercule forain où des blasphèmes nauséabonds s'accouplent à de grossières et enfantines déclarations d'incrédulité. C'est d'Holbach, Naigeon, La Mettrie, Cabanis, traduits par un épileptique dans un argot de mauvais lieu.

Puis, à côté de ces productions inqualifiables, des esprits que nous respectons trop pour établir le moindre parallèle entre eux et des bateleurs de littérature, s'épuisent dans l'émiettement d'une analyse inféconde, issue d'une inutile curiosité

Leur pessimisme tendre et aristocratique témoigne d'une pensée sans vigueur et d'une sentimentalité fade. A force de vouloir être profonds, ces psychologues énigmatiques finissent par tomber dans la subtilité et dans un mysticisme nuageux, traversé cependant par les attraits pervers d'une sensualité plus raffinée. Rien de viril, de simple, de sain dans leurs œuvres, mais une perpétuelle préoccupation du procédé, jointe à un fanatisme déplorable pour les infiniment petits, et les nuan-

ces les plus invraisemblablement ténues de la vie
physique ou morale. C'est en un mot ce que l'on
pourrait appeler de la névropathie littéraire.

Nous avons aussi, dans un autre ordre d'idées,
une littérature étrangement suggestive, vrai triomphe du *sensationisme* et du trompe-l'œil. En effet si
M. Paul Bourget représente avec distinction l'aristocratie de la décadence, M. Pierre Loti personnifie
dans son merveilleux talent tout un ordre d'idées où
il est aisé de reconnaître l'inspiration du plus pur
matérialisme. Notre sympathie envers son œuvre
est trop sincère (1) pour que nous ne nous sentions
pas un peu le droit de signaler dans cette rapide
esquisse de la littérature contemporaine les lacunes
inconscientes ou peut-être voulues de sa pensée
philosophique.

Chez lui, c'est plutôt de l'inquiétude que du
scepticisme, mais on sent dans les manifestations
de sa curieuse personnalité une sorte de découra-
gement profond et de révolte sourde contre tous
les mystères qui sont le secret de Dieu.

En effet, que trouve-t-on dans ses romans, écrits
d'ailleurs avec une virtuosité stupéfiante, que

(1) Voir notre ouvrage *Écrivains et Penseurs*. Ollendorff, 1886,
Paris.

trouve-t-on derrière ses peintures si vécues, cette traduction magique des êtres et des choses, si ce n'est un phénoménisme éblouissant mais dont le prisme séducteur cache le plus désolant et le plus lugubre matérialisme ?

M. Pierre Loti nous trouble, nous émeut, nous enchante, mais il ne nous élève jamais.

On sent sous les féeries de son style étrange les ivresses d'une âme fascinée par les abîmes du néant bouddhique, de l'attirant Nirvâna.

Chez lui, pas de système, il est vrai, pas de doctrines préconçues, pas de romans à thèse, mais une irrésistible pente à s'engloutir dans les ténèbres, comme d'autres ont, au contraire, l'aspiration vers la lumière.

Voilà à grands traits, dans ses principales lignes, le résumé de l'état littéraire actuel. Si l'on y ajoute le *sensitivisme* aigu de M. Alphonse Daudet, le semi-naturalisme de M. de Maupassant, quelques nobles penseurs qui meurent de la nostalgie de l'Infini comme les poètes de la famille de M. Sully Prudhomme et une rare élite de maîtres en ciselure tels que les Soulary, les Hérédia, les Clair Tisseur, etc., on aura dans ses grandes lignes le tableau de notre situation intellectuelle de la fin du siècle.

Nous ne parlerons que pour mémoire de cette race de folliculaires qui font d'inintelligibles extravagances une profession sociale, et qui, se drapant dans leur imbécillité, s'imaginent relever d'autre chose que de la pathologie.

Voilà où nous en sommes.

Quant au théâtre, où, sauf quelques rares exceptions, on ne vise plus qu'aux émotions brutales pour satisfaire de grossiers appétits, qu'a-t-on fait depuis vingt ans, que piétiner dans l'ornière banale de la prostitution et de l'adultère ?

Nous laissons au lecteur le soin de répondre.

Pourquoi nous débattons-nous dans cette impuissance voisine du chaos ?

Pourquoi notre littérature oscille-t-elle sans profit de la quintessence alambiquée à la brutalité voulue ?

Pourquoi s'est-elle avilie au point de descendre de chute en chute, jusqu'à l'industrie la plus éhontée ?

Il faut oser dire les choses, car le silence est souvent une lâcheté.

Si nous nous traînons misérablement dans les sentiers enchevêtrés de la décadence, si nous ne pouvons pas produire une littérature homogène, forte, éducatrice des esprits et des cœurs, comme celle du xviie siècle par exemple, littérature qui dirige les mœurs au lieu d'en être la passive expression, c'est que nous ne sommes pas dignes de la mettre au jour, c'est que, sous des aspects divers, nous ne faisons que rééditer les formules dissolvantes du siècle de la frivolité et de l'irréflexion.

Si nous languissons dans ce lamentable état, c'est que notre temps en est arrivé au point prévu par le grand esprit que nous avons essayé d'étudier aux premières pages de ce livre : « Peu d'idées et beaucoup d'appréhensions, beaucoup d'émotions et peu de sentiments ; ou, si vous l'aimez mieux, peu d'idées fixes et beaucoup d'idées errantes ; des sentiments très vifs et point de sentiments constants ; l'incrédulité aux devoirs et la confiance aux nouveautés ; des esprits décidés et des opinions flottantes ; l'assertion au milieu du doute ; la confiance en soi-même et la défiance d'autrui ; la science des folles doctrines et l'ignorance de l'opinion des sages : tels sont les maux du siècle. »

Ainsi prophétisait Joubert.

Que nous réserve l'avenir ? L'avenir répondra. Mais ne désespérons pas, le désespoir équivaudrait au suicide. De tous côtés, il s'opère un travail de réaction militante. Une grande partie de la jeunesse intellectuelle a secoué le joug avilissant, et le besoin de l'Infini recommence à hanter les cerveaux.

Puisque la presse, par sa puissance inouïe de vulgarisation, a semé tant de ruines, que le salut nous vienne encore par elle. Il ne faut pas l'oublier, c'est une arme à double tranchant : elle peut autant pour le bien qu'elle peut, hélas ! pour le mal.

Le prodigieux succès de certaines œuvres simples et honnêtes prouve d'ailleurs qu'il existe dans le public un immense besoin de *Réaction*.

L'heure approche où le Pessimisme et toutes ses nuances va disparaître dans un oubli mérité pour faire place à une juste et réconfortante conception de la vie à égale distance du désespoir systématique et de l'optimisme excessif.

« Opposons donc aux idées faussement libérales et dangereusement sceptiques du siècle, les idées morales de tous les temps (1). »

Et pour atteindre ce but, ayons surtout et toujours le respect de notre plume. On ne comprend

_____

(1) Joubert. *Pensées.*

pas assez les conséquences incalculables de l'erreur vulgarisée par le prestige du talent.

Que la littérature cesse d'être un métier, qu'elle devienne un sacerdoce; le salut est à ce prix.

Qu'on s'organise pour le grand œuvre de rénovation. Il n'y a pas de petits concours; chacun doit remplir sa tâche. Que les talents se groupent, que les bonnes volontés se réunissent, que les cœurs aient le même besoin d'Idéal, la même passion du Beau.

D'indomptables champions sont encore debout dans la mêlée. Ces jeunes éternels, Karr et Houssaye, tiennent le fil de la tradition et combattent depuis un demi-siècle pour le bon sens et le grand art. Puis, viennent encore d'exquis et de puissants écrivains, philosophes, polémistes, romanciers, poètes, critiques, savants ou théosophes, les Jules Simon, les Franck, les Renouvier, les Janet, les Anatole France, les André Theuriet, les Halévy, les Coppée, les Cornély, les Bouchor, les Mirbeau, les Vogüé, les Sarcey, les Brunetière, les des Essarts, les Lemaître, les Pasteur, les Flammarion, les Laugel, les Roca, les Fauvéty, etc.

De toutes parts, les jeunes talents se révèlent, et sans parler de ces écrivains d'avant-garde, tels

que les Faustin Hélie, les Jean Berge, les Camille
Roy, les Albert Gerès, les de Larivière, les Fuster,
les Boissin, les Gourdon, les Chauvigné, les Buet,
les Mariéton, etc., qui ont su grouper autour de
leurs vaillantes publications les noms les plus sympathiques de l'école spiritualiste, quel mouvement
extraordinaire de décentralisation rénovatrice!

Il n'est pas une ville importante de province qui
ne possède ses recueils périodiques, dont la rédac-
tion n'a souvent rien à envier aux grandes revues
de la capitale, et disons-le avec une joie profonde,
la plupart de ces publications défendent avec éclat
les idées qui nous sont chères.

Réaction! C'est le mot d'ordre, le cri de rallie-
ment. Il ne nous manque pour vaincre que de nous
en savoir capables. Eh bien! nous le sommes en
défendant la bonne cause, puisque Vauvenargues
a dit : « Si l'ordre domine dans le genre humain,
c'est une preuve que la raison et la vertu y sont
les plus forts. »

Mais, pour revenir à l'objet de ce livre et au
titre que nous avons cru devoir lui donner, nous
pensons que ce titre sera pleinement justifié par
l'examen des études que nous offrons au public.
Nous croyons qu'un même esprit circule dans ces

portraits littéraires et ces analyses psychologiques. Publiées, pour la plupart, dans différents recueils dont le nom seul est un programme, tels que la *Revue de la Science nouvelle*, la *Revue du Siècle*, l'*Indépendant littéraire*, la *Revue littéraire et artistique*, la *Grande Revue de Paris et de Saint-Pétersbourg*, leur puissante cadette, ces études, réunies sous le titre de *Réaction*, offriront, nous l'espérons du moins, au lecteur attentif, un tout à la fois homogène et varié.

Dans les pages consacrées au moraliste Joubert, nous avons cherché surtout à vulgariser l'œuvre si profondément salutaire de cet homme de génie que l'on ne connaît pas assez.

Abusant peut-être de citations et d'extraits, nous avons tenté de dégager la caractéristique de cette pensée qui consiste, selon nous, dans l'expression du Spiritualisme le plus profond et le plus consolant.

L'âme tourmentée d'Amiel nous a donné le vif désir de pénétrer les causes de son extraordinaire trouble moral. Peut-être avons-nous réussi à remonter jusqu'à l'origine du mal et à mettre à nu quelques-uns des principes dangereux qui détruisirent l'équilibre de cette noble intelligence.

Le peintre Jules Breton, notre admirable poète du pinceau, nous a semblé avoir sa place toute naturelle dans un livre où l'on combat au nom de l'idéal spiritualiste ; car, qui mieux que lui, parmi nos artistes contemporains, a su allier dans une aussi juste mesure les exigences de la réalité et l'interprétation personnelle, éléments sans lesquels l'art ne saurait exister ?

Nous avons voulu dire, à propos de la disparition de Caro, tout le vide que ce délicat et puissant écrivain laissait dans la pensée française et quel avait été précisément le résultat de ses efforts.

L'œuvre philosophique du Père Gratry a également été l'objet de nos recherches. En essayant de résumer cette belle carrière de penseur et de polémiste, nous avons voulu rendre un hommage posthume au génie si réconfortant du célèbre Oratorien et montrer à tous que, même de nos jours, on peut être disciple du Christ et marcher au premier rang dans les sciences exactes et spéculatives.

On lira également dans notre livre une courte étude sur le récent poème de Sully Prudhomme, le *Bonheur*. Puissions-nous avoir réussi à exprimer toute la sympathie que nous inspire l'auteur de la *Justice* et des *Vaines tendresses*. Puissions-nous avoir fait ressortir ce que sa nouvelle œuvre contient de noblesse et de beauté, en vulgarisant la connaissance de cette grande âme, une des plus dignes aujourd'hui de nous ouvrir les perspectives de la Vie future et de nous parler du Ciel.

Quant à l'étude qui termine ce livre, nous l'avons consacrée à M. Ernest Renan. Peut-être nous reprochera-t-on comme tardive une réfutation sommaire de la *Vie de Jésus*, lorsque déjà tant d'éminents esprits ont fait justice des fantaisies de son auteur. Quoi qu'il en soit, nous avons cru qu'on ne saurait s'élever avec trop d'énergie contre des productions de ce genre dont le seul résultat pratique est de jeter dans les intelligences et dans les cœurs des germes de mort, et cela sous une apparence trompeuse de rigueur expérimentale.

Tel est l'ensemble de ce livre. L'accueil que le public a bien voulu faire à notre dernier ouvrage (1) nous engage à lui présenter de nouveau le résultat de nos méditations. Or, comme nous croyons avoir été sincère, nous attendons avec confiance son verdict

_____

(1) *Écrivains et Penseurs.* Ollendorff, Paris, 1886.

JOUBERT

« Excelle et tu vivras. »

J. JOUBERT (*Pensées.*)

JOUBERT

Lorsque, pendant des années, on a vécu dans l'intimité intellectuelle d'un penseur et d'un moraliste aussi passionnant que Joubert, il est difficile de se résoudre à ébaucher une esquisse de son doux et pénétrant génie, tant la tâche paraît complexe et périlleuse, tant il est malaisé de résumer en quelques traits précis la caractéristique d'une œuvre aussi exceptionnelle, aussi originale que les *Pensées* et la *Correspondance*.

Nourri de cette substantielle moelle, l'esprit éprouve une difficulté véritable à opérer en lui-même le travail nécessaire de synthèse et de condensation pour présenter en un *Tout* les impressions diverses que l'œuvre du philosophe Joubert a fait naître en lui.

Assiégée de mille souvenirs brillants et indélébiles, la mémoire est impuissante à coordonner en les classant

avec méthode, les aperçus admirables de justesse, les
maximes resplendissantes de l'éclat du vrai, les pensées
morales empreintes d'une inexprimable douceur, les vues
spéculatives ou esthétiques illuminées intérieurement par
les clartés exquises de l'idéalisme le plus pur ; aussi doit-
elle se résoudre à un rôle effacé, dans une étude entreprise pour vulgariser la connaissance de ce délicat
méditatif, de ce subtil penseur que la postérité confondra
avec La Bruyère et Vauvenargues dans une égale
admiration.

Nous allons, ici, sans insister sur le côté biographique
déjà fouillé de main de maître (1), nous demander quel peut
être cet homme que les plus grands esprits du siècle se
plaisent à citer comme un modèle d'atticisme et de
finesse, de concision et d'élégance, de profondeur et
d'ingéniosité.

Depuis quelques années, il existe dans les sphères
supérieures de l'intelligence contemporaine un courant
de sympathie de plus en plus élargi pour l'œuvre de
Joubert. L'aristocratie de l'élite, s'il nous est permis de
nous servir de cette expression, estime à sa haute valeur
le philosophe et le critique qui fut le centre du groupe
littéraire le plus remarquable peut-être de notre dix-
neuvième siècle ; mais la majorité des esprits distingués
d'aujourd'hui ignore presque absolument l'homme de
bien et le très délicat penseur entouré des amitiés les
plus illustres, et dont l'influence a été si salutaire sur

(1) Consulter les remarquables publications suivantes: *Correspon-
dants de Joubert*, par M. Paul de Raynal, Paris, Calmann Lévy.
Madame de Chateaubriand, par l'abbé G. Pailhès, Bordeaux, Feret
et fils, éditeurs *Étude sur le moraliste J. Joubert*, par M. Gaston
David, Perrin, éditeur, Paris, etc.

l'initiateur de notre littérature moderne, sur l'écrivain prodigieux à qui nous devons les *Martyrs* et le *Genie du Christianisme*.

Nos efforts personnels n'aboutiraient-ils qu'à inspirer à un petit nombre le désir d'entrer dans l'intimité de J. Joubert, que nous estimerions avoir contribué dans une large part à leur perfectionnement, car il suffit d'être ici-bas l'apôtre d'un seul homme.

C'est pourquoi nous allons essayer, dans la mesure de nos forces, d'aider à la vulgarisation d'une œuvre au niveau des plus belles, œuvre debordant de spiritualisme salutaire, monument indestructible d'un Platon chretien.

C'est à Mme de Beaumont que Joubert ecrivait, dans une de ses heures languissantes de valétudinaire : « Je demande tous les jours à Dieu de me donner assez de vie pour placer dans votre alcôve les livres que vous devez lire. Si je puis mûrir ce choix, j'estimerai mon rôle accompli. »

Pensee profonde sous une apparence de puérile exagération! Souci touchant, si on se rappelle la tendre amitié que le philosophe avait pour cette femme d'élite, qu'il definissait « une admirable intelligence »; mais surtout, vérité singuliere et d'une valeur considérable pour qui comprend toute l'importance, dans la vie intellectuelle, d'une direction prudente, d'une expérience assagie, d'un goût éclaire.

Ce que Joubert n'a pu être envers la gracieuse Pauline de Montmorin (puisque la mort la lui a si prématurément ravie), il doit le devenir tous les jours davantage pour les esprits soucieux de déployer leurs ailes et d'agrandir leurs horizons.

C'est à cette auguste tâche qu'est voué l'auteur des *Pensees*.

Sa douce sagesse, sa consolante philosophie, sa science achevée du sentiment, attireront à lui tous ceux dont l'âme a besoin d'une forte hygiène morale, tous ceux qui, dans la fièvre troublante de l'activité moderne, flottent au gré des doctrines malsaines ou contradictoires, et qui, faute de soutien, se laissent glisser insensiblement sur la pente fatale du doute et de la négation, c'est-à-dire du désespoir et de la mort.

D'ailleurs, la règle morale de Joubert n'exige pas, pour porter ses fruits, une atmosphère d'exception. Toute sa philosophie, vieille comme le bon sens, limpide comme la lumière, est avant tout une philosophie chrétienne.

Elle joint à la fermete d'Epictète la touchante austérité de Marc-Aurèle; elle est issue directement de celle de Pascal, écrasant tous les efforts passés, présents et futurs du rationalisme exclusif, car si l'aigle de Port-Royal a dit : « Le cœur a ses raisons que la raison ne connaît pas », l'auteur des *Pensées* a écrit avec une concision non moins frappante cette phrase dont le sens devrait être continuellement médité : « Je ne veux ni d'un esprit sans lumière, ni d'un esprit sans bandeau. Il faut savoir bravement s'aveugler pour le bonheur de la vie. »

Il s'est trouvé cependant des critiques chagrins qui ont cru devoir reprocher à Joubert de n'avoir rien inventé en morale, en esthétique ou en philosophie, et de n'être qu'un traducteur ingénieux de la sagesse banale, celle qui court les rues.

On a même cherché à ne voir en lui qu'un émailleur habile, qu'un lapidaire minutieux de la pensée; et le parti pris a été, dans certains milieux, jusqu'au point de lui méconnaître toute originalité, toute inspiration libre et géniale, toute valeur personnelle autre que celle d'un classificateur d'idées vieillies, d'une sorte de numismate érudit de la monnaie commune.

Cette opinion implique une bien superficielle conception du génie. Incontestablement, si, par amour irréfléchi de la nouveauté, on cherche dans les *Pensées* des vues compliquées et bizarres, des solutions inattendues aux problèmes éternels, on aura raison de reprocher à Joubert sa soi-disant infériorité de spéculatif. Il n'a pas inventé de système, n'a jamais fondé d'école, n'a pas cherché d'explications savantes au sens énigmatique de la vie : il s'est contenté de suivre les voies tracées, d'allier avec une sagacité parfaite le passé au présent, l'antiquité aux temps modernes, de ne rien répudier d'utile de l'héritage des siècles et de ne rien perdre des bienfaits inappréciables de la tradition. C'est un *ancien* dans toute l'acception du mot. La « magie du passé le séduit aussi complètement que celle de l'avenir ». A ses yeux, l'humanité forme un tout indissoluble dont les manifestations, c'est-à-dire les nationalités, les civilisations, les littératures, doivent être considérées comme le développement normal et rythmique de la Pensée initiale, de l'Intelligence suprême. Son sage éclectisme repugne aux exclusions de parti pris. Aussi l'antiquité lui semble-t-elle tres justement contenir le présent à l'état virtuel, de même que le présent implique pour lui l'embryon des futurs.

D'ailleurs où sont les anciens, et où sont les modernes?

Ne serait-ce pas nous-mêmes qui personnifierons l'antiquité par rapport à ceux que nous nommons les anciens ?
Les générations les plus rapprochées des origines du
monde ne constituent-elles pas d'une façon évidente la
jeunesse de la civilisation, dont nous sommes l'âge mûr,
ou peut-être la décrépitude ?

Cependant, pour qui observe les tendances de son
caractere, il est indubitable que Joubert s'est exactement
jugé lorsqu'il a écrit cette pensée qui résume bien ses
goûts intellectuels et artistiques : « Il me semble beaucoup
plus difficile d'être un moderne que d'être un ancien. »

Mais quand il parle d'antiquité, il entend toujours la
saine antiquité, celle où l'esprit humain poursuivait son
perfectionnement dans l'ordre, et non celle où se
traînaient misérablement les infécondes et plates décadences, les siecles de Jamblique et de Porphyre, de
Plaute et de Pétrone.

Pour procéder avec méthode, il est utile, croyons-nous,
de remonter aux sources, afin de pénétrer dans la genèse
si intéressante de l'esprit de Joubert.

Né en 1754, à Montignac, pittoresque et délicieuse petite
ville du Périgord, il vint à Paris en 1778, où d'heureuses relations et sa curiosité naturelle lui permirent de
se mêler au mouvement philosophique et littéraire de la
fin du xviiie siècle. Familier des salons les plus fron-
deurs, commensal des écrivains à la mode et de la plupart
des Encyclopédistes célèbres, admis dans la société des
novateurs illustres, il vécut à Paris au milieu de l'effer-
vescence générale, voyant La Harpe, Marmontel, d'Alem-

bert et bien d'autres personnages dont il partageait
les entretiens de la vie intime. Vers cette époque, il
connut aussi Diderot, ce roi des charmeurs, qui tenait
avec une véritable souveraineté le sceptre de la conversation.

Doit-on croire qu'il subit quelque temps l'influence de
ce génie tourmenté et sans équilibre ? Il serait téméraire
de dire que non ; toujours est-il que s'il trempa les levres
à la coupe de la philosophie nouvelle, il y trouva bien
vite des amertumes et des désillusions salutaires.

D'ailleurs, il fut assez mêlé aux extravagances philosophiques d'alors pour bien comprendre (ce qu'il écrit
d'ailleurs lui-même) que « Diderot et les philosophes
de son école prenaient surtout leur érudition dans leur
tête, et leurs raisonnements dans leurs passions ou leur
humeur ».

Désabusé des utopies brillantes, des systemes vains et
tapageurs, Joubert traversa dans la retraite et dans
l'etude les années du Directoire et du Consulat, apres
avoir assisté en spectateur navré au dechaînement de la
tourmente revolutionnaire. Il n'est pas dans le cadre de
cette étude d'insister sur les détails de l'existence du
penseur, ni de voir éclore successivement les amitiés
illustres qui, jusqu'à la dernière heure de sa vie, lui
furent toujours fideles.

Il nous suffira de rappeler le nom des deux plus célebres de ses familiers, Fontanes et Chateaubriand, à la
grandeur et à la reputation desquels, par une ironie
bienfaisante de la destinée, il survivra certainement.
Grâce a l'estime de Fontanes, devenu grand maitre de
l'Université, sous le premier empire, il fut nommé
inspecteur general et conseiller de l'Instruction publique,

1·

charge qu'il conserva jusqu'à sa mort. Mais la période la
plus remplie de la vie de Joubert fut certainement celle
qui s'ecoula de 1805 à 1824, année qui marqua la fin de
sa carrière. Il devint peu à peu le centre et le flambeau
de la société intellectuelle la plus raffinée du temps, et
sa chambre de valétudinaire fut bientôt le rendez-vous
des hommes les plus remarquables et des femmes les plus
distinguées de cette époque si féconde en talents vrais.

Chateaubriand, Fontanes, de Bonald, Molé, le cheva-
lier de Pange, le duc de Lévis, Pasquier, Chênedollé;
parmi les femmes, Mmes de Beaumont, de Vintimille, la
duchesse de Duras, Mme de Chateaubriand, Mlle de Chastenay, etc., etaient les auditeurs ordinaires de ce causeur
exquis, de ce moraliste de grande race, de ce sentimental
incomparable. Tous goûtèrent dans ces entretiens un
charme profond; tous témoignent du reste pour ce
merveilleux esprit une admiration sans mélange. Il suffit
pour s'en convaincre de constater en toutes circonstances
l'unanimité de leurs suffrages.

De cet échange d'idées, de ce commerce constant
d'intelligences superieures, naquirent sans doute au
jour le jour, ces réflexions, ces maximes, ces aperçus ou
ces théories esthétiques, écrits sans ordre, tantôt sur des
feuilles volantes, tantôt sur la marge des livres préferés,
et dont la publication posthume, due d'abord aux soins
pieux de Chateaubriand lui-même, fut plus tard com-
pletée et véritablement présentée au grand public, par
un homme d'une noble intelligence, M. Paul de Raynal,
proche allié de la famille de Joubert.

On doit remarquer cependant que l'édition la plus
importante de l'œuvre du moraliste fut celle de 1856,
publiée, avec un grand nombre de pensées inedites, par

M. de Raynal, frère du précedent, édition que les nombreuses réimpressions successives n'ont fait que reproduire.

Il nous convient d'ètre ici l'interprète de la reconnaissance des lettres en saluant la mémoire de ce classificateur infatigable des débris épars de l'œuvre de Joubert, car c'est à lui que nous devons de posséder en un tout homogène les meditations partielles et les vues dispersées du penseur qui honore à un si haut degré les fastes des lettres françaises.

Ce rapide historique de la carriere de J. Joubert était indispensable pour entrer de plain-pied dans l'examen de son œuvre. Laissant à d'autres le soin de traiter de la vie intime du penseur, de ses relations avec les sommités littéraires de son époque et apres avoir engage nos lecteurs à se reporter à la notice si remarquable de M. Paul de Raynal (1), notre desir serait de definir la tonique des *Pensees* de Joubert, et d'en dégager les idées generales pour en extraire la substance et la precise signification.

Quelles sont ses idées en Métaphysique, en Religion, en Psychologie, en Morale, en Politique, en Sociologie, en Littérature, en Poésie, en Art ? Quel est le caractère de sa critique ? Tel est le cadre que nous voudrions pouvoir remplir avec intérêt et profit.

Mieux que personne, Joubert a connu les imperfections et les lacunes de sa nature ; il s'est toujours jugé avec

(1) Didier, éditeur, Paris.

une grande perspicacité. Le caractère incomplet de son génie, il l'a senti d'une manière très intense, il en a souffert toute sa vie, et, ajoutons-le, il l'a exprime souvent en traits inoubliables.

« Je suis propre à semer, mais non à bâtir et à fonder. »

« Je suis comme Montaigne, impropre au discours continu... » « Je suis comme une harpe éolienne, qui rend quelques beaux sons, mais qui n'exécute aucun air : aucun vent constant n'a soufflé sur moi. » « Quand je luis je me consume. » « J'ai beaucoup de formes d'idées, mais trop peu de formes de phrases. » « Mes idées ! C'est la maison pour les loger qui me coûte à bâtir. » « Le ver à soie file ses coques, et je file les miennes ; mais on ne les dévidera pas. Comme il plaira à Dieu ! »

Cette dernière apprehension n'a pas été justifiée pour le plus grand bonheur de l'Esprit français. Il a plu a Dieu que la substance de cette vie pensante ne demeurât pas inféconde, car on a dévidé ces « coques », qui contiennent de si rares tresors, et la postérité, surprise et charmée de tant de grâce et de profondeur, s'appliquera toujours davantage à pénétrer le sens supérieur de cette vie passée tout entière dans la méditation, et si bien faite pour agrandir les horizons en fortifiant les intelligences.

Chrétien éclairé, penseur sans attaches dogmatiques, Joubert n'est pas de cette race impétueuse d'apologistes qui méprisent et foulent aux pieds la raison humaine, sous prétexte d'impuissance radicale et d'essentielle sterilite ; il en a au contraire le respect, mais le respect independant : il la considère, cette raison si decriée, si rabaissée par ses excès même, comme un moyen d'atteindre à un certain nombre de vérités supérieures. Là est le juste milieu. Loin de lui tout parti pris contre cette précieuse faculté de notre nature ; ni admiration, ni haine systématiques. Il la juge capable de nous porter par ses propres lumières au premier degré de l'*intelligible divin;* mais il la croit, d'autre part, impuissante à dépasser son domaine, et à nous conduire dans les sphères où la Foi seule peut nous guider.

Nous allons, par quelques citations (dont nous demandons d'avance la permission d'abuser), essayer de fixer les tendances de sa pensée métaphysique si apte à revêtir les formes les plus colorees, les plus subtiles et les plus suggestives. Commençons par cette maxime, dont la comparaison est si heureuse : « On sent Dieu avec l'âme comme on sent l'air avec le corps. » « On ne comprend la terre que quand on a connu le ciel... Sans le monde religieux, le monde sensible offre une énigme désolante. »

« Le Dieu de la métaphysique n'est qu'une Idée, mais le Dieu de la religion, le Createur du ciel et de la terre, le Juge souverain des actions et des pensées est une Force... Le monde a été fait comme la toile de l'araignee. Dieu l'a tiré de son sein, et sa volonté l'a filé, l'a déroulé, et l'a tendu. *Ce que nous nommons le néant est sa plénitude invisible.* »

Et cet éclair magnifique ne contient-il pas dans son laconisme fulgurant toutes les religions et toutes les philosophies : « *Rien ne se fait de rien*, disent-ils ; mais la souveraine puissance de Dieu n'est pas *Rien* : elle est la source de la matière aussi bien que celle de l'esprit. »

Rapprochons de cette pensée quelques lignes d'un eminent écrivain qui corroborent les paroles de Joubert d'une manière très forte et tres philosophique : « Dire que Dieu a fait le monde de rien, cela ne signifie pas qu'il se

soit servi du néant comme d'une matiere pour fabriquer
le monde, cela signifie que le monde n'existe pas nécessairement, qu'il tient de Dieu, non seulement sa forme et
son mouvement, mais son être, sa substance, qu'il existe
bien réellement séparé de Dieu quoique dépendant de
lui ; que la volonté de Dieu a produit le monde librement et par la seule vertu de son efficace, sans le
concours d'aucun autre principe, parce qu'en dehors de
Dieu et de ses œuvres, il n'y a rien... Quand on affirme
que Dieu ne peut tirer le monde du néant, on limite la
puissance de Dieu : la puissance de Dieu n'a qu'une
seule limite, c'est le contradictoire. La production d'une
substance implique-t-elle contradiction ? Qu'on le
prouve (1). »

Il faut encore méditer la pensee suivante qui répond
avec une admirable sérenite aux troubles de l'âme se
debattant contre les ténebres du doute et la stupeur du
desespoir . « Dieu n'aurait-il fait la vie humaine que
pour en contempler le cours, en considerer les cascades,
le jeu et les varietes, ou pour se donner le spectacle
de mains toujours en mouvement qui se transmet-
tent un flambeau ? *Non, Dieu ne fait rien que pour
l'eternité.* »

Ne nous lassons pas de suivre l'ingénieux penseur dans
l'expression des Vérités éternelles. Voici maintenant un
principe de morale serti et comme enchâssé dans la
précision de la forme : « La crainte de Dieu nous est
aussi nécessaire, pour nous maintenir dans le bien, que
la crainte de la mort, pour nous retenir dans la vie. »

Quelle exactitude dans les maximes suivantes : « Il y

(1) Jules Simon (*Religion Naturelle*), Hachette, Paris.

a deux sortes d'athéisme : celui qui tend à se passer de l'idée de Dieu, et celui qui tend à se passer de son intervention dans les affaires humaines. »

« L'incrédulité n'est qu'une manière d'être de l'esprit : mais l'impiété est un véritable vice du cœur... L'irréligion par ignorance est un état de rudesse et de barbarie intérieure. L'esprit qu'aucune croyance, aucune foi n'a plié et amolli reste sauvage et incapable d'une certaine culture et d'un certain ensemencement. Mais l'incrédulité dogmatique est un état d'irritation et d'exaltation : elle nous met en guerre perpétuelle avec nous-même, notre éducation, nos habitudes, nos premières opinions ; avec les autres : nos pères, nos frères, nos voisins, nos anciens maîtres; avec l'ordre public, que nous regardons comme un désordre; avec le temps présent, que nous croyons moins éclairé qu'il ne devrait l'être; avec le temps passé, dont nous méprisons l'ignorance et la simplicité. L'avenir et le genre humain dans son eternité future, voilà les deux idoles et les seules idoles de l'incrédulité systematique. »

« Pour arriver aux regions de la lumière, il faut passer par les nuages. Les uns s'arrêtent là; d'autres savent passer outre. »

« Ferme les yeux et tu verras. »

Peut-on, avec une simplicité plus touchante, traiter de la prière et de ses humaines préoccupations : « Parler à Dieu de ses souhaits, de ses affaires, cela est-il permis? On peut dire que ceux qui le pratiquent par confiance et simplicité font bien. »

Et puisque nous touchons à ce sujet de la prière, n'avons-nous pas le devoir de transcrire encore ici cet admirable élan du philosophe religieux vers le Dieu de toute sa vie si pleine de vertus et si féconde en bonnes actions :

« Être sans fin et sans commencement, vous êtes ce que l'homme peut concevoir de meilleur. Comme un rayon de la lumiere est renfermé dans tout ce qui brille, un rayon de vôtre bonté reluit dans tout ce qui est vertu. Tout ce que nous pouvons aimer et tout ce qui est aimable montre une part de votre essence, une apparence de vous-mème. Toutes les beautés de la terre ne sont qu'une ombre projetée de celle qui est dans le ciel. Rendez-nous semblables à vous autant que notre nature grossière permettra cette ressemblance afin que nous soyons participants de votre bonheur, autant que le permet cette vie. »

Cependant, quoiqu'il soit facile de puiser à pleines mains dans ce tresor varie d'aphorismes brefs et lumineux, de sentences admirables, de pensées profondes, nous avons hâte de suivre Joubert dans l'exposé sommaire de ses doctrines métaphysiques, où, avec un laconisme merveilleux, il pose les bases de la philosophie première etayees sur les principes mêmes de la science ontologique.

Notons tout d'abord le paragraphe liminaire du titre II des *Pensées*. Dans une progression superbe, il y definit sa conception de l'Etre, du monde et de la vie : « Dieu est Dieu, le monde est un lieu ; la matiere est une apparence, le corps est le moule de l'âme, la vie est un commencement. »

Les prémisses posées, voici la conclusion logique : « Tous les êtres viennent de peu, et peu s'en faut qu'ils ne viennent de rien. Un chêne nait d'un gland, un homme d'une goutte d'eau, et dans ce gland, dans cette goutte d'eau, que de superfluités! Tout germe n'occupe qu'un point. Le trop contient l'assez, il en est le lieu nécessaire et l'aliment indispensable, au moins dans ses commencements. Nul ne doit le souffrir en soi, mais il faut l'aimer dans le monde : car il n'y aurait nulle part assez de rien, s'il n'y avait pas toujours de trop en quelque lieu. »

Et ce cri magnifique : « Il n'y a de beau que Dieu, et après Dieu, ce qu'il y a de plus beau, c'est l'âme; et après l'âme, c'est la pensée; et après la pensée, la parole. Or donc, plus une âme est semblable à Dieu, plus une pensée est semblable à une âme, et plus une parole est semblable à une pensée, plus tout cela est beau. »

Peut-on maintenant mieux exprimer l'esprit des choses dont la matière n'est qu'un vêtement de manifestations passagères, que dans ces lignes d'une acuité incomparable de pénétration : « Rien ne nous plaît dans la matière que ce qu'elle a de spirituel, comme ses émanations; que ce qui touche presque à l'âme, comme les parfums et les sons : que ce qui a l'air d'une impression que laissa quelque intelligence, comme les festons qui la brodent ou les dessins qui la découpent : que ce qui fait illusion, comme les formes, les couleurs; enfin que ce qui semble en elle sorti d'une pensée, ou avoir été disposé pour quelque destination, indice d'une volonté. Ainsi nous ne pouvons aimer dans les solidités du monde que ce qu'elles ont de mobile, et, dans ce qu'il y a de subtil, nous devons nos plus doux plaisirs à ce qui est à peine existant, à ces vapeurs plus que légères et à ces invisibles ondulations qui en nous pénétrant, nous élèvent plus haut et plus loin que nos sens. Pressés et poussés par les corps, nous ne sommes vraiment atteints

que par l'esprit des choses, tant nous-mêmes sommes
esprit... En vérité, il n'y a que les âmes et Dieu qui
offrent de la grandeur et de la consistance à la pensée,
lorsqu'elle rentre en elle-même, après avoir tout par-
couru, tout sondé, tout essayé à ses creusets, tout épuré
à sa lumière et à la lumière des cieux, tout approfondi,
tout connu ! »

Si la pensée de Joubert se plaît surtout dans le
domaine des idées générales (car il faut reconnaître que
peu d'hommes ont eu le sens métaphysique plus large et
compréhensif), sa méditation s'est souvent attachée aux
particularités de notre nature physique. Les chapitres
où il traite de l'homme et de son organisme abondent
en aperçus très originaux. Mais on sent que la dualité
antinomique du corps et de l'esprit n'existe pour lui
qu'au point de vue exclusivement conventionnel.

La seule entité qui le préoccupe, c'est l'âme. A ses
yeux, l'organisme n'est qu'une espèce de manifestation
apparente, une sorte de phénoménisme expressif de l'existence supérieure de l'esprit. Il ne croit pas à la matière
comme principe antagoniste et séparé de la force. Elle
est, selon lui, une manière d'être de la vie, une association de monades, dont l'essence intime est la spiritualité.
Dans cette voie, Joubert est un descendant direct des
grands idéalistes, un fils de Platon, de Leibniz et de
Malebranche.

Pour nous, la vérité est contenue dans cette doctrine
de fusion. Il n'y a pas deux choses au monde : la Matière et l'Esprit. Il n'y en a qu'une. Il n'y a que l'Être et
les êtres. Les uns optent pour la solution matérialiste,
les autres s'arrêtent à l'hypothèse de l'union des deux
natures.

Dans les deux cas, d'égales impossibilités heurtent
l'intelligence par leurs violentes contradictions. « Incompréhensible que nous ayons un corps, incompréhensible
que nous n'en ayons pas. Incompréhensible que nous
ayons une âme; incompréhensible que nous n'en ayons
pas », a dit Pascal. Profonde vérité dans sa forme
d'alternance énigmatique, et peut-être aussi vérité capable de presenter le problcme sous son véritable aspect,
en cherchant à identifier ces deux modes de l'Être dans
l'unité, et en affirmant que la seule réalité indestructible, c'est la Pensée, c'est-à-dire la Conscience et ses
degrés infinis.

Joubert s'est nourri de cette feconde doctrine. Sui-
vons-le rapidement dans l expression de ses idées :
« L'homme n'habite, à proprement parler, que sa téte et
son cœur. Tous les lieux qui ne sont pas là ont beau etre
devant ses yeux, à ses côtés ou sous ses pieds, il n'y est
point... L'âme est une vapeur allumée qui brûle sans se
consumer; notre corps en est le falot. Sa flamme n'est
pas seulement lumière, mais sentiment. Les idées... ! elles
sont avant tout et précèdent tout dans notre esprit. »

Nous passerons très brièvement sur les chapitres consacrés à la Vérité, à l'Illusion, à l'Erreur, en retenant çà
et là quelques maximes qu'il serait malheureux de laisser dans l'ombre, tant elles contiennent de sens, de délicatesse et de beauté morale.

N'ayant, du reste, qu'une seule ambition dans cette
etude, celle de mettre en pleine lumiere la figure de
Joubert, il serait puéril d'hésiter à faire des citations
nombreuses, dans la crainte qu'elles pourraient, par leur
fréquence, donner à notre travail le caractère d'une simple nomenclature. Le lecteur, d'ailleurs, ne pourra s'en

plaindre, car quelles paraphrases plus ou moins alambi-
quées vaudront jamais le pur énoncé de ces sentences
claires, brèves et concises, vraies gouttes de lumière au
prisme chatoyant.

« Il est des esprits semblables à ces miroirs convexes
ou concaves qui représentent les objets tels qu'ils les reçoivent, mais qui ne les reçoivent jamais tels qu'ils sont. »

« La fausseté de l'esprit vient d'une fausseté de
cœur. »

« Il y a dans certains esprits un noyau d'erreurs qui
attire et assimile tout à lui-même. »

« Ceux qui ont refusé à leur esprit des pensées graves
tombent dans des idees sombres. »

« Ce sont nos impuissances qui nous irritent... »

« Quand on aime, c'est le cœur qui juge... »

Et cette vieille maxime : *Turpe senilis amor*, quel
renouveau charmant ne retrouve-t-elle pas sous la
plume de Joubert, lorsqu'il écrit : « *Le châtiment de
ceux qui ont trop aimé les femmes, c'est de les aimer
toujours !* »

A propos de cet aphorisme, qu'on nous permette une
observation qui répondra au reproche fait par certains
critiques à Joubert de n'être pas original.

Si l'on fait consister, comme nous l'avons dit plus
haut, l'originalité dans la bizarrerie et l'etrangeté, il est
evident que l'auteur des *Pensees* ne doit pas prétendre à
ce titre. Mais au fond tout est vieux, tout a été dit. « Les
litteratures, comme l'écrit excellemment Joubert, sont dans
le fond des esprits. » Le rôle du génie est de les en faire
sortir, d'exprimer d'une façon forte et précise ce que tout
le monde porte en soi à l'état vague, indéterminé, et,
pour ainsi dire, en puissance. L'écrivain de talent, le

penseur original est celui qui sait donner une forme sensible à ces richesses latentes du domaine commun des intelligences.

C'est pourquoi le génie est un miroir où chacun reconnaît, spendidement exprimé, ce qu'il ressentait en son for intérieur à l'état virtuel. Ce rôle d'*expression*, Joubert l'a tenu avec une merveilleuse originalité. Il a possédé le don exceptionnel de dire les choses comme personne et de rajeunir les vieux sujets par la fraîcheur de sa plume et son alacrité toute française.

Citons encore pour appuyer notre opinion quelques-unes de ces vérités charmantes qui passent sur l'âme comme un souffle bienfaisant et réparateur : « Le cœur doit marcher avant l'esprit, et l'indulgence avant la vérité. »

« Les bons mouvements ne sont rien s'ils ne deviennent de bonnes actions. »

« Il n'y a de bon dans l'homme que ses jeunes sentiments et ses vieilles pensées. »

« Les quatre amours correspondant aux quatre âges de la vie humaine bien ordonnée, sont l'amour de tout, l'amour des femmes, l'amour de l'ordre et l'amour de Dieu. »

Et plus loin : « On peut avancer longtemps dans la vie sans y vieillir. Le progrès, dans l'âge mûr, consiste à revenir sur ses pas et à voir où l'on s'est trompé. Le désabusement dans la vieillesse est une grande découverte. Un peu de vanité et un peu de volupté, voilà de quoi se compose la vie de la plupart des femmes et des hommes. » Maintenant, quelle austère grandeur dans ces pensées : « La vieillesse, voisine de l'éternité est une espèce de sacerdoce, et quand elle est sans passions, elle nous consacre. »

« Chacun est sa Parque à lui-même et se file son avenir. »

« Il faut mourir aimable si on le peut. »

« Cette vie n'est que le berceau de l'autre ; qu'importe
donc la maladie, le temps, la vieillesse, la mort, degrés
divers d'une métamorphose qui n'a sans doute ici-bas que
ses commencements ? »

Veut-on à présent, dans un autre ordre d'idées, une
spirituelle boutade au point de vue conjugal ? Joubert
écrit : « Rien ne fait autant d'honneur à une femme
que sa patience et rien ne lui en fait si peu que la
patience de son mari. »

S'agit-il d'hygiène domestique ? Le doux philosophe
nous dit encore : « Ayez soin qu'il manque toujours dans
votre maison quelque chose dont la privation ne vous
soit pas trop pénible et dont le désir vous soit agréable ;
il faut se maintenir en tel état qu'on ne puisse être
jamais ni rassasié ni insatiable. »

» Il faut porter son velours en dedans, c'est-à-dire
montrer son amabilité de préférence à ceux avec qui l'on
vit chez soi. »

Citons en passant quelques traits bien observés sur
la conversation, ses mœurs et ses travers. « Dans la
conversation, écrit Joubert, on affuble vite sa pensée
du premier mot qui se présente, et on marche en
avant... C'est un grand désavantage dans la dispute,
d'être attentif aux faiblesses de ses raisons et attentif
à la force des raisons des autres, mais il est beau de
périr ainsi. »

« Certaines gens, quand ils entrent dans nos idées,
semblent entrer dans une hutte... » « L'attention de celui
qui écoute sert d'accompagnement à la musique du dis-

cours... » « Le but de la dispute ou de la discussion ne doit pas être la victoire, mais l'amélioration. »

« Il faut toujours avoir dans la tête un coin ouvert et libre, pour donner une place aux opinions de ses amis et les y loger en passant..... Ayons le cœur et l'esprit hospitaliers. »

Quelle fine comparaison que la suivante : « Il y a des gens qui n'ont de la morale qu'en pièce ; c'est une étoffe dont ils ne se font jamais d'habit. »

Il faudrait pouvoir maintenant transcrire ici toute une suite de pensées admirables sur le devoir, pour en bien faire saisir la beauté morale.

Le Devoir, flambeau de la vie, Joubert a vu en lui, comme tous les génies de premier ordre, le point fixe au milieu du flux universel. C'est l'impératif catégorique du penseur Kœnigsberg, mais un impératif aimable conçu sous un aspect singulier de sereine douceur. « On ne doit placer la règle suprême ni en soi, ni autour de soi, mais au dessus de soi..... Gardons-nous bien de faire une proposition de ce qui est un précepte, une règle, un commandement..... Le devoir ! à l'égard de nous-mêmes, c'est l'indépendance des sens, et, à l'égard d'autrui, c'est l'assiduité à l'aide, au support. Aide au bien-être, au bien faire, au bien vouloir, au bien souhaiter, aide par le concours et la résistance, par le don et par le refus, par la rigueur et par la condescendance, par la louange et par le blâme, par le silence et par les paroles, par la peine et par le plaisir... De même que nous sommes assujettis à deux mouvements, celui de la terre et le nôtre, de même nous sommes dominés par deux volontés, la nôtre et celle de la Providence ; auteurs de la première et instruments de celle-ci, maîtres de nos œuvres pour mériter la récompense assignée à la vertu, et machines pour tout le reste. *Être meilleurs ou pires dépend de nous : tout le reste dépend de Dieu !* » Terminons enfin le rapide examen de ce chapitre des *Pensées* par cette sentence, dont il est difficile de ne pas admirer l'élévation : « Heureux ceux qui ont une lyre dans le cœur, et dans l'esprit une musique qu'exécutent leurs actions; leur vie entière aura été une harmonie conforme aux nomes éternels ! »

Que de choses il y aurait à dire sur les sujets divers dont traite le philosophe avec une si grande puissance de pénétration et d'acuité subtile. Mais nous étant attardés, peut-être plus qu'il n'aurait fallu, dans les considérations précédentes, nous allons être obligés, maintenant, d'esquisser à grands traits l'analyse de l'œuvre de Joubert à propos des chapitres consacrés à l'étude des vérités premières, c'est-à-dire de l'Ordre, du Bien, du Mal, de la Vérité, de l'Illusion, de l'Erreur, pour arriver ensuite à l'examen de ses idées sociologiques, de ses théories d'art et de sa critique littéraire, domaine où Joubert se révèle érudit extraordinaire et prophète inspiré de l'avenir des lettres.

Mais, cependant, nous ne pouvons résister au désir de noter çà et là, avant d'arriver à la dernière partie de cette étude, quelques nouvelles maximes qui se pressent dans notre mémoire, et dont le choix seul pourrait nous embarrasser.

« Les vérités générales sont des vérités de Dieu. Les vérités particulières ne sont que des opinions de l'homme; le nom de vérité ne devrait être donné qu'à ce qui regarde les natures, les essences, et n'appartenir à rien de ce qu'il est permis d'ignorer. Les vérités qui éclairent le cœur et règlent les actions sont seules dignes de ce beau nom. Quand on l'applique aux choses matérielles, on en obscurcit la clarté. Tout ce qui n'est pas abstraction et maxime ne mérite que le nom de fait..... N'écrivez rien, ne dites rien, ne pensez rien dont vous ne puissiez croire que cela est vrai devant Dieu ! »

On ne saurait trop méditer ce profond aphorisme : « *Cherchons nos lumières dans nos sentiments ;* il y a là une chaleur qui contient beaucoup de clartés ! »

Voici maintenant, une pensée qui doit servir à tout esprit réfléchi de règle constante et de pierre de touche infaillible. Nous la recommandons avec insistance à la méditation du lecteur.

« Gardez-vous de traiter comme contesté ce qui doit être regardé comme incontestable. *Ne rendez pas justiciable du raisonnement ce qui est du ressort du sens intime.* Exposez et ne prouvez pas les vérités de sentiment, il y a du danger dans les preuves. Car, en argumentant il est nécessaire de supposer problématique ce qui est en question : or, ce qu'on s'accoutume à supposer problématique finit par être douteux..... Dans ce qui est pratique et de devoir, ordonnez, mais n'expliquez pas. « Crains Dieu », a rendu les hommes pieux ; les preuves de l'existence de Dieu ont fait beaucoup d'athées ! »

Si nous nous demandons quelles sont les idées de Joubert en politique et en sociologie, il sera bien facile de résumer son idéal de gouvernement par deux mots, qui contiennent beaucoup de choses. *Un despotisme intelligent,* voilà son critérium, la formule de ses tendances. Il suffit, pour s'en convaincre, de se reporter à cette pensée si forte, véritable condamnation des démocraties aveugles : « *Ceux qui veulent gouverner aiment la*

1··

République · ceux qui veulent être bien gouvernés n'aiment que la Monarchie. »

Une pareille sentence se passe de commentaires, elle est sans appel.

« Demandez des âmes libres, s'écrie encore Joubert, bien plutôt que des hommes libres. La liberté morale est la seule importante, la seule nécessaire; l'autre n'est bonne et utile qu'autant qu'elle favorise celle-là. » Enfin, quelle superbe condensation dans cette maxime : « La justice est la vérité en action ! »

Nous approchons maintenant de la partie de l'œuvre du philosophe où s'épanouissent ses qualités exception-nelles d'érudition et de goût. Il est indispensable d'insister un peu sur ces matières afin de pouvoir se faire une idée exacte des facultés rares de son esprit.

La critique de Joubert ne procède en rien, comme on le verra, de cette espèce de dilettantisme facile, inauguré avec hauteur par les sophistes de notre temps, MM. Taine et Renan, par exemple, puisqu'il faut encore s'occuper d'eux. On connaît leur maxime favorite : « Aujourd'hui, il ne s'agit pas de juger, mais de com-prendre. » Ce qui revient à dire : Il n'y a plus rien, tout est identique, tout se vaut; il suffit, pour être un criti-que vraiment *moderne*, de se mettre dans la peau d'un écrivain, de subir avec lui les fluctuations de sa pensée sans gouvernail, ou les continuelles métamorphoses de ses conceptions produites et dominées par les circons-tances et les milieux.

De cette théorie au chaos il n'y a qu'un pas... et ce

pas a été franchi, hélas ! trop souvent de nos jours. Eh bien ! n'en deplaise aux inventeurs de cette bizarre machine qu'on nomme la critique contemporaine, critiquer est synonyme de juger, et juger suppose un point de comparaison.

C'est d'une rigueur algébrique. Or, sans principes fixes d'esthétique ou de morale, la critique n'est que de la paraphrase ou du dilettantisme.

D'apres la théorie de M. Taine qui n'est, en somme, transplantée dans le domaine littéraire, que le principe de Hegel sur l'identité des contradictoires, les œuvres d'art se valent toutes, pourvu qu'on les comprenne, c'est-à-dire pourvu qu'on les explique. Or, cette manière d'envisager les choses de l'esprit est le renversement pur et simple de toute esthétique. Ou le sens des mots n'existe plus, ou la théorie des sophistes s'évanouit en fumée. Car, puisqu'il me faut un critérium, un dogme, un point fixe pour juger de la moralité des actes, il me faut également le même critérium pour juger de la beauté des œuvres. Il ne suffit pas de pouvoir expliquer *pourquoi* tel ou tel écrivain a écrit tel ou tel livre ; il faut, pour que la critique soit complète et qu'elle mérite simplement son nom, qu'elle *juge* en connaissance de cause, par conséquent qu'elle ait ses « amours et ses haines », selon la belle expression de Sainte-Beuve.

Aujourd'hui, on voudrait nous imposer une sorte de chimie intellectuelle, sous la fausse denomination de critique expérimentale.

Cette analyse indifférente rappelle en effet l'opération du praticien qui dissout les corps sous la puissance des réactifs, en décrit les éléments, les molécules, les atomes, les classifie enfin, sans s'apercevoir que la classification et la description des choses ne sera jamais leur raison d'être.

Joubert, lui, a merveilleusement compris le rôle moralisateur de la critique. Ses jugements sur les philosophes, les écrivains, les penseurs, les poètes, resteront comme des modèles de perspicacité, de finesse et de synthèse. Il a, avec une fermeté et une profondeur de jugement surprenantes, mis à leurs vraies places, des hommes au sujet desquels la postérité hésitait encore. Ses admirations vont surtout à cette pléiade de génie dont le xvii⁰ siècle fut si magnifiquement illustré. Bossuet, Corneille, Pascal, Nicole, Racine, Malebranche, La Rochefoucauld, La Bruyère, La Fontaine surtout, ce grand parmi les grands, sont caractérisés en traits ineffaçables.

Voilà, pour Joubert, le vrai siècle national, l'épanouissement supérieur et harmonique de l'esprit français.

Sévère et redoutable, se montre sa critique pour le xviii⁰ siècle. Peu de ses grands hommes échappent à ses traits acérés, qui demeurent inarrachables là où ils ont frappé. S'il dédaigne les extravagances et les utopies de la plupart des encyclopédistes, il dirige principalement ses coups sur les chefs de cette école d'irréligion et de soi-disant affranchissement. Cependant, rien d'absolument systématique ne se rencontre dans ces pages, tantôt vibrantes d'indignation, tantôt malicieuses et puissamment ironiques. Tout en rendant justice aux qualités superficielles de ces faux grands hommes, Joubert démonte pièce à pièce les mannequins de convention créés par l'engouement public ; il met à nu leurs prétendues doctrines régénératrices, et montre qu'au fond de toute cette philosophie, il ne reste que des declamations creuses, qu'une corruption grossière, et en fin de compte, que la désorganisation et la mort. Sensualistes et deistes ne trouvent pas grâce devant son impitoyable et sage critique.

D'un mot, il écrase Condillac et Locke : « Ce sont, dit-il, des aveugles qui se servent bien de leur bâton », montrant ainsi qu'ils n'ont quelque valeur que dans la phénoménologie et leurs observations des causes secondes.

Après eux, voici Rousseau cloué au pilori en quelques lignes cruelles et vengeresses :

« Une piété irréligieuse, une sévérité corruptrice, un dogmatisme qui détruit toute autorité, voilà le caractère de la philosophie de Rousseau. La vie sans action et en pensées demi-sensuelles, fainéantise à prétention, voluptueuse lâcheté, inutile et paresseuse activité qui engraisse l'âme sans la rendre meilleure, qui donne à la conscience un orgueil bête, et à l'esprit, l'attitude ridicule d'un bourgeois de Neuchâtel se croyant roi, le bailli suisse de Gessner dans sa vieille tour en ruine ; la morgue sur la nullité ; l'emphase du plus voluptueux coquin qui s'est fait sa philosophie et qui l'expose eloquemment ; enfin le gueux se chauffant au soleil et meprisant délicieusement le genre humain : tel est Jean-Jacques Rousseau ! »

Puis il ajoute : « Donner de l'importance, du sérieux, de la hauteur et de la dignité aux passions, voilà ce que J.-J. Rousseau a tenté. Lisez ses livres ; la basse envie y parle avec orgueil ; l'orgueil s'y donne hardiment pour une vertu, la paresse y prend l'attitude d'une occupation philosophique, et la grossière gourmandise y est fière de ses appétits. Il n'y a point d'écrivain plus

1...

propre à rendre le pauvre superbe. On apprend avec lui
à être mécontent de tout, hors de soi-même. Il était son
Pygmalion. » Et plus loin : « Quand on a lu M. de
Buffon, on se croit savant. On se croit vertueux quand
on a lu Rousseau ; on n'est cependant pour cela ni l'un
ni l'autre. »

Enfin cette exclamation qui résume sa pensée d'une
manière complète : « Je parle aux âmes tendres, aux
âmes ardentes, aux âmes élevées, aux âmes nées avec un
de ces caractères distinctifs de la religion, et je leur dis :
« Il n'y a que J.-J. Rousseau qui puisse vous détacher
de la religion, et il n'y a que la religion qui puisse vous
guérir de J.-J. Rousseau. »

Maintenant voici Voltaire. On verra que malgré son
aversion profonde pour l'idole du xviiie siècle, Joubert se
montre d'une équité parfaite à son égard.

« Il est impossible que Voltaire contente, et impossible
qu'il ne plaise pas. Voltaire avait le jugement droit,
l'imagination agile, le goût vif et le sens moral détruit.

« Voltaire, dans ses écrits n'est jamais seul avec lui-
même. Gazetier perpétuel, il entretenait chaque jour le
public des événements de la veille. Son humeur lui a plus
servi pour écrire que sa raison et son savoir. Quelque
haine ou quelque mépris lui a fait faire tous ses ouvrages. Ses tragédies même ne sont que la satire de quelque
opinion... Voltaire est l'esprit le plus débauché, et ce
qu'il y a de pire, c'est qu'on se débauche avec lui. La
sagesse en contraignant son humeur lui aurait incontestablement ôté la moitié de son esprit. Sa verve avait
besoin de licence pour circuler en liberté. Et cependant,
jamais homme n'eut l'âme moins indépendante. Triste
condition, alternative déplorable, de n'être, en observant

les bienséances, qu'un écrivain élégant et utile, ou d'être
en ne respectant rien, un auteur charmant et funeste !
Ceux qui le lisent tous les jours s'imposent à eux-mêmes,
et d'une invincible manière, la nécessité de l'aimer; mais
ceux qui ne le lisant plus observent de haut les influences que son esprit a repandues, se font un acte d'équite,
une obligation rigoureuse et un devoir de le haïr. »

Quant à Diderot, il semble moins funeste au critique
que l'auteur du *Vicaire Savoyard*, car, dit-il : « La plus
pernicieuse des folies est celle qui ressemble à la
sagesse. » Mais, ajoute-t-il aussitôt : « Diderot ne vit
aucune lumière et n'eut que d'ingénieuses lubies. Il avait
des idees fausses sur le but et les beautés de l'art, mais
il les a bien exprimées. »

Très remarquables aussi nous paraissent les jugements
de Joubert sur ses contemporains : Bonald, de Maistre,
Mme de Stael y sont definis d'une façon supérieure.

Transcrivons en terminant cette appréciation si saine
sur le talent de l'auteur de *Corinne*, et nous passerons im-
mediatement à l'examen des théories d'art de l'esthéticien.

« Mme de Stael, écrit il, était née pour exceller dans la
morale; mais son imagination a eté séduite par quelque
chose qui est plus brillant que les vrais biens ; l'éclat de
la flamme et des feux l'a égarée, elle a pris les fièvres de
l'âme pour ses facultés, l'ivresse pour une puissance, et
nos écarts pour un progrès. Les passions sont devenues
à ses yeux une espèce de dignité et de gloire. Elle a
voulu les peindre comme ce qu'il y a de plus beau, et
prenant leur énormité pour leur grandeur, elle a fait un
roman difforme. »

Voilà, déjà prophétisés et flagellés, les excès de la
littérature de passion issue de l'influence de Jean-Jac-

ques, littérature dangereuse qui commence à Mme de Stael, et s'épanouit en pleine éclosion dans la plupart des œuvres de George Sand.

Abordons maintenant très brièvement la question d'art, et demandons-nous quel était le caractère de l'esthétique de Joubert. Ce caractère se résume en peu de mots, que nous emprunterons aux *Pensees* :

« L'objet de l'art est d'unir la matière aux formes, qui sont ce que la nature a de plus vrai et de plus pur. *L'illusion sur un fond vrai*, voilà le secret des beaux-arts. » On le voit, c'est l'idéal spiritualiste harmonieusement uni à la réalité phénoménale.

Mais quelle distance n'y a-t-il pas entre cette théorie si élevée et les principes grossiers du naturalisme d'imitation, du matérialisme dans l'art ! Écoutons la profession de foi de l'esthéticien.

« L'intelligence doit produire des effets semblables à elle, c'est-à-dire des sentiments et des idées, et les arts doivent prétendre aux effets de l'intelligence Artiste, si tu ne causes que des sensations, que fais-tu avec ton art, qu'une prostituée avec son metier, et le bourreau avec le sien ne puissent faire aussi bien que toi ? S'il n'y a que du corps dans ton œuvre et qu'elle ne parle qu'aux sens, tu n'es qu'un ouvrier sans âme, et n'as d'habile que les mains ! »

Cri magnifique, exclamation victorieuse qui tue les arts d'imitation sous le poids d'un argument de génie !

*
* *

Si Joubert fut un moraliste d'une incomparable délicatesse, un logicien de premier ordre, il se decouvre, pour le lecteur attentif, metaphysicien d'une puissance rare.

Nous ne pouvons résister à la tentation, pour donner une idee exacte de l'étendue et de la profondeur de son esprit, de citer quelques-unes des pensées dont l'éclat laisse dans le souvenir un lumineux et durable sillon. Loin de se confiner dans la conception d'un Dieu transcendant, il sait y allier avec une grande science la doctrine de l'immanence sans cependant laisser subsister de confusion entre la nature et son auteur. Écoutons donc le philosophe, préciser à grands traits l'essence de ses idées sur les grands objets de la metaphysique. « L'espace est la stature de Dieu... » « L'espace est au lieu ce que l'eternité est au temps. » « La lumière vient de Dieu aux astres et des astres à nous... » « Le temps est du mouvement sur de l'espace. » « La lumière est l'ombre de Dieu ; la clarté l'ombre de la lumière. » « La vérité ne vient pas et ne peut pas venir de nous. Dans tout ce qui est spirituel elle vient de Dieu ou des esprits amis de Dieu auxquels sa lumière a lui, et, dans ce qui est matériel des choses où Dieu l'a placée. Il faut donc consulter Dieu d'abord, puis les sages et son propre esprit, pour ce qui est spirituel, et fouiller dans le fond des choses pour ce qui est materiel. »

Quelle puissance d'observation dans les pensées suivantes : « La religion est la seule metaphysique que le vulgaire soit capable d'entendre et d'adopter... La véritable métaphysique ne consiste pas à rendre abstrait ce qui est sensible, mais à rendre sensible ce qui est abstrait, apparent ce qui est caché, imaginable s'il se peut, ce qui n'est qu'intelligible, intelligible enfin ce qui se dérobe à l'attention. » « Où le spiritualisme emploie les mots de *Dieu, création, volonté, loi divine*, le raisonneur materialiste est perpetuellement obligé de se servir d'expressions abstraites, telles que la *nature, l'existence, les effets.* Il ne nourrit son esprit que de spectres sans traits, sans couleurs, sans beauté. » « L'incertitude des idées rend le cœur irrésolu. Aussi faudrait-il n'user des termes abstraits qu'avec une extrême sobriété. Non seulement ils ne sont l'appellation d'aucun être véritable, mais ils n'expriment même aucune idée fixe, et, en accoutumant l'esprit à ne pas s'entendre ils accoutument bientôt la conscience à ne pas nous juger. Plus le style a de corps, plus il est moral. S'il arrive que la langue se confectionne tellement qu'elle devienne *toute physique,* cette révolution en causera une importante dans les mœurs. »

Qui ne reconnaîtra dans ces sages paroles comme une sorte de prophétie de l'état présent où la littérature est tombée ? Notre art de décadence, sensationnel, naturaliste, n'est-il pas selon la pensée de Joubert devenu un art « tout physique » et cette révolution dans le style n'a-t-elle pas amené après elle un changement analogue dans les mœurs ? Le grand critique pressentait-il donc tous les excès de notre littérature contemporaine et savait-il que soixante ans plus tard nos artistes, nos écrivains, nos moralistes, se débattraient dans les stériles agitations du plus douloureux chaos. Joubert voyait-il d'une claire vue que l'ordre des connaissances serait pour ainsi dire retourné, que les effets seraient confondus avec les causes, que les phénomènes seraient pris pour les essences et que la brutalité du fait voilerait la splendeur radieuse de l'Idée ?

La question si grave de l'éducation a fréquemment occupé l'esprit de Joubert, qui, sur ce point, nous a laissé un grand nombre de vues neuves et originales, dont il est utile de dire quelques mots.

Pour lui, l'éducation est le sacerdoce par excellence ; tout dépend d'elle, puisque c'est elle qui forme les esprits, dirige les cœurs, et prépare l'homme dans l'enfant.

Mais si l'éducation est le plus important de nos devoirs, c'est en même temps le plus difficile, et le plus délicat à bien remplir.

Aussi, de quelles précautions infinies le rôle d'éducateur ne doit-il pas être entouré ? C'est pourquoi, selon Joubert, est-ce avec la plus extrême circonspection qu'il aut s'adresser à l'âme de l'enfant, car deux excès sont également à redouter dans la direction des intelligences et dans la formation des caractères : trop de faiblesse ou trop de sévérité.

« L'éducation, nous dit-il, doit être tendre et sévère et non pas froide et molle. Elle doit aussi consister dans l'exemple, parce que les enfants ont plus besoin de modeles que de critiques. »

Mais l'éducation ne doit pas viser seulement à orner la mémoire et à éclairer l'intelligence. Elle a une mission plus haute, celle de diriger la volonté. C'est ce que le moraliste développe quand il écrit : « Le discernement vaut mieux que le précepte, car il le devine et l'applique à propos. Donnez donc aux enfants la lumiere qui sert à distinguer le bien du mal en toutes choses, sans leur vouloir enseigner tout ce qui est mal et tout ce qui est bien, détail immense et impossible ; ils le distingueront assez. »

Mais vers quoi doit se diriger la volonté de l'enfant, volonté éclairée par l'acquiescement de son intelligence ? Vers l'ordre, c'est-à-dire vers le devoir. C'est pourquoi Joubert nous dit que l'idée de l'ordre en toute chose,

de l'ordre littéraire, moral, politique et religieux, est
la base de toute éducation. Puis il ajoute avec une
rare sagesse : « Il n'est pas bon d'apprendre la morale
aux enfants en badinant. S'il doit y avoir dans la vie
humaine quelque chose d'immuable et d'indépendant de
nos goûts, de nos fantaisies, de notre volonté, c'est le
Devoir. C'est là le terme qu'il ne faut jamais remuer, le
rocher où l'on se sauve et où le flux et le reflux de nos
inclinations doit venir se briser, même dans les orages
de la fortune et des passions. »

Quelle vérité dans la pensée suivante : « Le mot *sage*
dit à un enfant est un mot qu'il comprend toujours et
qu'on ne lui explique jamais. »

Maintenant, peut-on assez approuver l'opinion de
Joubert sur la distinction à établir entre le rôle du
prêtre et le rôle du maître dans l'éducation :

« C'est au prêtre seul à instruire les enfants dans la
religion. Le maître d'école ne doit leur apprendre
qu'à prier Dieu. »

Sage et féconde maxime, dont la mise en pratique
produirait de bien beaux fruits. Oui, le prêtre à l'église,
le maître à l'école; mais Dieu partout, c'est-à-dire honoré là où ne peuvent être enseignées explicitement les
Vérités de la Religion.

Voilà la solution vraie d'un problème social et religieux qui, de nos jours, a suscité tant de discordes,
d'âpres ressentiments et de discussions stériles. Quoi
de plus lamentable en effet, de plus hypocrite et de
plus bassement sectaire, que cette fausse neutralité
de l'enseignement au point de vue religieux? Malgré
tous les sophismes intéressés, il est impossible de concevoir rien de si dissolvant que cet antagonisme per-

pétuel établi de nos jours entre l'influence du prêtre et celle de l'éducateur laïque, car l'enfant ne tarde pas a s'apercevoir du désaccord qui existe forcement dans la direction de sa vie intellectuelle et morale, il en souffre lui-même d'instinct, et ce coupable système prépare immanquablement des caractères sans grandeur et des générations criminelles. « Aussi, nous dit Joubert, pour enseigner la vertu, dont il est tant parlé dans Platon, il n'y a qu'un moyen, c'est d'enseigner la pieté. »

On sait que Joubert, affligé d'une faible constitution, fut, pendant presque toute sa vie, en proie à des langueurs maladives qui l'empêchèrent de se dépenser en activité extérieure et furent la cause de son existence méditative et solitaire.

En général, ce que l'organisme perd en exubérance, l'esprit le gagne en développement. Joubert est un éclatant exemple de ce fait. Le cerveau a profité chez lui de l'inaction relative des autres énergies vitales. Très apte à pénétrer les causes de cette situation organique, le penseur a noté avec infiniment de justesse les rapports de la vie intellectuelle avec l'état du valétudinaire.

Voici quelques-unes de ses plus curieuses réflexions ayant trait à cet aspect particulier de sa vie : « Vivre médicinalement ce n'est pas toujours vivre malheureux, quoi qu'en dise le proverbe, si pendant ce temps on vit en soi et avec soi. Vivre en soi, c'est n'avoir de mouvements que ceux qui nous viennent de nous et de notre consentement ; et vivre avec soi, c'est ne rien éprouver qui ne nous soit connu ; c'est être le témoin, le confident, l'arbitre de tout ce qu'on pense, c'est se servir de compagnon, d'ami et de

régulateur ; c'est à la fois mener et contempler sa vie.
Les valétudinaires n'ont pas comme les autres hommes
une vieillesse qui accable leur esprit par la ruine subite
de toutes leurs forces. Ils gardent jusqu'à la fin les
mêmes langueurs ; mais ils gardent aussi le même feu et
la même vivacité. Accoutumés à se passer du corps, ils
conservent pour la plupart un esprit sain dans un corps
malade. Le temps les change peu, il ne nuit qu'à leur
durée. »

Il est difficile de mieux exprimer une situation qui fut
celle de toute son existence. Et de fait, cette espèce d'infériorité physique qui empêche l'homme de se mêler aux
agitations de la vie, n'est-elle pas une puissante sauvegarde contre les entraînements vains et les inutilités du
monde qui usent l'être en le dispersant sans aucun profit
pour lui-même et la société dont il fait partie? Nous
croyons fermement que la maladie est une grande école
de méditation et de perfectionnement, car, si la jouissance physique produit l'égoïsme, et, finalement, la
ruine de nos facultés supérieures, la souffrance inspire
aux grandes âmes les hautes pensées et les nobles renon-
cements. Spinoza traînait une existence misérable, Montaigne, Descartes, Pascal, Vauvenargues, Maine de Biran,
etc., furent des valétudinaires et nous croyons que si
l'on cherchait bien, on trouverait que les grands contem-
platifs ont à peu près tous été victimes d'une santé
défaillante, tant il est vrai que l'homme spirituel germe
des cendres fécondes de l'homme charnel.

Aussi combien est juste le mot de M\u1d49 de Chastenay,
lorsqu'elle dit que « Joubert a l'air d'une âme qui a rencontré par hasard un corps et qui s'en tire comme elle
peut ! ». En effet, toute son œuvre est imprégnée d'un

charme psychique exceptionnel. L'atmosphère où se
meut sa pensée est en quelque sorte supra-terrestre, les
mots qu'il emploie sont intérieurement éclairés par une
vision d'au dela, on y sent, selon son expression, « beaucoup de ciel et peu de terre », on y touche l'immatériel
sous le vêtement sensible du son qui sert à la parole de
véhicule et de support. C'est une âme parvenue dans les
régions screines de la lumière et s'y maintenant sans
fatigue, comme l'aigle se soutient, immobile, les ailes
étendues, dans le grand abîme de l'espace.

« Les vérités suprêmes, écrit Joubert ont une si grande
beaute que les erreurs même qui nous occupent d'elles
ont quelque chose de ravissant et les ombres qui les
voilent, je ne sais quoi de lumineux. »

« La vérité ressemble au ciel et l'opinion à des
nuages. »

« Dans la lumière il y a deux points, celui qui éclaire
et celui qui égare : il faut s'en tenir au premier. »

« Étudiez les sciences dans la vérité, c'est-à-dire en
regardant Dieu, car elles doivent montrer la vérité,
c'est-à-dire Dieu partout ! »

« Il n'y a pour l'homme qu'un moyen d'échapper aux
maux de la vie, c'est d'échapper à ses plaisirs et de chercher les siens plus haut. »

Le chapitre intitulé du *Siècle* est certainement un de
ceux qui contiennent le plus d'idées ingénieuses, d'aperçus
originaux, de préceptes salutaires. Joubert y stigmatise
les tendances mauvaises et les vices de son temps ; il prévoit aussi où aboutiront les aspirations vagues qui l'en-

tourent, aspirations dont les fruits mûrs sont l'apanage
de notre société contemporaine.

« Nous vivons dans un siècle où les idées superflues sura-
bondent, et qui n'a pas les idées nécessaires. — Peu d'idées
et beaucoup d'apprehensions ; beaucoup d'émotions et peu
de sentiments ; ou si vous l'aimez mieux, peu d'idées fixes
et beaucoup d'idées errantes ; des sentiments très vifs
et point de sentiments constants ; l'incrédulite aux
devoirs et la confiance aux nouveautés ; des esprits
décidés et des opinions flottantes ; *l'assertion au milieu
du doute* ; la confiance en soi-même et la défiance
d'autrui ; la science des folles doctrines et l'ignorance de
l'opinion des sages : tels sont les maux du siecle. »

Et cette pensée ne résume-t-elle pas tout un ordre
d'idées et tout un état social? « Le siècle est travaillé de
la plus terrible des maladies de l'esprit, le dégoût des
religions. *Ce n'est pas la liberté religieuse, mais la
liberté irréligieuse qu'il demande!* »

En parcourant les causes de décadence qui menacent
la société française, Joubert insiste toujours avec une préférence marquée sur les effets négatifs et sur la méthode
vicieuse de la critique du xviiie siècle. Il montre d'abord
que l'esprit philosophique d'alors n'a été qu'un système
de contradiction appliqué aux mœurs et aux lois. « Or,
dit-il, l'esprit de contradiction est superficiel, il éloigne
de toute étude sérieuse ; n'exigeant aucun travail, il est
commode, mais il est funeste et destructeur. L'esprit
d'assentiment demande au contraire bien plus d'intelligence, d'examen et de savoir. Il est pénible, mais bienfaisant, conservateur et réparateur. »

« Nos réformateurs, écrit encore Joubert, ont dit à l'expérience, tu radotes ; et au temps passé, tu es un enfant. »

« Toutes les fois que les mots, *autel, tombeaux, héritage, terre natale, mœurs anciennes, nourrice, maître, piété*, sont entendus ou prononcés avec indifférence, tout est perdu ! »

« Où le siècle tombe, il faut l'appuyer. »

« Être capable de respect est aujourd'hui presque aussi rare qu'en être digne. »

Maintenant, est-ce que les maximes suivantes, bien qu'écrites il y a près d'un siècle, ne sont pas de nos jours d'une stupéfiante modernité : « La force n'est pas l'énergie, quelques auteurs ont plus de muscles que de talent. » « En littérature aujourd'hui on fait bien la maçonnerie, mais on fait mal l'architecture... Nous ne prenons plus garde dans les livres à ce qui est beau ou à ce qui ne l'est pas, mais à ce qui nous dit du bien et du mal de nos amis et de nos opinions... Un des maux de notre littérature, c'est que nos savants ont peu d'esprit et que nos hommes d'esprit ne sont pas savants. »

Enfin quel admirable trait que celui-ci : « Que de savants forgent les sciences, cyclopes laborieux, ardents, infatigables, *mais qui n'ont qu'un œil !* »

Veut-on savoir de quelle façon Joubert touche aux problèmes les plus délicats et aborde comme en se jouant les vérités supérieures sans alourdir son vol d'aucun bagage scientifique ?

Il s'agit de l'origine du langage, question capitale et dont la solution doit avoir sur la philosophie et la religion les conséquences les plus importantes. On sait quelle place, surtout au commencement du dix-neuvième siècle, ce problème a tenue dans les esprits ; il est donc curieux de voir de quelle manière Joubert le traite et avec quelle simplicité, quelle clarté suprême, il le résout dans le sens vraiment spiritualiste.

« L'invention des langues est une industrie naturelle, c'est-à-dire commune, et, en quelque sorte, donnée à tous. Quant à son exercice, il ne faut pas s'imaginer qu'il est si difficile d'inventer quelques mots ; les enfants même en sont capables et le genre humain a partout commencé comme eux... »

« Courber un arc, attacher une corde, y ajuster une flèche sont des opérations aussi compliquées et aussi difficiles que de construire une phrase, et cependant, l'arc et la flèche sont partout ; partout où il y a des insulaires il y a des barques ; partout où il y a des hommes et des forêts, il y a de la chasse et des armes, des armes qui atteignent de loin. *Partout où il y a plusieurs hommes il y a des mots.* L'homme est né avec la faculté de parler ; qui la lui donne ? *Celui qui donne son chant à l'oiseau !* »

Peut-on avec plus de force et de netteté éclairer un point de vue aussi complexe que la question de l'origine du langage ? La doctrine de Bonald est là tout entière, enchâssée dans quelques mots d'une extraordinaire profondeur.

Voulant achever maintenant l'examen rapide que nous venons de faire des *Pensees*, il nous semble que nous ne saurions mieux terminer qu'en ajoutant à nos nombreuses citations une dernière maxime dont l'esprit résume, selon nous, tout un ordre d'idées bien fait pour être médité.

« Il n'y a que des livres sacrés qui obtiennent un empire étendu et durable. Tous les autres ne font qu'occuper plus ou moins sérieusement les moments perdus de quelques désœuvrés. Habituer les hommes à des plaisirs qui ne viennent ni de la chair, ni de l'argent, en leur faisant goûter les choses de l'esprit, me paraît, en effet, le seul fruit que la nature ait attaché à nos productions littéraires. Quand elles ont d'autres effets, c'est par hasard et c'est tant pis... Le sage ne compose point : entre ses idées il en admet peu ; il choisit les plus importantes, les livre telles qu'elles sont et ne perd point son temps aux déductions. Triptoleme, quand il donna le blé aux hommes, se contenta de le semer, il laissa à d'autres le soin de le moudre, de le bluter et de le pétrir. »

Avant d'entrer dans l'étude des lettres de Joubert, il n'est pas inutile de jeter sur les *Pensées* un regard rétrospectif et de se demander quelle est la caractéristique de ce recueil que nous venons de parcourir ?

Dans l'homme, d'abord, ce qui frappe surtout, c'est son inaltérable bonté, son complet desintéressement et son amour tout chrétien du prochain.

Chez La Bruyère, à qui Joubert est on ne peut plus digne d'être comparé, ces sentiments ne sont pas aussi saillants ; quant à La Rochefoucauld, il ne croit pas à la vertu et Vauvenargues est mû surtout par le désir de la gloire.

Comme penseur, Joubert s'élève à des hauteurs que lui permettent seules d'atteindre les convictions qu'il a puisées dans sa famille et auprès des Pères de la Doctrine Chrétienne, qui furent ses premiers éducateurs. Il en résulte pour lui une sérénité dans la foi et une confiance dans les destinées futures de l'homme que n'ont pu altérer ni les séductions des Encyclopédistes, ni les utopies révolutionnaires, ni les sanglantes horreurs de la Terreur, ni les honteuses saturnales du Directoire.

Pour lui, l'existence d'un Dieu créateur et l'immortalite de l'âme sont des idées *innées* que notre sentiment ntime suffit à rendre évidentes. Dans les conséquences qu'il en tire, il est persuasif parce qu'il est convaincu, aussi nous entraîne-t-il sur les sommets les plus élevés, et cela en se jouant dans la lumière des régions supérieures de l'intelligence.

Comme styliste, personne n'a poussé aussi loin que lui la condensation de la pensée dans la phrase et le scrupule dans le choix de l'expression. C'est pourquoi si l'on compare l'idée à la pierre précieuse, au diamant, et la phrase au métal sur lequel cette pierre est montée, Joubert est le joaillier qui a su réduire le métal au minimum de matière. Aussi la monture par son élégance, sa legèreté, sa ciselure, laisse à la pierre qu'elle enchâsse son maximum d'éclat et de rayonnement.

Enfin pour caractériser d'une manière exacte et definitive la personnalité de Joubert, il faut dire qu'il doit être placé au premier rang de « ces philosophes dont la science n'est ni ardue, ni exigeante, ni compliquée, bienfaisants et doux moralistes qui s'adressent à la fois à la raison et au sentiment, qui émeuvent et troublent pour le bien, philosophes enfin qui, en enseignant la vertu et l'amour de Dieu, deviennent à leur insu les plus aimés parmi les initiateurs du genre humain (1) ».

Peut-être en lisant ces pages où nous nous efforçons de mettre en relief les qualités éminentes du penseur qui

(1) Jules Simon, *Religion naturelle.*

a su conquérir notre admiration respectueuse et passionnée, viendra-t-il à l'esprit de plus d'un lecteur de nous
accuser de vulgaire compilation.

Que répondre à une accusation, en apparence aussi
fondée, si ce n'est par un aveu sincère d'infériorité. Hélas !
oui, l'érudition, l'examen, la traduction, le surmoulage,
ne seront jamais comparables à l'invention et à l'imagination géniales. Mais qu'y faire ? Bannir de la cité des lettres
les ouvriers de la superfétation, de l'analyse et de la
critique vulgarisatrice, en les déclarant dangereux ou
inutiles ? La Bruyère de son temps fut déjà cruel à leur
égard. « Il y a des esprits, écrit-il, si je l'ose dire, inférieurs et subalternes qui ne semblent faits que pour être
le recueil, le registre ou le magasin de toutes les productions des autres génies. Ils sont plagiaires, traducteurs,
compilateurs ; ils ne pensent point, ils disent ce que
les autres ont pensé..... On est tout à la fois étonné
de leur lecture et ennuyé de leur entretien ou de
leurs ouvrages ; ce sont eux que les grands et le vulgaire
confondent avec les savants et que les sages renvoient
au pédantisme. »

Certes, cette condamnation tombée de la plume de
l'auteur des *Caractères*, n'est pas faite pour encourager
les efforts de *mosaïstes* tels que nous, qui cherchons à
extraire l'or pur de la mine si souvent exploitée de l'esprit
des maîtres.

Le trait est juste, il porte assez profondément surtout
quand La Bruyère ajoute : « La critique ordinairement
n'est pas une science ; c'est un métier, où il faut plus
de santé que d'esprit, plus de travail que de capacité,
plus d'habitude que de génie. Si elle vient d'un homme
qui ait moins de discernement que de lecture et qu'elle

2*

s'exerce sur de certains chapitres, elle corrompt et les
lecteurs et l'écrivain. »

Cependant, si c'est là la pensée du grand juge dans
les choses de l'esprit, n'est-il pas possible d'opposer aux
rigueurs de son verdict quelques considérations de nature
à nous obtenir au moins les circonstances atténuantes ?

Or, voici ce que nous répondrons pour notre defense,
dussent les La Bruyère à venir nous écraser encore du
poids de leur dedain. C'est au moyen d'une citation que
nous voulons essayer de nous sortir d'affaire, et cette
citation c'est Joubert qui nous la fournira. D'abord, il
dit : « Genies gras, ne méprisez pas les maigres », puis
après cette boutade, il ajoute : « Être aigle ou fourmi
dans le monde intellectuel me parait à peu près égal ;
l'essentiel est d'y avoir une place marquée, un rang
assigné... Un petit talent, s'il se tient dans ses bornes
et remplit bien sa tâche, peut atteindre le but comme
un plus grand. »

Mais quel est ce but ? Quel est ce rôle ? Toute la
question est la. Le nôtre se réduit à une sorte de
mission d'avant-garde qui consiste à présenter à l'inat-
tention et à la frivolité de la masse intellectuelle une
besogne toute faite, un travail tout préparé, pour
l'introduire, s'il se peut, dans la connaissance et la
familiarité de ces esprits d'elite dont on entend parler
vaguement et dont on feint de ne pas ignorer le nom,
mais que, sans les humbles vulgarisateurs de notre
espèce, on laisserait peut-être se morfondre dans la
majesté de leur solitude.

Donner le goût du Beau, l'appetit du Vrai, la passion
du Bien, n'est-ce pas une tâche enviable et sainte ?

Le prisme est-il donc inutile à la lumière quand il

distribue ses rayons? Souvent un humble morceau de
verre peut réfléchir le Soleil.

Demeurons donc dans l'obscurité salutaire de notre
rôle et continuons avec confiance l'œuvre de vulgarisation que nous avons entreprise. Pour le cas présent,
faire aimer Joubert, c'est-à-dire le faire lire, est notre
plus chere ambition.

Gœthe et Descartes ont remarqué que presque toujours il y avait autour des hommes illustres d'autres
hommes pour la plupart restés dans l'ombre, mais que
les premiers considéraient comme leurs egaux et quelquefois même, comme superieurs à leur propre genie.
Mais ces comparses d'abord négliges par la fausse gloire
qui veut être violentée, ont presque toujours leur éclatante revanche aux yeux de l'impartiale posterité. Joubert,
et peut-être de nos jours, Doudan, sont du nombre de
ces heureux privilégiés sur le front desquels l'opinion,
dégagée des souffles malsains de la célébrité factice, met
une couronne qui ne se flétrit pas.

Aussi devons-nous rapprocher du nom de Joubert
celui de l'auteur des *Lettres* et des *Mélanges*.

Avec un tout autre genre d'esprit et des différences sensibles au point de vue des principes, par ses
habitudes méditatives, son vif amour de la perfection,
sa delicatesse, sa fine ironie et son atticisme rare,
Doudan a de nombreux points de contact avec l'auteur
des *Pensées*.

Son organisation frêle de valétudinaire eut sur sa vie
la même influence que la faible constitution de Joubert
avait produite sur la sienne. On trouve dans ses œuvres
une extrême distinction de pensée, mais beaucoup moins
de sérénité confiante, de fermeté éclairée que dans les

écrits du moraliste auquel nous pouvons le comparer
cependant sans trop de désavantage.

Comme Joubert, Doudan appartient à cette famille
d'esprits dont le rôle effacé n'en a pas moins une très
grande utilité et une très grande portée. Ils soutiennent,
conseillent, dirigent même souvent d'autres esprits
arrivés à la célébrité, mais ils restent dans l'ombre parce
que leur destinée est d'y rester, au moins pendant que
rayonne la gloire quelquefois éphémère de ceux dont ils
étaient les discrets inspirateurs.

De même que le nom de Joubert est demeuré enseveli,
ignoré presque, tandis que la renommée de ses illustres
amis atteignait jusqu'aux confins de l'Europe et du
Monde, celui de Doudan, aujourd'hui jugé parmi les
meilleurs, n'avait pas franchi les salons où s'elaborait la
réputation des Broglie, des Falloux, des Montalembert,
des d'Haussonville et des Swetchine.

Après la course rapide que nous venons de faire à
travers les *Pensées* de Joubert, il nous reste à parler
maintenant de sa *Correspondance*, presque aussi remarquable à nos yeux que les *Pensées* elles-mêmes.

Dans ces lettres peu nombreuses, mais dont le style
ne procède en rien de la nonchalance du genre épisto-
laire, on trouve un Joubert s'il se peut plus intime que
ne nous l'avaient fait connaître les *Pensées*.

Ces lettres, dans leur diversité continuelle, offrent un
intérêt soutenu, car de près ou de loin tous les sujets
intéressant la période comprise entre 1792 et 1823 y sont
traités par une intelligence supérieure, par un spectateur

incorruptible et véridique, parfois même par un prophète inspiré de l'avenir des institutions et des hommes.

Sans prétendre entrer dans le détail de cette correspondance, nous allons tâcher d'indiquer les points de relief qui méritent un examen particulièrement attentif.

Le volume de la *Correspondance* débute par une lettre adressée au baron de J..., tuteur de la jeune fille que Joubert voulait faire épouser à son ami Fontanes, ce qui eut lieu dans la suite, grâce à la persévérante et affectueuse insistance que l'auteur des *Pensées* mit à atteindre ce but.

Nous n'avons pas cité cette première lettre de la *Correspondance* avec la seule intention de l'intérêt anecdotique, car on doit y voir encore toutes les ressources d'une persuasion irrésistible et scrupuleusement honnête : cette lettre est aujourd'hui presque classique. « Monsieur, je veux vous parler de M. de Fontanes. Ses talents sont rares, son caractère élevé, sa naissance honorable. Il est fait pour prétendre à tout... sa fortune est modique, ce n'est pas qu'il soit sans patrimoine; il a le cœur trop grand pour ne pas s'y trouver resserré. Il a trente et un ans, ses sentiments sont droits et forts, ses principes sont sains. Son seul défaut est une certaine mobilité d'opinions, très agréable en lui et dont ses amis seraient bien fâchés de le voir corrigé. Cependant, il la perdra dès qu'il verra son sort fixé. MM. de la Harpe et Ducis vous diront ce qu'ils pensent sur son talent qu'ils connaissent, etc., etc. Il est jeune, il est aux portes de l'Académie, il a déjà de la gloire et son mérite est de cette espèce verte et robuste qui ne fait que croître avec le temps. En le mariant, en lui donnant de la fortune et une fille charmante, propre à entretenir en lui un perpétuel enchantement, vous rendriez un grand service aux Beaux-Arts et à la France ; vous hâteriez l'achèvement d'un grand homme. Il faut que les grands talents, pour acquérir leur maturité, aient été battus par l'adversité passée et qu'ils soient favorisés par la prosperité présente : *ce sont là leurs vents et leur soleil.* »

Les lettres adressées à Mlle Moreau de Bussy, qui devint plus tard la compagne dévouée de l'existence de Joubert, sont empreintes d'une grande elévation de sentiments. Choisissons quelques perles dans l'echange de ces deux pensees, si bien faites pour s'unir.

Mlle Moreau de Bussy, qui habitait à cette epoque Villeneuve-sur-Yonne, venait d'être cruellement frappée par la mort successive de presque tous les siens. Orpheline, absolument isolée, plongée dans un douloureux abattement, Joubert lui prodigua, avec un tact parfait et une rare douceur, les plus encourageantes consolations.

« Mais vous craignez, dites-vous, en acceptant des consolations, d'outrager et de blesser *les chères ombres, les mânes sacrés* de nos amis. Il y a là une exagération de sentiment et de langage que je ne saurais ménager. Aucune affection honnête ne peut blesser des êtres bons. Si dans notre imperfection terrestre nous éprouvons des jalousies, elles cessent et se déposent avec le limon qui environne notre nature.

» Au delà de cette vie, tout est clarté, tout est bonté.....

» Mais les intelligences celestes pensent bien differemment. Flattées uniquement de la partie spirituelle et pure de nos sentiments, elles nous permettent de disposer de tout le reste... L'idée de partage qui, pour nous, aveugles, est inseparable de l'idée de diminution, parce que l'un ne s'opère point sans l'autre sur les objets matériels que nos mains tâtonnent sans cesse, n'offre à ces êtres clairvoyants qu'une impression d'etendue qui leur plaît et les réjouit. »

Il nous faut citer en outre, cette page, selon nous saisissante, où Joubert traite de l'idée de la mort et fait jaillir des aperçus magnifiques sur la façon dont elle doit être envisagée et sur la manière dont on doit honorer le souvenir de ceux qui ne sont plus. Il y a là des pensées d'un grand enseignement, et c'est úne des lettres de Joubert qui méritent le plus la méditation du lecteur.

« Non, les amis que nous avons perdus ne sont point honorés par ces douleurs excessives qui n'honorent personne, parce qu'elles supposent plus la faiblesse et l'entêtement des âmes qui les éprouvent, que la grandeur des pertes qu'on a faites. Il y a telle femme dans le monde qui, pour la perte d'un enfant de quatre jours, s'est plus desolee, a plus pleuré et s'est obstinée à se désoler plus longtemps qu'on ne le fait pour des êtres dont la vie avait un grand prix. Ce qui honore ceux qui ne sont plus, c'est une douleur moderee, à qui sa modération même permet d'être aussi durable que la vie de celui qui l'éprouve, parce qu'elle ne fatigue ni son âme, ni son corps, une *douleur haute* qui permet aux occupations et aux developpements de la vie, de passer en quelque sorte sous elle : une douleur calme, qui ne nous met en guerre, ni avec le sort, ni avec le monde, ni avec nous-mêmes et qui penètre une âme en paix dans les moments de son loisir, sans interrompre son commerce avec les vivants et avec les morts. »

Voici maintenant, après ces vues si justes et si reconfortantes, la façon dont Joubert voudrait être regretté.

Cette calme et sereine pensée de la tombe dissipe les
horreurs enfantees par l'imagination au sujet des mystères de cette métamorphose qu'on appelle la mort.

« Je voudrais que mon souvenir ne se présentât jamais
à mes amis sans amener une larme d'attendrissement
sur leurs paupieres et un sourire sur leurs levres. Je
voudrais qu'ils puissent penser à moi au sein de leurs
plus vives joies, sans qu'elles en fussent troublées, et
qu'à table même, au milieu de leurs festins et en se
rejouissant avec des étrangers, ils fissent quelque men-
tion de moi en comptant parmi leurs plaisirs le plaisir
de m'avoir aimé et d'avoir eté aimes de moi. Je voudrais
avoir eu assez de bonheur et de bonnes qualités pour
qu'il leur plût de citer souvent, à leurs nouveaux amis,
quelques traits de ma bonne humeur et de mon bon
sens, ou de mon bon cœur, ou de ma bonne volonté, et
que ces citations rendissent tous les cœurs plus gais,
mieux disposés et plus contents. Je voudrais que jusqu'à
la fin ils se souvinssent ainsi de moi, qu'ils fussent
heureux et qu'ils eussent une longue vie pour s'en souvenir plus longtemps.

» Je voudrais avoir un tombeau où ils pussent venir
en troupe dans un beau temps, dans un beau jour, pour
parler ensemble de moi avec quelque tristesse douce qui
n'exclut pas toute joie. Je voudrais surtout, et j'ordon-
nerais si je le pouvais, que pendant cette tendre céré-
monie, pendant l'aller et le retour, il n'y eût, dans les
sentiments et les convenances, rien de lugubre et rien
de repoussant, en sorte qu'ils offrissent un spectacle
qu'on fût bien aise d'avoir vu. Je voudrais, en un mot,
exciter des regrets tels que ceux qui en seraient témoins
ne craignissent, ni de les éprouver, ni de les inspirer

eux-mêmes. C'est l'image des regrets affreux qu'on doit laisser après soi qui rend la mort si amère. *Ce sont les horreurs dont on a environné la mort qui rendent à leur tour les regrets des survivants si terribles.* Ces deux causes agissent perpétuellement l'une sur l'autre et bouleversent les âmes dans leurs sentiments les plus louables et les plus inévitables. Nos passions ont fait de notre dernière heure un sujet de désespoir et d'effroi, un moment haï dont la prévoyance et le souvenir se détournent également.

» Nos institutions et nos coutumes en ont fait à leur tour un événement dont on se hâte d'oublier aussi vite qu'on peut l'épouvantable appareil, au lieu de nous accoutumer dès l'enfance, par la pensée et par les sens, a ne regarder cette séparation que comme le moment d'un départ pour un voyage sans retour, voyage que nous ferons un jour nous-mêmes sans doute, pour nous reunir dans des régions invisibles, on n'a rien oublie de ce qui était propre à en faire un objet d'horreur. On nous l'a fait considérer comme un châtiment, comme le coup porté par un exécuteur tout puissant, comme un supplice enfin ; et nos amis, nos proches, quand nous avons cessé de vivre, quittent notre lit de repos comme ils quitteraient l'échafaud où l'on nous aurait mis à mort. »

Peut-on dire avec plus de sagesse des vérités aussi tristement meconnues ? De cette façon vulgaire d'envisager la mort que combat Joubert avec tant de force, on peut rapprocher cette maxime due à la plume d'Adam Smith : « *Nous n'avons pas peur de la mort, mais bien peur d'être mort* », faisant ainsi allusion à l'appareil lugubre du tombeau moderne et à la dissolution repoussante du cercueil.

Et, à ce propos, qu'on nous permette de signaler dans plusieurs des lettres de Joubert des passages non équivoques exprimant sa sympathie pour le mode funéraire des anciens, l'incinération, qui, à certains égards, offre des avantages véritablement indiscutables sur le vieil ensevelissement des Occidentaux. Quelle différence, en effet, entre le bûcher triomphal du Paganisme hellénique et les misères abjectes de la décomposition.

Quoi qu'il en soit, revenons à Joubert à propos de la femme qui tint une si grande place dans sa vie intellectuelle et sentimentale, Mme de Beaumont qui, désormais, restera, aux yeux de la postérité, inséparable du souvenir de l'exquis moraliste, son directeur, son conseiller, son ange gardien et son ami parfait, celui qui professa pour elle un culte si ardent et si respectueux, si tendre et si dévoué.

C'est une touchante histoire que celle de cette liaison éminemment pure de Joubert et de Mme de Beaumont. Commencée aux plus mauvais jours de la Révolution, alors que la jeune Pauline de Montmorin, brutalement séparée des siens voués à l'échafaud, était abandonnée à la commisération publique, cette amitié dura sans éclipses, jusqu'à la mort de la jeune femme, dont on connaît les douloureuses circonstances.

Mme de Beaumont s'éteignit en effet à Rome, entre les bras d'un autre de ses illustres amis, Chateaubriand, ce don Juan légendaire dont l'affection était d'une nature toute différente de celle de Joubert.

Il ne nous convient pas d'établir ici un parallèle étendu entre les deux influences qui se disputèrent la vie de Mme de Beaumont. Entrer dans le détail des relations de cette femme si distinguée avec le grand charmeur ne nous semble pas opportun. Il nous suffira de dire que l'espèce de fascination qu'exerçait Chateaubriand sur Pauline de Montmorin fut un des plus grands chagrins de la vie de Joubert, car il pressentait, helas! trop justement que la passion violente de Mme de Beaumont pour le maître écrivain aurait sur sa frêle santé les plus désastreuses consequences. Mais qu'on ne s'y trompe pas, rien des vulgarites de la jalousie ne pouvait entrer dans la sollicitude dont le doux philosophe entourait sa delicieuse amie.

Ce sentiment mesquin des petites âmes n'a jamais, selon nous, effleuré sa pensée. Il avait du reste placé trop haut le caractere de son affection, pour que les choses de la chair y eussent la moindre part. Non, Joubert souffrait surtout de voir la femme qu'il estimait et aimait le plus au monde, prodiguer en pure perte à l'égoïsme olympien de *René* les plus exquises tendresses de son cœur et les plus exuberants transports de son admiration.

Il faut suivre avec attention les craintes, les angoisses du veritable ami toujours soucieux de la santé physique et morale de l'être qu'il chérit par-dessus tout. Delicatement, avec un tact suprème, évitant soigneusement ce qui pourrait ressembler à du depit, Joubert s'efforce dans la plupart de ses lettres à Mme de Beaumont, de lui temoigner une inquiétude paternelle toutes les fois qu'il pressent, qu'ainsi que le papillon ivre de lumière se brûle au contact du flambeau, elle va user son énergie, depouiller son âme aux pieds de l'idole dont elle doit mourir.

Aussi il faut bien reconnaître que le fait principal de la vie de Joubert fut son attachement passionné pour

Mme de Beaumont, cette enchanteresse incomparable qui eut la gloire d'être le trait d'union entre deux des hommes les plus éminents du siècle. Attendrissante fut la destinée de cette amie suave de Joubert et de cette fanatique admiratrice de Chateaubriand. Pour l'un elle est la muse, l'ange inspirateur, le bon génie : pour l'autre la femme qui meurt désespérée de n'avoir pu envelopper de sa passion l'âme inconstante de *Rene*. Il y a dans cette triple liaison des etats psychologiques singulièrement curieux qui mériteraient d'être fouillés par un maître observateur des choses de la conscience et du sentiment. D'un côté, le drame intime de la femme incomprise qui souffre un long martyre de ne pas être tout pour celui dont le génie a tendu jusqu'au paroxysme les fibres de son imagination, de son intelligence et de son cœur ; de l'autre, la calme mais profonde tendresse témoignée jusqu'au dernier souffle par un être pur entre les plus purs, à une créature delicate et frêle dont le charme stimule toutes les activités superieures.

En effet rien n'autorise à penser que Chateaubriand, dans les enivrements de la gloire ou les lourds ennuis de l'egoïsme, ait payé de retour la passion debordante qu'avait conçue pour lui Pauline de Beaumont. Dire qu'il a méconnu les trésors d'esprit et de grâce cachés au plus profond de cette nature d'exception, ce serait aller trop loin. On doit penser seulement qu'emporté par les fièvres de son existence colossale, fasciné par les mirages décevants des vanités et des plaisirs, Chateaubriand a laissé languir dans l'ombre de son indifférence cette fleur délicieuse qui exhalait à ses côtés l'encens de son parfum et le meilleur de sa vie.

Aussi, peut-on ne pas être saisi d'une poignante tris-

tesse lorsqu'on assiste par la pensée à la mort de
Mme de Beaumont, s'éteignant à Rome entre les bras de
son idole et de son bourreau ? Quoi de plus navrant que
ce spectacle ? Pâle, émaciée par cette maladie qui ne fut
autre chose que le chagrin, la jeune femme va quitter la
vie où elle a fait le dur apprentissage de toutes les
douleurs, elle va passer dans l'Éternité, le regard fixé sur
celui qui, dès ici-bas, eût pu lui ouvrir le ciel... Elle
meurt... et *René* lui fait l'aumône de quelques paroles
d'amour qu'il enveloppe dans des protestations théâtrales,
mais Pauline sent aux derniers battements de son cœur que
Chateaubriand la trompe, qu'il la berce de tendres assuran-
ces pour ne point la laisser s'endormir du grand sommeil
sans le bonheur de l'illusion consolante et suprême !

Maintenant, quelle fut la vraie nature de l'affection de
Joubert pour Mme de Beaumont? Ah! le contraste est
saisissant! Si Chateaubriand se révèle comme un demi-
dieu condescendant à se laisser aimer, l'auteur des
Pensées nous apparaît comme le consolateur discret de
l'âme blessée, son refuge et son véritable ami. On sent
qu'il souffre pour la jeune femme de la légèreté de don
Juan. Il l'aime si absolument qu'il la voudrait heureuse,
fût-ce par un autre. Il sait tout, et il se tait, de peur
de troubler d'une allusion le rêve où se récrée sa vie
intellectuelle et sentimentale. Le cœur de Pauline de
Montmorin est le sanctuaire inviolé de ses plus chères
pensées, de ses plus douces extases. Pas un atome de
chair ne palpite dans cette pure tendresse. Une indicible
suavité enveloppe la communion de ces deux êtres, dont
l'un est comme le miroir de l'autre, le reflet de sa
sensibilité, l'écho de son esprit.

Ce délicat songeur vivait son rêve surhumain aux

éclairs de ces prunelles de feu, tantôt voilées d'une inexprimable mélancolie, tantôt profondes comme l'Infini, tantôt claires comme l'Espérance. Un philtre mystérieux agissait en lui. Le charme, cette suprême séduction de la femme, le retenait par les mille fils d'or de sa toute-puissance, et de même que la terre s'ouvre pour la fécondité aux caresses de la lumière, l'âme de Joubert s'épanouissait, son esprit décuplait ses énergies sous les rayons immatériels de sa muse inspiratrice « à la bouche spirituelle, aux yeux profonds, fendus en amande, d'une suavité extraordinaire et à demi éteints par la langueur, à la longue chevelure, à la taille élégante et souple » (1).

Aussi quel souvenir différent durent garder de la pauvre morte ces deux hommes qui furent les deux moitiés de sa vie! Chateaubriand fit de belles phrases, enguirlanda sa douleur, ou peut-être son remords, des fleurs d'une majestueuse rhétorique; Joubert se tut, car le silence seul pouvait exprimer toute l'immensité de son désespoir.

Mais Pauline disparue, il n'en continua pas moins à en faire l'étoile de ses pensées. « Ferme les yeux et tu verras », écrivait le doux rêveur en parlant des yeux de l'esprit. Ne doit-on pas ajouter qu'il fermait sans doute bien souvent ceux du corps avec une émotion religieuse pour évoquer au plus profond de lui-même l'ombre charmante de la morte? Colloques mystérieux, extases spirituelles, qui pourra jamais dire vos chastes délices et vos célestes voluptés?

Vivante ou dans la tombe, Mme de Beaumont continue à l'inspirer et à le charmer par son souvenir d'une exquise poésie. Aussi lorsqu'on évoque ce passé où se

(1) Bardoux. *La Comtesse Pauline de Beaumont*. Calmann Lévy.

mêlent tant de peines et d'amertumes, est-il possible de ne pas être attendri par la noblesse des sentiments que professait Joubert à l'égard de son amie ? Il n'y a là rien qui ressemble à de l'amour combattu, à du désir réprimé, à de la passion vaincue. Non, c'est une sorte d'affection extra-humaine, un commerce d'indicible spiritualité où s'épanouit seule la libre expansion des âmes.

L'amour est exclusif de ces délicatesses infinies, presque toujours l'attrait passionnel absorbe au profit de la nature le meilleur de son essence, et, fugitif éclair, il ne laisse après lui que les cendres de l'oubli ou les tortures de la haine.

Pauline de Beaumont était certainement plus que toute autre femme faite pour inspirer au doux Joubert une amitié aussi fidèle et aussi délicieuse. Son génie un peu féminin trouvait en elle l'écho de ses propres tendances, son cœur y trouvait surtout cette merveilleuse correspondance intérieure, sorte de langage sans paroles par lequel se manifestent les intimités de notre être, inexprimables avec des mots. Mais nous touchons ici au roman de cœur le plus digne d'être respecté ; vouloir analyser les nuances d'une telle tendresse nous paraît une profanation ; il semble qu'en agitant sur ces deux mémoires le flambeau des vaines hypothèses. nous violerions la tombe où Pauline de Beaumont attend dans la Ville éternelle le réveil de toutes les âmes aux rayons de l'unique Amour.

Cependant, si diverses amitiés ont traversé la vie de Joubert, il est hors de doute, comme nous venons de

le voir, que sa liaison avec Mme de Beaumont eut le
caractère le plus delicat et le plus elevé.

Ah ! l'amitié entre sexes différents, quel sujet de
méditation pour le penseur ! N'y a-t-il pas là comme
une fulgurante révélation du secret de la vie et de la
destinée ?

Le psychologue éclairé ne peut-il trouver dans ce genre
exceptionnel de sympathie, matière aux considérations
les plus profondes ?

Nous croyons, quant à nous, que les liens exquis qui
unirent l'auteur des *Pensées* et la fille de l'infortuné
Montmorin peuvent être pris comme type pour la justification d'un point de vue que nous voulons brièvement examiner.

En effet, le sentiment qu'on appelle amitié, n'est-ce
pas une conquête décisive faite sur l'animalité dont nous
serions primitivement issus, soit par une chute originelle, soit par une évolution normale, et dont nous
nous dégageons lentement, insensiblement même, dans
l'indéfini du temps, comme l'insecte ailé se dégage de
son alvéole ou de sa chrysalide nourricière? Car en
somme qu'est-ce que l'amitié dans son intime essence ?
Un sentiment très supérieur à la plupart des sentiments
humains, car l'amitié ne procède en rien de la chair, de
ses mouvements et de ses désirs.

C'est donc un premier pas fait vers la spiritualité,
vers un état de l'âme de plus en plus dégagé des tyrannies de l'existence animale et de la vie inférieure.

Or, la mission de l'homme et sa destinée sont ascensionnelles; mais ascensionnelles vers quoi ? Vers la
spiritualisation, c'est-à-dire que nous aspirons à une
existence plus intellectuelle, plus psychique que celle

que nous avons à l'heure présente et dont vivront encore probablement de nombreuses générations.

Mais au bout de la voie douloureuse que gravit l'humanité en marche, le mot Progrès veut dire tout simplement que *la chair doit être faite esprit*, et que les hommes successifs, imparfaits, sortis des langes de l'animalité et s'elevant par degrés dans l'ordre supérieur de la Rédemption, doivent aboutir, comme conséquence de métamorphoses mystérieuses, à l'éclosion de l'Homme nouveau, de l'Homme-esprit, fleur divine de l'humanité terrestre que le Christ a symbolisée et dont il est le type, le modèle toujours poursuivi dans la suite des âges et la hiérarchie des mondes.

Si nous voulions pénetrer davantage l'essence de l'amitié, telle que nous la comprenons, et séparer les éléments divers qui constituent cet état d'âme, il est certain que tout d'abord nous y trouverions une sorte d'instinct et d'attrait sexuel qui constituent une transition heureusement décroissante entre l'animalité pure et l'humanité supérieure.

Cette sympathie si profonde, si indéfinissable qui unit l'homme et la femme dans une même sphère d'aspirations, est une sorte de passion, mais de passion sauf le désir. En ce cas il n'existe plus aucun sexe, les instincts de la chair sont écartés, et l'individu est capable de ressentir tous les genres, toutes les nuances, toutes les modalités de l'affection, car alors l'asexualité est absolue.

Seules, nous en convenons, les âmes d'élite sont capables d'inspirer et d'éprouver des sentiments aussi élevés. Ces créatures privilégiées, véritables précurseurs d'une spiritualité plus raffinée, passent dans notre souvenir nimbées d'une auréole mystique et radieuse. Laure et

2**

Pétrarque, Dante et Béatrix, immortelles figures qui
laissent dans la pensée un lumineux sillon, ne sont-elles
pas les incarnations du triomphe de l'esprit opposées au
trouble des voluptés charnelles ?

Quand une fois on a senti le vide insondable et la
rancœur douloureuse des passions grossières, on s'élève à
l'intelligence de ces états exceptionnels, où deux pensées,
deux sensibilités, deux imaginations s'unissent dans la
communion harmonieuse des âmes, qui seule nous place
au-dessus de l'animal en rehaussant notre nature.

Joubert et Mme de Beaumont personnifient donc à notre
siècle cette tendance supérieure. On ne saurait trop
méditer la manifestation si délicate de ces deux êtres
confondus en un ; on ne saurait trop, disons-nous, comprendre qu'il y a là autre chose qu'un cas anormal, qu'une
puérile déviation de l'amour, car le spectacle de ce commerce, si affectueusement intellectuel, doit devenir pour
le penseur un sujet de réflexion dont nous avons essayé
de faire ressortir toute l'importance.

D'ailleurs, en prenant la chose de plus haut encore, il
nous suffira de remonter à la tradition biblique de
l'Androgyne Édenal pour constater le bien fondé de
notre point de vue. En effet, à l'origine, l'Homme apparaît d'abord seul, puis il se dédouble, pour ainsi dire, et
cette unité sexuelle devient la bi-unité actuellement
existante, l'*Homme* et la *Femme*.

Pourquoi maintenant l'Androgyne primitif, le type
paradisiaque ne reparaîtrait-il pas sur notre terre, sur
notre planète renouvelée selon les promesses de la Révélation? Comment expliquer autrement les paroles du
Christ, si singulièrement prophétiques : « *Erunt duo in
carne una* » *(Marc X, 8)* ?

Ils seront deux dans une seule chair, c'est-à-dire, ils redeviendront ce qu'ils furent d'abord. Oui, nous en avons la ferme certitude, dût-on ne pas comprendre la synthèse de cette évolution transcendante et traiter de chimériques les intuitions basées sur les plus solides fondements, nous pensons que l'Être humain futur réunira en lui les deux principes de la Vie, le masculin et le féminin, l'actif et le passif, et exprimera dans son unité double le type de la race qui habitera la nouvelle terre, celle que les Prophéties et l'Évangile annoncent pour la fin des temps d'une manière si évidente.

Après avoir étudié la nature de cette affection où les deux sexes apportent toujours ce qu'ils ont de meilleur épuré par l'absence des convoitises sensuelles, il est curieux de noter quelques-unes des vues les plus remarquables de Joubert sur cette période si troublée et en même temps si grosse d'avenir qu'on appelle le Directoire. Les jugements que nous allons emprunter çà et là aux lettres adressées à Mme de Beaumont ont une saveur particulière d'indépendance et de sagacité. Les hommes et les événements y sont estimés à leur juste valeur par un esprit exempt d'ambition et étranger à toute espèce d'intrigues. Joubert voit et prévoit avec une souveraine clarté les causes et les effets qui s'agitent autour de lui et préparent l'éclosion d'un avenir qu'il prophétise avec une lucidité extraordinaire.

Voici par exemple quelques réflexions pleines de sens, sur Bonaparte, qu'il devine, et sur les hommes qui l'entourent. « Je voudrais bien voir, écrit-il, quelle mine vous faites aux associés de Bonaparte. Pour moi, je ne crois pas qu'on puisse jamais dire d'eux :

« Soldats sous Alexandre et rois après sa mort! »

« La nature avait fait tous ces hommes-là pour servir de piliers à quelque obscur musée, et on en fait des colonnes d'État: Il est fâcheux de ne sortir de l'horrible règne des avocats que pour passer dans celui de la librairie. Il y a deux classes d'hommes dont les uns sont au-dessus et les autres au-dessous de la société : les beaux esprits en titre et les coquins de profession. Il faut, me disait autrefois quelqu'un, mettre ceux-ci à Bicêtre et ceux-là à l'Académie, sans jamais les tirer de là. Ce quelqu'un avait raison et tellement raison que si je devenais à mon tour consul et maître, j'en ferais volontiers mon penseur, mais pour être conséquent je n'en ferais pas mon ministre... *Une fausse science va succéder à l'ignorance et une fausse sagesse à la folie.* On fera mal avec méthode, avec sérénité et avec une inaltérable satisfaction de soi-même. Chacun, content de ses principes et de ses bonnes actions, nous fera périr de langueur dans certaines règles et avec art... Que le ciel désengoue Bonaparte de ces Messieurs et à ce prix qu'il le conserve, car malgré nos anciens dires, la nature et la fortune *l'ont rendu supérieur aux autres hommes et l'ont fait pour les gouverner.* Mais je n'attendrai rien de bon de son pouvoir et de sa capacité tant qu'il sera assez sot pour croire que Sieyès même a plus d'esprit que lui. Cet homme a dans la tête une grandeur réelle qu'il applique à tout ce qui se trouve avoir autour de lui une grandeur de circonstance. Il confond les individus avec les essences ; *il prend l Institut pour les sciences*, les écrivains pour des savants, et les savants pour de grands hommes. Son esprit vaste porte en soi les erreurs et les vérités d'un siècle qu'il admire trop. » Puis Joubert ajoute : « Sa raison le detrompera avec le temps, mais en attendant ses préjugés regleront sa conduite en beaucoup de points essentiels et ses conseillers epaissiront ses préjugés. Quel dommage qu'il soit si jeune, ou qu'il ait eu de mauvais maîtres! Il laissera, je crois, dans les têtes humaines une haute opinion de lui; mais s'il vit peu il ne laissera rien de durable ou qui soit digne de durer. »

Transcrivons encore la suite de cette prophétique appréciation du Premier Consul, et voyons de quelle manière il pressent la métamorphose qui doit nécessairement aboutir de Bonaparte à Napoléon. « Voila ce que je pense sur un homme et des changements qui occupent certainement beaucoup votre attention, comme ils ont occupé la mienne... S'il n'y avait sous le chapeau de Bonaparte d'autre esprit que le sien et dans le conseil qu'un petit nombre d'hommes sensés, j'espérerais des temps meilleurs; je croirais même que nous y sommes arrivés, mais avec une pareille cohue d'avis et de talents divers, je suis fortement persuadé que nous allons changer d'époque, sans changer d'esprit et de sort.

» Je l'aime.

» Sans lui on ne pourrait plus sentir aucun enthousiasme pour quelque chose de vivant et de puissant.....

» Qu'il conserve tous ses succès, qu'il en soit de plus en plus digne, *qu'il demeure maître longtemps*. Il l'est, certes, et il sait l'être. Nous avions grand besoin de lui !... Mais il est jeune, il est mortel, et je méprise toujours infiniment ses associés. »

Voici dans un autre ordre d'idées une vérité profonde sous une apparence de badinage indifférent : « J'ai passe mon hiver à fouiller les derniers recoins des antres de l'erudition... Je lis tous les physiciens ; j'étudie les corps et ne rêve que d'eux ; il me tarde d'être quitte des opinions d'autrui pour pouvoir être ignorant en toute sûrete de conscience. C'est un bonheur que j'achète, que je paie, mais que j'aurai si le *Principe unique* veut me laisser tel que je suis, encore un peu de temps. »

On sait quel rôle important Joubert eut auprès de l'auteur du *Genie du Christianisme*, combien salutaire fut l'influence de son esprit plein de mesure et d'équilibre sur l'imagination souvent trop ardente et aventureuse du grand écrivain, dont cependant il encourageait à propos les fécondes audaces. Nous ne craignons pas d'affirmer que l'auteur des *Martyrs* et de *René* doit une grande partie de sa gloire littéraire à l'humble et silencieux ami qui, comme il le reconnaissait et se plaisait à le dire bien haut, « *savait seul mettre du levain dans sa pâte* ».

« Inspirez mais n'écrivez pas », telle était la devise ordinaire de Joubert. C'est pourquoi, s'il est téméraire de penser qu'il inspira les œuvres du maître, il est exact de dire qu'il l'obligea par ses critiques justes et pénétrantes à les émonder, à les refondre, à leur donner, en un mot, ce caractère de forte originalité, d'eloquente vigueur, aussi éloignée de l'emphase que de la déclamation pure.

Fontanes et Joubert ! voilà les mentors du grand Chateaubriand. Empruntons à Sainte-Beuve un charmant parallèle de ces deux influences contraires et dont l'union fut cependant si favorable à l'épanouissement du génie que l'on sait.

« Après Fontanes nous ne pouvons nous empêcher de nous arrêter un instant, un dernier instant sur M. Joubert; Chateaubriand jeune marchait entre les deux. Jamais poète ne trouva deux critiques plus doués d'imagination eux-mêmes, deux critiques amis, mieux faits en tous points pour se compléter l'un l'autre et pour le servir : si l'un, tout classique, l'accompagnait et le soutenait avec un dévouement étonné, l'autre ne s'étonnait pas du tout et devançait toujours. L'un, ferme et net, athlète au besoin, brisait des lances dans les mêlées pour son ami et le couvrait de son bouclier; l'autre, vrai sylphe, pur esprit, presque sans corps, voltigeait en murmurant à son oreille des conseils charmants, *leni susurro*. L'un, critique devant le public, plaidait, défendait et gagnait une cause; l'autre, intime et inspirant au dedans, suggérait mille pensées et insinuait bien des hardiesses; et pour finir par un mot consacré : « L'un était la bride et l'autre l'éperon » (1).

Oui, Joubert, malgré sa prudence éclairée et son aversion pour les nouveautés dangereuses, avait pressenti le rôle immense que devait jouer son ami; aussi le poussait-il dans les voies inexplorées de la pensée, où devait germer et jaillir le magnifique épanouissement de la littérature française au XIXᵉ siècle, littérature dont Joubert est incontestablement un des précurseurs les plus sérieux.

Ses jugements littéraires d'une élévation rare mon-

(1) *Chateaubriand et son groupe littéraire*. Lévy, Paris.

trent bien quels étaient les trésors de sagacité et de discernement échus à cette vive intelligence. En voici quelques exemples :

« C'est dans la spiritualité des idées que consiste la poésie. »

« Quiconque n'a jamais été pieux ne deviendra jamais poète. »

« Les beaux vers sont ceux qui s'exhalent comme des sons ou des parfums. »

« Il faut que les mots, pour être poétiques, soient chauds du souffle de l'âme et humides de son haleine. »

« Comme ce nectaire de l'abeille qui change en miel la poussière des fleurs, ou comme cette liqueur qui convertit le plomb en or, le poète a un souffle qui enfle les mots, les rend légers et les colore. Il sait en quoi consiste le charme des paroles et par quel art on bâtit avec elles des édifices enchantés. »

Notons à présent quelques vues générales et profondes sur l'art d'écrire.

« Il serait singulier, nous dit Joubert, que le style ne fût beau que lorsqu'il a quelque obscurité, c'est-à-dire quelques nuages, et peut-être cela est vrai, quand cette obscurité lui vient de son excellence même, du choix des mots qui ne sont pas connus, du choix des tours qui ne sont pas vulgaires. Il est certain que le beau a toujours à la fois quelques beautés visibles et quelques beautés cachées. Il est certain aussi qu'il n'a jamais autant de charme pour nous que lorsque nous le lisons attentivement dans une langue que nous n'entendons qu'à demi. »

« Pour bien écrire le français, il faudrait entendre le gaulois. »

« Notre langue est comme la mine où l'or ne se trouve qu'à de certaines profondeurs. »

« Tout son dans la musique doit avoir un écho ; toute figure doit avoir un ciel dans la peinture ; et nous qui chantons avec des pensées et qui peignons avec des paroles, nous devrions aussi dans nos écrits donner à chaque mot et à chaque phrase leur horizon et leur écho. »

« Concision ornée, beauté unique du style. »

« Souvent les pensées ne peuvent toucher l'esprit que par la pointe des paroles. »

« Il faut que les pensées naissent de l'âme, les mots des pensées et les phrases des mots. »

Que l'on observe la justesse de la maxime suivante :

« Il y a des formes de pensées et des formes de phrases ; celles-ci quand elles sont seules forment les écrivains inférieurs ; parmi les autres, il faut distinguer celles qui viennent de l'âme. *Ces dernières font les écrivains excellents.* »

Terminons enfin ces citations par cette dernière pensée dont on ne manquera pas d'admirer la très réelle ingéniosité.

« Il est un style qui n'est que l'ombre, la vague image, le dessin de la pensée ; un autre qui en est comme le corps et le portrait en sculpture. Le premier convient à la métaphysique où tout est vague et étendu, et aux sentiments de piété qui ont quelque chose d'infini. Le second convient mieux aux lois et aux maximes de morale. Le meilleur des deux est celui qui se montre le mieux assorti à ceux qui le parlent et à ce qu'ils veulent exprimer. De même donc qu'il y a deux sortes de styles, il y a deux sortes d'écrivains, les uns qui dessinent ou peignent leur pensée, la laissant pour ainsi dire collée à leur papier

comme un tableau à la toile, les autres qui y gravent la leur,
l'y enfoncent et l'en détachent en lui donnant un relief
qui la fait nettement ressortir... Achever sa pensée! cela
est long, cela est rare, cela cause un plaisir extrême. Car
les pensées achevées entrent aisément dans l'esprit; elles
n'ont même pas besoin d'être belles pour plaire. Il leur
suffit d'être finies. La situation de l'âme qui les a eues se
communique aux autres âmes et y transporte son repos. »

On voit d'après ces divers extraits quelles connaissances merveilleuses possédait Joubert en matière de
style. Les secrets de l'inspiration, le mécanisme savant
de la mise en œuvre et de la composition, rien n'échappe
au coup d'œil judicieux de l'incomparable critique.

« Pour ce qui est de M. Joubert, écrit Sainte-Beuve,
je dirai que c'est presque un malheur que d'avoir connu
dans sa vie de tels hommes. *Les esprits communs peuvent se donner la consolation de les trouver precieux*,
mais ceux qui les ont une fois goûtés sont tentés bien plutôt
de le rendre à tous ces prétendus gens d'esprit et de les
trouver communs à leur tour En avoir une fois connu,
un de ces esprits divins qui semblent nés pour définir le
mot du poète, *divinæ particulam auræ*, c'est être dégoûté
à jamais de tout ce qui n'est pas fin, délicat, délicieux,
de tout ce qui n'est pas le parfum et la pure essence;
c'est se préparer assurément bien des ennuis et bien des
malheurs ! (1) »

**

Reprenons maintenant l'étude de la *Correspondance*
au point où nous l'avions laissée, c'est-à-dire aux lettres

_____

(1) *Chateaubriand et son groupe littéraire.* Lévy, Paris.

de Joubert à Mme de Beaumont, et voyons s'il ne nous sera pas possible d'en citer quelques extraits frappés au coin de la delicatesse et de la profondeur. Puisque nous venons d'indiquer le rôle du penseur et du critique auprès de son ami Chateaubriand, il n'est pas inopportun de connaître l'appréciation de Joubert sur *Atala*, appréciation qu'il développe avec un art infini dans une lettre adressée à Mme de Beaumont, de Villeneuve-sur-Yonne, le 6 mars 1801.

Nous ne croyons pas que l'auteur d'*Atala* ait été jugé avec plus de finesse et de sagacité. A titre de document prophétique, cette lettre mérite d'être retenue.

« Je ne partage point vos craintes, car ce qui est beau ne peut manquer de plaire ; et il y a dans cet ouvrage une Vénus, céleste pour les uns, terrestre pour les autres, mais se faisant sentir à tous. Ce livre n'est pas un livre comme un autre. Son prix ne dépend point de sa matiere, qui sera cependant regardée par les uns comme son mérite, et par les autres comme son defaut. Il ne dépend pas même de sa forme, objet plus important où les juges trouveront peut-être à reprendre, mais ne trouveront rien à desirer. Pourquoi ? Parce que pour être content le goût n'a pas besoin de trouver la perfection. Il y a un charme, un talisman qui tient aux doigts de l'ouvrier. Il l'aura mis partout, parce qu'il a tout manié, et partout où sera ce charme, cette empreinte, ce caractère-là aussi sera un plaisir dont l'esprit sera satisfait. Je voudrais avoir le temps de vous expliquer cela, et de vous le faire sentir pour chasser toutes vos poltronneries ; mais je n'ai qu'un moment à vous donner aujourd'hui, et je ne veux pas differer de vous dire combien vous êtes peu raisonnable dans vos défiances. Le livre est fait et par conséquent le moment critique est passé. *Il réussira parce qu'il est de l'enchanteur.* S'il y a laissé des gaucheries, c'est à vous que je m'en prendrai, mais vous m'avez paru si rassurée sur ce point, que je n'ai aucune inquiétude. Au surplus, eût-il cent mille défauts, il a tant de beautés qu'il réussira : voilà mon mot ! »

Les rapports de Joubert avec « l'admirable intelligence » de Mme de Beaumont avaient souvent un caractère spéculatif très élevé. Les questions les plus ardues de la métaphysique, les considérations les plus substantielles sur la religion et la philosophie émaillent souvent cette curieuse correspondance. Voici l'opinion du moraliste sur la doctrine de Kant, alors toute nouvelle et fort à la mode en ce temps-là (nous sommes en 1801), opinion donnée avec tout le laisser-aller d'une libre intimité : « J'en suis pour la doctrine de Kant sur ce que je vous ai dit en vous quittant; et j'ajoute qu'il s'est trompé du tout au tout sur la mesure de toute chose. Je la fais remonter plus haut et j'ai raison. La mesure de toute chose est l'*immobile* pour le *mobile*, l'*infini* pour le *limité*, le *même* pour le *changeant*, l'*eternel* pour le *passager*. L'esprit n'est content d'aucune autre. Dieu est aussi nécessaire à la métaphysique qu'à la morale, et plus encore... » Et plus loin... « Kant, ce terrible Kant qui doit changer le monde, ce Kant qui tourne tant de têtes, qui occupait tant la mienne et qui a fait rêver la vôtre, Kant, enfin, le grand Kant,

> ...*Ce Kant dont les sourcils*
> *Font trembler les savants dans leurs chaires assis,*

ce terrible Kant est traduit, et traduit presque tout

entier ; mais il n'est traduit qu'en latin ! J'ai lu ses
critiques, toutes ses critiques, à l'exception de celle du
droit, que j'ai tenue entre mes mains et que j'aurai dès
ce soir si cela me plaît. Quatre gros volumes in-octavo qui
me coûtent, s'il vous plaît, trente-six grosses livres, argent
de France ! C'est le papier le plus cher de la librairie.
Figurez-vous un latin allemand dur comme des cailloux ;
un homme qui accouche de ses idées sur son papier et
qui n'y met jamais rien de net, de tout prêt et de tout
lavé ; des œufs d'autruche qu'il faut casser avec sa tête
et où, la plupart du temps, on ne trouve rien... Que
voulez-vous que je vous dise ? je bats les champs en
parlant de cet homme parce qu'il les bat aussi en parlant
à son lecteur. Il ne permet ni de juger vite ni de lui, ni
de ce qu'il dit. Il n'est pas clair, c'est un fantôme, un
mont Athos taillé en philosophe... enfin je suis las d'y
penser. »

Maintenant quels admirables conseils donnés par
Joubert à Chateaubriand sur la composition du *Génie du
Christianisme* par le gracieux et tout puissant intermédiaire de Mme de Beaumont. « Dites-lui qu'il en fait
trop ; que le public se souciera fort peu de ses citations,
mais beaucoup de ses pensées, que c'est plus de son
génie que de son savoir qu'on est curieux ; que c'est de
la beauté et non de la vérité qu'on cherchera dans son
ouvrage que son esprit seul et non pas sa doctrine en
pourra faire la fortune, qu'enfin *il compte sur Chateaubriand pour faire aimer le Christianisme et non sur le
Christianisme pour faire aimer Chateaubriand.* J'avouerai
à la suite de ce blasphème qu'il ne doit rien dire, lui,
qu'il ne croie la vérité ; que pour le croire, il faut qu'il
se le prouve, et que pour se le prouver il a besoin de lire,

de consulter, de compulser, etc. Mais en dehors de là, qu'il se souvienne bien que toute étude lui est inutile; qu'il a pour but dans son livre de montrer la beauté de Dieu dans le Christianisme, et qu'il se propose une règle imposée à tout écrivain par la nécessité de plaire et d'être lu facilement, plus impérieusement imposée à lui qu'à tout autre par la nature même de son esprit, esprit à part, qui a le don de transporter les autres. Hors et loin de lui tout ce qui est connu... *L'art est de cacher l'art.* Notre ami n'est point un tuyau comme tant d'autres; c'est une source, et je veux que tout paraisse jaillir de lui. »

La correspondance de Joubert avec Mme de Beaumont cesse en 1803, année de la mort de cette femme exceptionnelle qui, comme nous l'avons déjà dit, possédait ce magique talisman qu'on appelle le charme.

Ce fut M. de Fontanes qui se chargea d'apprendre à Joubert l'affreuse nouvelle de cette mort irréparable pour le pauvre valétudinaire. Pauline de Montmorin était en effet le meilleur de sa vie, sa consolation, son espoir, son étoile.

« Il honora de bien des larmes, nous dit M. Paul de Raynal, les funérailles lointaines de l'amie qui lui avait été si chère. La nouvelle du triste événement lui était parvenue à Villeneuve. Il y resta tout l'hiver suivant, silencieux et enveloppé dans sa douleur. Il ne se consola jamais de la mort de cette jeune femme qui n'avait paru dans la vie que pour en souffrir tous les maux, de celle qu'il appelait encore « la plus nécessaire de ses correspondances ». Et s'adressant à M. de Chênedollé, il lui écrit : « Je ne vous dirai rien de ma douleur, elle n'est point extravagante, mais elle sera éternelle. »

Touchante union de deux âmes supérieures, tendre

amitié d'homme à femme, la liaison de Joubert et de
Mme de Beaumont est un exemple frappant mais rare de
ce que peut engendrer le commerce de la spiritualité
dégagé de toute préoccupation d'un ordre inférieur.
Delicieuse harmonie du cœur et de l'esprit, rien au
monde ne ressemble à ces doux effluves de sympathie
entre deux sexes dont la nature s'affine, s'agrandit, se
complète par le contraste même de leurs facultés distinc-
tives. Nous comprendront seuls ceux qui dans leur vie
ont eu le bonheur de posséder cet inestimable trésor :
une amitié féminine. Ceux-là seuls connaissent les joies
exquises de deux sensibilités, de deux intelligences vivant
à l'unisson dans les sphères idéales de la perfection et
de la vertu.

Notre intention n'est pas d'analyser par le menu la
totalité des lettres de Joubert, un volume ne suffirait
pas à cette intéressante et curieuse vulgarisation.

Il nous suffira de renvoyer aux sources (1) le lecteur
désireux de suivre pas à pas l'existence de cet homme
qui fut Joubert, et que l'élite commence seulement de
nos jours à connaître et à apprécier à sa très haute
valeur.

Comme l'étendue se réduit au point mathématique, la
pensée doit atteindre son maximum de condensation dans
l'aphorisme, dont la forme, faite de concision, élimine
toutes les superfluités.

Aussi l'esprit porté vers les idées générales ne saurait

(1) *Lettres de Joubert*. Perrin, éditeur, Paris.

trouver de repos ailleurs que dans ce genre particulier d'expression. Mais la rareté des esprits capables de se nourrir de la substance des vues synthétiques est trop flagrante pour ne point restreindre forcément le cercle des admirateurs de ces hommes d'élite, de ces moralistes bienfaisants à la famille desquels Joubert appartient si complètement.

L'auteur des *Pensées* sera-t-il jamais populaire dans l'acception banale que l'on donne à ce mot ? Nous ne le croyons pas. Ne le comprendront point ceux qui n'ont jamais senti l'aiguillon du parfait, ceux qui n'ont jamais souffert de la maladie du délicat alliée au fanatisme de l'impeccable concision. Mais si ces intelligences supérieures, si ces natures exquises comme le fut celle de Joubert n'attendent rien de l'admiration de leurs contemporains elles sont destinées à susciter dans l'avenir des sympathies ardentes bien dignes de dédommager leur mémoire de l'ingratitude et de l'indifférence de ceux qui les coudoyaient sans les connaître.

Montaigne, La Bruyère, Pascal, Vauvenargues, ne sont-ils pas aujourd'hui plus grands qu'ils ne le paraissaient au xvı° siècle, à l'époque de Louis XIV et dans la France frivole du siècle de Voltaire ? L'atmosphère du temps, faite de préjugés, de passions ou de haines, s'est dissipée pour la plus grande gloire de ces hommes exceptionnels. Les démêlés de Pascal et des Jésuites n'intéressent plus aujourd'hui que les amis de l'érudition; la lutte de Montaigne contre le roi de Navarre, son enthousiasme pour les ligueurs, puis son intimité avec Henri IV sont oubliés et n'entrent pour rien dans l'admiration que nous causent maintenant ses *Essais;* les malicieuses allusions de La Bruyère sur les courtisans de

Chantilly ou de Versailles, sont incomprises aujourd'hui et n'ajoutent rien à l'excellence de son œuvre; les disgrâces de Vauvenargues et ses ambitions méconnues se sont évanouies elles aussi dans cette « atmosphère du temps essentiellement fugitive ».

La postérité prend les hommes tels qu'ils sont, c'est-à-dire avec leur valeur propre; et l'on peut affirmer que la célébrité posthume est le crible qui rend à chacun ce qui lui appartient.

Les réclames retentissantes, la camaraderie facile, les engouements éphémères, peuvent bien pendant un certain temps tenir en haleine l'attention publique frivole par nature; mais les génies véritables, empêchés pour une heure de monter au degré de notoriété qu'ils méritent, finissent par surnager au-dessus du flot des époques philosophiques et littéraires : tels les corps légers longtemps retenus par des circonstances défavorables dans les régions inférieures de l'atmosphère, montent un jour vers l'infini de l'espace où les attirait irrésistiblement leur densité spécifique; aussi Joubert a-t-il raison d'écrire « que s'il est permis de juger les vivants avec son humeur, il n'est permis de juger les morts qu'avec sa raison. Devenus immortels, ils ne peuvent plus être mesurés que par une règle immortelle : celle de la justice ».

Que restera-t-il dans cent ans de cette société littéraire qui illustra le premier quart du siècle ? Que restera-t-il de Fontanes, de Madame de Staël, de Chênedollé, de Molé, de Benjamin Constant, et de celui qui les domine tous, du grand Chateaubriand lui-même ? Que restera-t-il ? Nous nous le demandons en toute sincérité.

Il restera Joubert.

Oui ! Quelque excessive que puisse paraître une semblable affirmation, pour ceux qui ne connaissent pas l'œuvre du moraliste, nous n'hésitons pas à croire que les *Pensées* et la *Correspondance* demeureront comme un des monuments les plus durables de l'esprit français.

Le moraliste vivra, car il est comparable aux plus grands ; le philosophe vivra lui aussi, car ses spéculations ont franchi « la zone des nuages pour se jouer dans la lumière » ; le critique d'art et le critique littéraire demeureront aussi, car Joubert est un admirable juge de l'essence du beau et des choses de l'esprit, — peu d'hommes ayant possédé un tempérament d'esthéticien aussi remarquable. — Il restera surtout comme l'ami fidèle, le consolateur ineffable des âmes souffrantes et des cœurs lassés ; car, il n'est pas d'amertumes, pas d'angoisses, pas de chagrins, pas de tortures morales qui ne s'évanouissent — fantômes cruels — au contact de sa sérénité, de sa bonté, de son espoir sublime et radieux : tels les brouillards de la nuit se dissipent sous les rayons du Soleil levant.

Joubert doit avoir sa place parmi les génies qui ont le plus honoré notre pays. Il doit prendre rang au Panthéon de nos vraies gloires nationales c'est-à-dire faire partie de la phalange des moralistes et des penseurs qui, commençant à Montaigne, se continue par La Boétie, Saint-Cyran, de Sacy, Arnauld, Nicole, Pascal, La Rochefoucauld, La Bruyère, Vauvenargues, Chamfort, Rivarol, etc., et qui à notre siècle a pour représentants plus ou moins illustres : de Bonald, de Maistre,

Mme Swetchine, de Gasparin, Doudan, la comtesse Diane (1), l'abbé Roux (2), etc., auquel nous tenons à emprunter, pour résumer cette étude, une très belle suite de parallèles où Joubert, comme on va le voir, tient peut-être le plus enviable rang :

« Pascal est sombre, La Rochefoucauld amer, La Bruyère malin, Vauvenargues mélancolique, Chamfort âcre, Joubert bienveillant, Swetchine douce.

» Pascal cherche, La Rochefoucauld suspecte, La Bruyère épie, Vauvenargues compatit, Chamfort condamne, Joubert excuse, Swetchine plaint.

» Pascal a une obsession, La Rochefoucauld un parti pris, La Bruyère un point de vue, Vauvenargues une souffrance, Chamfort une rancune, Joubert une aspiration, Swetchine un espoir.

» Pascal rapporte tout à une folie, La Rochefoucauld à un vice, La Bruyère à un travers, Vauvenargues à un sentiment, Chamfort à un abus, Joubert à un idéal, Swetchine à une croyance.

» Pascal est profond, La Rochefoucauld pénétrant, La Bruyère sagace, Vauvenargues délicat, Chamfort paradoxal, Joubert ingénieux, Swetchine contemplative. »

Enfin si les hommes d'esprit valent mieux que leurs livres, Joubert doit donc tenir une bien grande place dans l'estime des lettrés de tout âge et de tout pays, car personne ne fait mieux comprendre que lui ce passage de La Bruyère, que nous rappelons à nos lecteurs : « Quand un livre vous élève l'âme et qu'il vous inspire des senti-

(1) Les *Maximes de la vie* et le *Livre d'or de la Comtesse Diane*. Ollendorff, éditeur, Paris.

(2) *Pensées*. Lemerre, Paris

ments nobles et courageux, ne cherchez pas une autre règle pour juger de l'ouvrage, il est bon et fait de main d'ouvrier. »

C'est sur cette pensée que nous voulons terminer, en espérant que nous aurons contribué par nos humbles efforts à donner au doux et mélancolique Joubert des admirateurs, c'est-à-dire, des amis nouveaux.

Il n'est pas une âme noble, un esprit droit, un cœur généreux qui ne se sente délicieusement captivé par sa philosophie sereine et consolante, touché par sa morale d'une indulgente austérité, enlevé par l'essor de ses spéculations métaphysiques, charmé par son commerce délicat, enthousiasmé par ses conceptions d'art d'un idéalisme transcendant, en un mot rendu meilleur par la fréquentation de ce génie bienfaisant, dont toute l'existence fut un hymne ininterrompu à l'auguste Trinité du Beau, du Juste et du Saint !

AMIEL

3*

AMIEL

L A célébrité posthume est de toutes les gloires la plus durable et la plus pure.

Elle ne procède pas de l'intrigue, elle n'est point alimentée par les intérêts de cénacle ou d'école, les malsaines complaisances de la camaraderie ne sont pour rien dans son épanouissement, et la disparition de l'homme donne aussitôt à l'œuvre nous ne savons quel relief de grandeur et d'autorité sereines que sa vie eût été impuissante à produire.

Notre siècle aura eu par deux fois au moins le privilège de mettre en lumière la supériorité de l'*Œuvre posthume*, œuvre où les préoccupations de public, de mode, de temps et de lieu, se sont évanouies devant la grande voix de l'âme s'interrogeant dans le silence du recueillement ou dans l'extase de la contemplation.

Joseph Joubert et Henri-Frédéric Amiel ont été chacun dans leur sphère, et à deux époques bien différentes, la personnification de la sincérité; le premier dans les *Pensées* et la *Correspondance*, le second dans ces pages si extraordinairement attachantes qu'on appelle le *Journal intime*.

S'étendre longuement sur la supériorité des œuvres composées hors de la préoccupation du public, serait une redite et un lieu commun véritables, aussi n'insisterons-nous pas.

Joubert, par des circonstances particulières, a mis une trentaine d'années à conquérir l'élite de la société française, et à répandre en Europe chez les esprits vraiment lettrés le renom de son doux et pénétrant génie.

Plus rapide à été la fortune du professeur de Genève.

Grâce à la sympathie inspirée par son œuvre à plusieurs puissants critiques, il s'est fait autour du *Journal intime* un mouvement d'attention considérable; et le résultat de cette vulgarisation a dépassé l'espoir des amis qui s'étaient dévoués à la tâche de répandre dans le courant de la pensée contemporaine quelques échos de la curieuse intelligence qui fit le tour de tant de choses, et qui, après des oscillations sans nombre, « s'arrêta comme le pendule à son centre de gravité, c'est-à dire se fixa en Dieu » (1).

Si Joubert a vécu à une époque où les consciences et les pensées erraient sans boussole dans la nuit sombre d'une période de transition, on peut dire très exactement que l'existence d'Amiel s'est écoulée, elle aussi, dans un temps particulièrement troublé, au plus fort de la mêlée intellectuelle, de la crise religieuse et morale, qui, depuis

(1) Berthe Vadier, *H.-F. Amiel.*

cinquante années, secoue cruellement les nerfs de notre
vieille Europe, et, dans le domaine de la philosophie
spéculative ou sociale, la laisse sans la moindre orien-
tation.

En effet, si le dix-huitième siècle fut la proie des
novateurs excessifs, des utopistes et des athées, le
monde, dans sa nouvelle période de gestation, devient
de plus en plus le champ d'expérience de certaines
théories qui, pour être moins violentes et moins sangui-
naires, n'en sont pas moins dissolvantes et redoutables.
Sous le nom de science allemande, il s'est infiltré dans
nos veines une espèce de poison capiteux et lent, dont
l'action éminemment pernicieuse doit remonter jusqu'à
Hegel lui-même, ce fou de génie, dont l'apparition marque la renaissance de la vieille sophistique. Ce poison
n'est donc pas autre chose que le sophisme présenté
avec art sous une forme nouvelle, nous dirions presque
scientifique, pour les esprits superficiels.

La théorie incroyable de l'identité des contraires, le
règne de l'absurde dogmatique du *Oui* et du *Non*
simultanés, ont envahi les couches moyennes de l'intelligence, et montent peu à peu jusqu'à ses sommets.

Henri-Frédéric Amiel est une curieuse victime de cet
état déplorable de la pensée, mais c'est aussi un mélange
du bon sens, de la clarté, de la précision de l'esprit
latin et des tendances vagues, déductives et nébuleuse-
ment synthétiques, de l'esprit allemand.

Toute sa vie il a souffert de ce qu'on appelle le mal
métaphysique, qui n'est autre chose, disons-le bien haut,
que la disproportion de nos désirs avec la capacité de
notre être; en termes plus clairs, qui n'est qu'une
inextinguible soif d'Infini.

Aussi cette pensée singulièrement tourmentée, cette psychologie micrographique, outre le puissant intérêt immédiat qu'elle inspire, doit avoir pour tout esprit sérieux une influence morale d'une très grande portée.

C'est cette influence que nous allons essayer de dégager de l'œuvre d'Amiel.

Lorsqu'on a suivi avec attention les phases de ce dialogue, parfois navrant et découragé, parfois réconfortant et sublime, qui fut toute la vie intérieure du professeur de Genève, on demeure confondu de la somme des efforts qu'Amiel a dépensés à la recherche et surtout à la pénétration intime de la nature des choses, pour aboutir, finalement, à une banqueroute de la raison, et à un point d'interrogation formidable en ce qui touche aux problèmes de la destinée.

Joubert, hélas! disait-il vrai lorsqu'il affirmait qu' « *Il faut savoir bravement s'aveugler pour le bonheur de la vie* » ?

Quoi qu'il en soit, c'est cet aveuglement volontaire qui a manqué presque toujours à l'auteur du *Journal intime*, profondément épris d'investigations extrêmes et de dangereuses curiosités.

C'est ce besoin incoercible d'aller au fond des choses qui a conduit cette intelligence supérieure jusqu'au bord de l'abîme où le vertige du néant a failli l'entraîner à jamais. Éternelle histoire de l'esprit humain qui n'a pas la sagesse de fixer des limites à sa faculté de connaître, et d'assigner des bornes salutaires à ses impatiences spéculatives.

Vouloir posséder toute la vérité, c'est dépasser notre nature ; croire que notre intelligence est capable d'embrasser l'Infini et de comprendre le Principe des principes, c'est errer étrangement, c'est courir dans l'ordre intellectuel aux plus irréparables catastrophes, car l'homme étant un être successif, ne peut avoir qu'une science successive, c'est-à-dire faite d'acquisitions lentes et fragmentaires.

« *Il faut savoir croire où il faut, douter où il faut, affirmer où il faut* », a dit Pascal dans sa connaissance du passé et dans sa vision prophétique des erreurs futures.

Profonde vérité ; car l'expérience prouve que lorsqu'un de ces trois termes vient à être amoindri ou supprimé par la prédominance des deux autres, la dissolution des esprits commence, parce que l'équilibre nécessaire de notre vie intellectuelle en est irrémédiablement détruit. C'est cette juste mesure que n'a pas su garder le professeur genevois.

Amiel est surtout un malade. Il ne faut donc pas craindre d'étudier son œuvre à ce point de vue d'exception, car là, presque toujours, est la clef des énigmatiques et contradictoires évolutions de sa pensée.

Nous sommes en face d'un cas très intéressant de pathologie mentale. C'est l'hypocondrie transportée dans le domaine des idées. C'est l'abus de l'esprit d'analyse atrophiant toute libre et géniale activité. C'est, en un mot, l'*action* tuée par la *réflexion*, et le fanatisme du parfait aboutissant à l'impuissance.

Penché sur le microscope de son observation, Amiel a assisté en spectateur inquiet et passionnément attentif au développement de sa vie intellectuelle et sentimentale.

Il a noté avec une implacable exactitude les pulsations de son cœur, les moindres nuances de sa pensée. Tel l'hypocondriaque, toujours aux aguets des symptômes morbides qu'il croit éprouver, enregistre à l'actif de ses inquiétudes les moindres phénomènes qu'il constate dans les fonctions de son organisme.

Cette espèce de surveillance caractéristique que le « névrosé » exerce sur sa personne, Amiel l'a érigée en règle de conduite, en base de sa vie morale.

Comme ces lamentables valétudinaires pour qui le plus insignifiant malaise est un précurseur de fin prochaine, l'auteur du *Journal intime* a traîné pendant toute son existence une atroce agonie de l'esprit : il est mort du désir de vivre !

Sans nous ériger ici en praticien, et vouloir nous servir du scalpel pour découvrir au fond de cette individualité la cause secrète de son extraordinaire trouble moral, nous allons tenter de rechercher simplement, sans formules scientifiques, et avec le seul secours de l'attention, quelles ont été les origines du désarroi intellectuel dont souffrit si cruellement le professeur genevois

Puisse ce rapide retour sur ses jeunes années éclairer d'un jour inattendu l'étude de cette pensée presque insaisissable dans ses évolutions éminemment contradictoires.

La distinguée biographe de Henri-Frédéric Amiel, Mlle Berthe Vadier, nous apprend que l'auteur du *Journal intime* est d'origine française. On trouve, paraît-il, au XVIIe siècle les Amiel établis à Castres en Languedoc. Ils suivaient la religion réformée.

La révocation de l'édit de Nantes les chassa de leur

patric; ils se réfugièrent en Suisse, s'établirent d'abord
à Neuchâtel, puis dans le pays de Vaud et enfin à
Genève, dont Samuel Amiel, grand-père de celui qui
nous occupe, obtint la bourgeoisie en 1790.

Samuel Amiel fonda une maison d'horlogerie qui ne
tarda pas à prospérer. Il eut trois fils : Henri, Frédéric
et Jacques. Henri fut le père de six enfants. L'aîné, un
garçon, naquit le 27 septembre 1821; on le nomma
Henri comme son père, et Frédéric comme le plus âgé
de ses oncles. Orphelin de bonne heure, il eut, malgré
cet irréparable malheur, une enfance entourée par ses
oncles d'affection et de soins que son frêle état de santé
demandait du reste incessamment.

De sa treizième à sa vingtième année, il habita chez
Frédéric Amiel, nommé son tuteur. « Il ne manqua donc
à l'orphelin, nous dit sa biographe, ni l'intimité du
foyer, ni les amitiés de son âge; la légende d'une
enfance malheureuse tombe tout de suite à l'examen des
faits. Peu d'enfants, au contraire, même parmi ceux qui
conservent leurs parents, sont aussi aimés, aussi entou-
rés. Son malheur fut bien plutôt de n'avoir pas été un
peu contrarié, de n'avoir guère connu la discipline ni la
règle, d'avoir à peine connu ce que c'est que d'obéir;
bref, d'avoir été son maître trop tôt. Élevé de la sorte,
la condition exceptionnelle où il se trouvait lui parut
l'état normal, et il regarda la liberté absolue, sans con-
trôle, comme le premier des biens.

« Il fut fâcheux aussi, ajoute le même auteur, qu'il ne
trouvât pas dans ses alentours une intelligence capable
de le dominer. Ses excellents parents, tous gens de
négoce, pouvaient bien aimer, mais non comprendre cet
enfant déjà attiré par l'*idée*; il eût fallu à ce jeune

Télémaque un Mentor exceptionnel ; Minerve elle-même n'eût pas été trop sage.

» Ce qui rend si difficile l'éducation des enfants trop richement doués, des enfants de génie, c'est qu'il faudrait d'autres génies pour les élever (1) ».

En 1837, Amiel commença des études sérieuses ; après quelques années de théologie protestante, il entra à l'Académie de Zofingue en Argovie.

Déjà renommé pour l'abondance de ses idées, la force de sa dialectique, il avait une veine de subtilité byzantine qui le faisait redouter des·esprits moins ingénieux.

En novembre 1841, il quitta Genève et, passant par Lyon, s'embarqua à Marseille pour l'Italie, où il devait séjourner quelque temps. Il vit Florence, Turin, Rome, Naples et quelques autres villes de la Péninsule. Après cinq semaines passées à Rome, il visita la Sicile et rentra par l'Italie, où les merveilles de l'art et les séductions du ciel mirent dans son âme une ineffaçable empreinte.

En quittant la Toscane, il parcourut la Lombardie et la Vénétie, puis rentra en Suisse et se retrouva à Genève en 1842, après une absence de neuf mois.

En 1843, il vint à Paris, où il demeura six semaines ; puis, après un court séjour sur les côtes de Bretagne et de Normandie, il se rendit en Allemagne, à Heidelberg, ce centre intellectuel si renommé dans le monde entier.

« Frédéric Amiel y vécut dix mois, étudiant à fond la langue allemande et suivant quelques cours à l'Univer-

_____

(1) *H.-F. Amiel* (notice biographique par Berthe Vadier.) — Georg., édit , Genève.

sité : entre autres ceux du professeur Gervinus avec lequel il fut intimement lié. Il recevait l'hospitalité d'une famille professorale, les Weber, où il trouvait un très haut développement intellectuel uni à la cordialité, à la simplicité, à la bonhomie. La vie de l'esprit et du cœur, l'affection et la pensée, réunies et encadrées dans cette délicieuse vallée du Neckar, avec des ruines magnifiques à l'horizon, étaient bien faites pour lui plaire; cependant ce n'était pas encore tout à fait son idéal... Les cours universitaires si intéressants, si riches d'idées, ne le satisfaisaient pas complètement. S'il lui avait paru qu'en France on accordait trop à la forme, ici elle lui semblait par trop sacrifiée... Il partageait les loisirs que lui laissaient ses études, entre ses promenades, ses rêveries, la lecture des poètes allemands, dont il venait de faire la connaissance et qui le ravissaient par leur sens profond de la nature et de l'âme. Les poètes moralistes, Rückert en tête, étaient ses favoris. »

Il quitta son petit paradis d'Heidelberg à la fin de l'été 1844, visita l'Allemagne centrale, et le 15 octobre il arrivait à Berlin, où il devait passer quatre ans.

Le grand attrait de Berlin à cette époque était son Université, alors dans sa phase la plus brillante : « L'Université, écrit Amiel en 1848, est une petite ville où deux mille néophytes viennnent recueillir les enseignements de la bouche de cent soixante et un professeurs! »

Parmi ces professeurs étaient d'illustres savants, dont le nom seul est au plus haut point significatif. Buch y enseignait la géologie; Ehrenberg, la physique comparée; Jean Muller, les mathématiques; Jacobi, la physique; Alexandre de Humboldt, l'univers (cosmologie).

Il y avait aussi les historiens Ranke et de Rammer; Schott, l'orientaliste fameux; Neander, l'historien de l'Église; Karl Ritter, le grand géographe; Schelling, le célèbre Schelling! le panthéiste Twesten, disciple de Schleiermacher; les hégéliens Vatke, Gabler, Hotho, Michelet, etc...

Amiel, nous dit-on, suivit avec un vif attrait les cours de Schelling et des hégéliens, mais il paraissait néanmoins à ses amis plus littérateur que philosophe.

« Ce séjour en Allemagne, écrit M. Edmond Schérer dans la fine étude qu'il a consacrée au *Journal intime*, était le souvenir brillant, radieux dans la pensée d'Amiel, celui qu'il enrichissait de toutes les couleurs dont il dépouillait son pays natal... Les quatre années passées à Berlin avaient été ce qu'il appelait sa phase intellectuelle, et comme il était bien près d'ajouter, la plus belle période de sa vie. Il resta longtemps sous le charme. »

Longtemps, mais pas toujours; et l'éminent critique ajoute un peu plus loin que « le penseur eut à se défaire de certaines étrangetés de style qu'il avait gagnées dans un trop long commerce avec l'esprit germanique et même à réagir contre certaines habitudes de pensée ».

D'ailleurs, Amiel a répété bien souvent lui-même « *qu'il s'était émancipé un peu tard de l'Allemagne et qu'il avait le regret d'y avoir séjourné trop longtemps* ».

**

Si nous avons tenté l'esquisse biographique qui précède, c'est uniquement pour insister sur ce point, à savoir que Frédéric Amiel a longtemps subi en Allemagne, au cœur même d'un enseignement doctrinaire, l'influence dissolvante de l'esprit hégélien.

Nous l'avons vu, les disciples les plus connus du célèbre philosophe occupaient toutes les chaires enviées de l'Académie de Berlin, et c'est à cette source d'erreurs qu'Amiel a été puiser ses premières inspirations qui ont, hélas ! empoisonné sa vie intellectuelle et morale tout entière, au point d'en faire un long martyre, digne de la plus immense pitié, car le penseur de Genève est surtout une victime de la philosophie de Hegel. Nous ne voulons pas faire ici le procès en règle de cette doctrine qui souffla sur l'Allemagne comme un vent de folie pendant de trop longues années. Contentons-nous de dire que ce système, reposant sur la confusion des essences, aboutit à la négation des individus et que, véritable logique à rebours, il conduit au nihilisme spéculatif et pratique.

Épouvantable maladie mentale, l'Hégélianisme attaque la raison dans la constitution même de sa nature : nous voulons dire le principe de contradiction qui pose qu'on ne peut pas affirmer et nier en même temps l'existence d'un être quelconque; ce qui est d'une évidence invincible.

Mais de plus, le panthéisme de Hegel est, qu'on nous passe l'expression, un panthéisme négatif; car tout en s'inspirant de Spinoza, il le répète à rebours. En effet, le philosophe d'Amsterdam considère Dieu comme un Être absolument Infini, c'est-à-dire comme une substance constituée par une infinité d'attributs, dont chacun exprime une essence éternelle et infinie. Cause immanente du monde, elle se développe par le rythme des phénomènes à travers l'infinité des possibles, mais, en fait, l'argument de Spinoza pour prouver la nécessité du développement divin n'est qu'une pétition de principes, puisqu'il suppose ce qui est à prouver, c'est-à-dire l'analogie de l'essence de Dieu avec celle des êtres finis. C'est cette contradiction flagrante, que Hegel a discernée très finement dans le sein du Spinozisme. Il a vu que commencer par un Dieu semblable, c'était ruiner en principe la condition du progrès et ne plus pouvoir expliquer la nature par l'évolution infiniment successive de l'éternelle substance; c'est pourquoi, à l'Être Infini du philosophe hollandais, doué de tous ses attributs et trop parfait pour avoir besoin de chercher en dehors de lui et de sortir de son essence, il a substitué l'être nu, l'*indéterminé*, qui a besoin de tout acquérir.

L'Hégélianisme est donc purement et simplement un panthéisme retourné et une résurrection véritable de la sophistique grecque.

A deux mille ans de distance, les théories de Protagoras et de Gorgias renaissent dans notre vieille Europe et renouvellent leurs monstrueuses tentatives, si admirablement et définitivement écrasées dans l'œuf par l'irréfutable dialectique d'Aristote et de Platon.

Gorgias disait : « L'être et le néant ne peuvent pas exister en même temps. Si l'un existe aussi bien que l'autre, ils sont même chose; donc aucun d'eux n'est, car le néant n'est pas, donc l'être qui lui est identique n'est pas non plus! »

Hegel reprend la même folie et il conclut à la non-existence de l'être et à l'existence du néant.

C'est-à-dire que Hegel détruit l'ensemble des facultés intellectuelles. Aristote l'avait dit des sophistes grecs. Le cas était prévu. Donc rien de nouveau; si ce n'est l'absurde organisé, enseigné, prêché, par des hommes dont la réputation de science devait exercer de si grands ravages sur la pensée contemporaine et en particulier sur l'esprit du méditatif que nous étudions ici à titre éminemment documentaire.

Comment s'étonner après cela de la décomposition intellectuelle dont nous souffrons encore à des degrés divers ?

« Il est certain, écrit un esprit eminent (1), que l'absurde audacieusement offert en face et sans détours, a parfois une étrange puissance. Il fascine comme un précipice... Dès qu'une fois un esprit a eu la faiblesse d'hésiter un instant en face de l'absurde visible, cet esprit est perdu. De même qu'il n'y a plus rien à attendre dans l'ordre de la Pensée, d'un esprit qui demande la démonstration de l'évidence, il n'y a rien non plus à espérer de celui qui attend la réfutation de l'absurde, qui est l'*évidence de l'erreur*. Au delà de l'évidence il n'y a rien à démontrer; au delà de l'absurde il n'y a rien à réfuter. La philosophie s'arrête là. L'esprit alors privé du point d'appui de l'évidence et du garde-fou de l'absurde, l'esprit sort des limites de la raison, et abandonne la philosophie pour entrer dans la sophistique. La sophistique c'est le procédé d'une raison renversée qui demande la démonstration de l'evidence et qui nie l'évidence en attendant; qui demande la réfutation de l'absurde et qui affirme l'absurde en attendant. »

Nous prions le lecteur d'excuser cette digression sur le système du penseur berlinois et sur ses conséquences,

(1) Gratry.

mais elle était nécessaire pour la complète intelligence
de l'œuvre de Frédéric Amiel. Là, nous le répétons, est
la clef de cette pensée énigmatique que quelques critiques ont déclarée insaisissable, parce qu'ils n'ont pas
vu, ou avaient peut-être des raisons pour ne pas voir
d'où venait le mal, quelles étaient les causes des bizarres contradictions aux rythmiques alternances du *Journal intime*.

M. Schérer, dans la très fine étude qu'il consacre au
méditatif genevois, nous déclare, en fin de compte,
qu'Amiel est indéchiffrable, incompréhensible. Il semble le considérer comme un fugace Protée défiant toutes
les analyses et déroutant toutes les définitions. Sans
nier que l'esprit d'Amiel soit assez difficile à classer
aux premiers regards jetés sur son œuvre, nous sommes
absolument persuadé qu'un examen plus attentif peut
beaucoup simplifier la tâche du critique soucieux de
renfermer dans une formule la caractéristique de cette
étrange nature. Aussi, n'en déplaise à M. Schérer,
Amiel est tout simplement un merveilleux échantillon
de ce que doit produire fatalement la philosophie de
Hegel sur un esprit aussi vaste et aussi généralisateur
que le sien.

Fait de sentimentalisme, d'équité, de hautes aspirations, de moralité supérieure, le pauvre Amiel s'est
débattu toute sa vie contre les principes sophistiques
qui lui avaient été infusés à Berlin, contre ces théories
exclusives de la notion du Bien et du Mal. Et alors ce
noble esprit, ce cœur généreux, ce sensitif exquis, ce
spéculatif de puissant essor, a subi l'odieuse domination
de la trilogie hégelienne. Lorsque la thèse attirait sa
pensée, l'antithèse exerçait immédiatement sur cette

même pensée son impitoyable tyrannie. Le pour et le contre entraient en lutte; et le besoin de la réconciliation de ces deux antinomies s'imposait à sa pensée sous la forme de la synthèse, harmonisant ainsi le tout et recouvrant les contradictions les plus violentes, du manteau de l'identité.

Duel terrible, poignantes hésitations !

La réflexion épiant le sentiment, la dialectique assiégeant la raison, et retournant à l'envers les plus saines traditions de la logique.

Perpétuellement en conflit avec lui-même, Amiel meurt de son ambiguité. Nature profondément religieuse, il professe au point de vue spéculatif le determinisme le plus accentué, et malgré cette conception destructive de tout ordre moral, il croit ardemment à la justice, à la vertu, au mérite, au bien. Son fond de christianisme proteste avec vigueur contre les appétits de néant qui, dans les heures mauvaises, l'assaillent de leur cruelle obsession. Il se debat entre tous les contraires et quelquefois les exprime simultanément, sans se douter que ses opinions se heurtent et s'entredétruisent.

Emporté par le torrent de ses spéculations vaines, Amiel a oublié cette merveilleuse parole du Christ, qui résume tout le travail humain : « *Cherchez d'abord le royaume de Dieu et sa justice, et le reste vous sera donné par surcroît.* »

En effet, le moyen pour une intelligence aussi vaste et compréhensive que celle du professeur de Genève de demeurer inébranlable contre le flux des doctrines et des idées, quand on a perdu le point fixe, la base solide de la critique, nous voulons dire la raison et son procédé logique, qui est la négation radicale de l'*identité des contraires?* Quelle barrière opposer à l'invasion sophistique du *pour* et du *contre* également légitimes, puisqu'il suffit pour les confondre, de les réunir dans la synthèse suprême qui autorise, consacre et justifie les plus violentes contradictions? Qu'importent les antinomies essentielles, puisque la formule magique autorise tout et santionne tout aveuglément?

Pascal a dit, avec l'autorité suprême de son génie :

« *Nous avons une impuissance à prouver invincible à tout le dogmatisme : mais nous avons une idée de la vérité invincible à tout le pyrrhonisme.* »

Ces profondes paroles eussent été pour Amiel le contrepoison de l'influence hégélienne, s'il les avait méditées. Comment ne pas reconnaître en effet, aux premiers regards jetés sur son œuvre, cette tendance maladive d'insatiable curiosité? Il veut tout connaître, tout pénétrer, tout approfondir, et lorsque l'Infini oppose à ses investigations son impénétrable mystère, il s'entête, et dût sa cervelle éclater dans le choc, il veut briser l'implacable mur d'airain qui nous cache ici-bas les splendeurs éternelles de la Vérité.

Le sens énigmatique de la vie le harcèle de son douloureux aiguillon. Il veut lire dans le livre des desseins de Dieu, et il oublie que la vue d'ensemble du plan de la création nous est absolument interdite. Cette épopée colossale est écrite en caractères qui dépassent notre taille humaine, comme les pyramides dépassent celle du scarabée enfoui dans le sarcophage des Pharaons, et des millions de siècles ne suffisent pas pour déchiffrer une lettre de la phrase immense dont le sens existe cependant!

Amiel possédait évidemment une organisation supérieure. Les plus nobles ferments étaient en germe dans
son âme; aussi plus pathétique a été le duel de son cœur
et de sa raison mutilée.

Tout le monde sait aujourd'hui, que de son vivant le
professeur d'esthétique genevois, passa pour ainsi dire
inaperçu. Ses tentatives littéraires, comme les *Étrangères*
et *Jour à jour*, n'eurent pas le moindre retentissement.
Trop préoccupé du jugement de ses amis, il se montre
toujours hésitant et timide au point de ne révéler dans
ses œuvres livrées au public, aucune espèce d'originalité.
C'est correct, froid, compassé, et rien n'apparait alors
dans cette période de son existence de vraiment digne
de lui survivre.

Amiel meurt en 1881. Aussitôt quelques-uns de ses
familiers, ne pouvant croire qu'une pareille intelligence
n'eût rien produit de remarquable durant une carrière
relativement aussi longue, se mirent à fouiller avec confiance dans les papiers qu'Amiel leur avait laissés par
testament, bien assurés qu'ils trouveraient là des traces
originales de cette vie passée dans la méditation et le
commerce exclusif des idées.

Leur pressentiment se réalisa d'une manière ines-
pérée, car ils trouvèrent dans les cartons d'Amiel un
véritable journal écrit pour ainsi dire sans interruption
de 1848 à 1881. Frappés de la beauté exceptionnelle de
cette espèce d'examen de conscience, de notation exacte
des péripéties de sa vie intellectuelle et sentimentale,
ils réunirent en fragments la plus grande partie de cette
œuvre posthume et la présentèrent au public supérieur,
qui lui fit un accueil mérité.

Amiel était célèbre.

Ajoutons qu'il le devient tous les jours davantage, car il n'est pas possible d'imaginer quelque chose de plus captivant, de plus émotionnant, de plus original, que ces notes éparses, échos d'une sensibilité étrange, d'une âme tourmentée, d'un cœur lassé qui passe sans mesure des affres douloureuses de l'incertitude aux réconfortantes et pures ivresses de la Foi.

On peut dire que toutes les questions, tous les problèmes, toutes les faces de la pensée contemporaine se succèdent dans l'œuvre de Frédéric Amiel, entraînant après eux de curieuses conséquences et de nouveaux points de vue. Le *Journal intime* est, on peut le dire, le roman d'une âme.

Rien n'est passionnant comme cette lecture, mais hâtons-nous d'ajouter, rien n'est dangereux comme elle. C'est pourquoi nous attachons une importance extrême à nos déclarations précédentes. Amiel est un malade dans la société duquel on ne peut vivre qu'en prenant des précautions sérieuses contre la contagion. Contagion, nous tenons au mot, car depuis longtemps, il n'a pas paru de livre plus susceptible d'exercer sur les esprits faibles une influence aussi pernicieuse.

Le *Journal intime* doit donc être lu avec la plus extrême circonspection, car ceux qui, non prévenus du caractère de l'ouvrage, se laisseraient aller à son charme malsain, risqueraient fort de subir l'ascendant de cette âme docile à tous les courants de spéculation, et gémissant de son impuissance à rien atteindre de fixe, de durable et d'éternel.

Ainsi donc l'influence de l'esprit germanique a été fatale à l'auteur du *Journal intime*.

Des habitudes inconscientes de dialectique où rien

n'offre à la pensée un inexpugnable asile, entraînèrent insensiblement son esprit jusqu'à la conception bouddhique du monde et de la vie.

L'universel Devenir, l'intarissable flux des êtres et des choses exercèrent sur sa méditation un attrait morbide, et frappèrent souvent de stérilité les plus généreux élans de sa nature.

Combien de fois en parcourant ces pages d'un intérêt si poignant, ne rencontre-t-on pas la soif du néant, l'extase orientale du Nirvâna, la tendance à s'engloutir dans le formidable Rien, exprimées d'une façon trop saisissante pour douter que le Nihilisme n'ait enlacé la pensée d'Amiel de sa lourde et mortelle ivresse.

« Ah ! le problème de la douleur et du mal, écrit-il, est toujours la plus grande énigme de l'être, après l'existence de l'Être lui-même. La foi de l'humanité a généralement supposé la victoire du bien sur le mal. Si le bien est, non pas le résultat d'une victoire, mais une victoire, il implique une bataille incessante, infinie, il est la lutte interminable, et le succès éternellement menacé. Or, si c'est là la vie, Bouddha n'a-t-il pas raison de la regarder comme le mal même, puisqu'elle est l'agitation sans trêve et sans merci. Le repos ne se trouve alors que dans le néant... L'art de s'anéantir, d'échapper au supplice des renaissances et à l'engrenage des misères, l'art d'arriver au Nirvâna, serait l'art suprême, la méthode de la délivrance. Le chrétien dit à Dieu : « délivre-nous du mal »; le bouddhiste ajoute : « et pour cela délivre-nous de l'existence finie, rends nous au néant ! »

Maintenant voici la contre-partie : c'est après l'angoisse de la torturante incertitude, la sérénité de l'abandon et le cri magnifique de l'Espoir. « Une seule chose est nécessaire, écrit Amiel, l'abandon à Dieu ! Sois dans l'ordre toi-même et laisse à Dieu le soin de débrouiller l'écheveau du monde et de ses destinées. Qu'importent le néant ou l'immortalité ? « *Ce qui doit être sera : ce qui sera, sera bien.* »

« La foi au Bien ! peut-être ne faut-il pas davantage à l'individu ? Mais il faut avoir pris parti pour Socrate, Platon, Aristote, Zénon, contre le Matérialisme, la religion du hasard, le Pessimisme; peut-être même faut-il se décider contre le Nihilisme bouddhique, parce que le système de la conduite est diamétralement opposé si l'on travaille à augmenter la vie ou à l'annuler, s'il s'agit de cultiver ses facultés ou de les atrophier méthodiquement. Employer son effort individuel à l'accroissement du Bien dans le monde, ce modeste idéal suffit; c'est le but commun des Saints et des Anges. »

Nous allons continuer à citer, pour la justification de notre point de vue, un certain nombre de pensées où il sera facile de retrouver cette espèce de rythme alterné d'affirmations et de négations continues. On verra avec quelle souplesse, quelle subtilité byzantine, Amiel passe du pour au contre et du contre au pour, comme il se dérobe avec adresse à la logique des conséquences, et fuit insaisissable dans les méandres vaporeux du songe le plus éthéré.

« Rêvé seul après dix heures du soir à la fenêtre, tandis que les étoiles se rallument entre les nuages et que les lumières des voisins s'éteignent une à une dans les maisons d'alentour, rêvé à quoi? au mot de cette tragi-comédie que nous jouons tous. Hélas! helas! j'étais aussi mélancolique que l'Ecclésiaste, cent ans me paraissaient

un songe ; une vie, un souffle, un néant. Que de tourments
d'esprit ! Et tout cela pour mourir dans quelques minu-
tes.

> Le temps n'est rien pour l'âme, enfant, ta vie est pleine,
> Et ce jour vaut cent ans s'il te fait trouver Dieu.

» Me faire un but, espérer, lutter, me paraît toujours plus
impossible et prodigieux. A vingt ans j'étais la curiosité,
l'élasticité, l'ubiquité spirituelle ; à trente-sept ans je n'ai
plus une volonté, un désir ni un talent ; le feu d'artifice
de ma jeunesse n'est qu'une pincée de cendre. » Et plus
loin : « Je viens de relire Faust. Hélas ! toutes les années
je suis ressaisi par cette vie inquiète et ce personnage
sombre. C'est le type d'angoisse vers lequel je gravite, et
je rencontre toujours plus dans ce poème de mots qui
me frappent droit au cœur. Type immortel, malfaisant et
maudit ! Spectre de ma conscience, fantôme de mon tourment, image des combats incessants de l'âme qui n'a pas
trouvé son aliment, sa paix, sa foi. N'est-ce pas l'exemple
d'une vie qui se dévore en elle-même parce qu'elle n'a
pas rencontré son Dieu, et qui, dans sa course errante à
travers le monde, emporte en soi, comme une comète,
l'incendie inextinguible du désir et le supplice de l'incu-
rable désabusement. Moi aussi je suis réduit au néant et
je frissonne au bord des grands abîmes vides de mon être
intérieur, étreint par la nostalgie de l'inconnu, altéré par
la soif de l'infini, abattu devant l'ineffable. »
Écoutons à présent Amiel chercher où pourrait bien
être le repos, le bonheur, l'assouvissement. « Il n'y a
jamais qu'une solution, entrer dans l'ordre, accepter, se
soumettre, se résigner, et faire encore ce qu'on peut. Ce
qu'il faut sacrifier, c'est sa volonté propre, ses aspira-

tions, son rêve. Renoncer au bonheur une fois pour
toutes, l'immolation de son Moi, la mort à soi-même, tel
est le seul suicide utile et permis. Le désintéressement
n'est absolu que dans la parfaite humilité, qui broie le
Moi au profit de Dieu ! »

Personne n'a compris aussi bien qu'Amiel l'imperfection de sa nature, l'excessive prépondérance prise chez lui
par l'examen psychologique au détriment de l'activité
normale. « L'examen de soi est dangereux, écrit-il plus
loin, s'il usurpe sur la dépense de soi ; la rêverie est
nuisible quand elle endort la volonté ; la douceur est
mauvaise quand elle ôte la force ; la contemplation est
mauvaise quand elle détruit le caractère... *Le grain
moulu et réduit en farine, ne peut plus germer ni lever.*
Le trop et le trop peu pèchent également contre la
sagesse. L'outrance est un mal, l'apathie est un autre
mal. L'énergie dans la mesure, voilà le devoir ; l'attrait
dans le calme, voilà le bonheur. » La nette perception
de sa manie d'analyse et de curiosité lui fait écrire la très
sage pensée qui suit : « Ne raffinons pas, les vues subtiles
ne remédient à rien ; d'ailleurs il faut vivre ! Le plus simple est d'accepter débonnairement l'inévitable. Plongé
dans l'existence humaine, il faut la prendre comme elle
est, sans horreur tragique, sans raillerie amère, sans
bouderie déplacée, sans exigence excessive ; l'enjouement
et la patience sereine valent mieux. Il n'y a de mauvais
que le péché, c'est-à-dire l'égoïsme et la révolte. »

Maintenant notons dans un autre ordre d'idées, celui
de la critique, ce stigmate au fer rouge qu'Amiel, grâce
à son sens de moralité très supérieur, applique aux
romanciers philosophes ou savants que dominent les
théories matérialistes. « Stendhal, dit-il, ouvre la série

des romans naturalistes qui suppriment l'intervention
du sens moral et se moquent de la liberté prétendue.
Les individus sont irresponsables, ils sont gouvernés
par leurs passions... Stendhal est le romancier selon le
cœur de Taine, le peintre fidèle qui ne s'émeut ni se
s'indigne, et que tout amuse, le coquin et la coquine,
comme le brave homme et l'honnête femme, mais qui n'a
ni croyance, ni préférence, ni idéal. La littérature est
subordonnée ici à l'histoire naturelle et à la science ;
elle ne fait plus partie des humanités, elle ne fait plus à
l'homme l'honneur d'un rang à part, elle le range avec
les fourmis, les castors et les singes. Et cette indifférence
morale achemine à l'immoralité. Le vice de toute cette
école c'est le cynisme, le mépris pour l'homme, qu'on
ravale au rang de la brute ; c'est le culte de la force,
l'insouciance de l'âme ; c'est, en un mot, l'*inhumanité*. »

Et il ajoute : « On ne peut être matérialiste impuné-
men. On est grossier, même avec une culture raffinée. La
liberté d'esprit est une grande chose assurément, cependant l'élévation du cœur, la croyance, la soif du bien, la
capacité d'enthousiasme et de dévouement, de perfection
et de sainteté, est chose plus belle encore ! »

Mais quelle page citer de préférence à telle autre dans
cette œuvre où tous les problèmes de la vie sont abordés
et traités avec une maëstria si extraordinaire ?

Le sphinx est resté impénétrable ; mais que de lueurs
soudaines, que d'éclairs admirables ont jailli de ce
tragique interrogatoire ! Écoutons encore Amiel aux
prises avec l'angoisse atroce du néant, pour le retrouver
ensuite dans la région lumineuse des espérances éternelles
où l'emporte souvent l'essor de son génie, malgré tout
profondément religieux.

« Qu'est-ce, au fond, que la vie individuelle ? Une variation du thème éternel, naître, vivre, sentir, espérer, souffrir, pleurer, mourir. Quelques-uns y ajoutent : s'enrichir, penser, vaincre. Mais au fait, de quelque manière que l'on s'extravase, se dilate, se convulsionne, on ne peut que faire onduler plus ou moins la ligne de sa destinée. Le tout est toujours le trémoussement de l'infiniment petit et la répétition insignifiante du motif immuable. En vérité, que l'on soit ou ne soit pas, cela est si parfaitement insignifiant pour l'ensemble des choses, que toutes plaintes et tous désirs sont ridicules. L'humanité tout entière n'est qu'un éclair dans la planète et la planète peut retourner à l'état gazeux sans que le soleil s'en ressente seulement une seconde.

» L'individu est l'infinitésimale du néant !...

» Tout change, mais avec des rapidités tellement inégales que telle existence paraît éternelle pour une autre : ainsi un âge géologique comparé à la durée d'un être, ainsi la terre comparée à un âge géologique, paraissent des éternités, comme notre vie comparée aux mille impressions qui nous traversent dans une heure. De quelque côté qu'on regarde, on se sent assiégé par l'infinité des infinis. La vue sérieuse de l'Univers donne l'épouvante ; tout semble tellement relatif qu'on ne sait plus ce qui a une valeur réelle ! »

Maintenant de ces ténèbres épaisses va jaillir la lumière. Thèse, antithèse. « Où est le point dans ce gouffre sans bornes et sans fond ? Ne serait-ce pas ce qui perçoit les rapports ? en d'autres termes la *Pensée ?* la Pensée infinie ?

» Nous apercevoir dans la pensée infinie, nous sentir

en Dieu, nous accepter en lui, nous vouloir dans sa volonté, en un mot la *Religion*. Voilà l'immuable !

» Que cette pensée soit fatale ou libre, le bien est de s'identifier avec elle. Le Stoïcien comme le Chrétien s'abandonne à l'Être des êtres, que l'un appelle souveraine Sagesse, et l'autre souveraine Bonté ! Saint Jean dit : Dieu est lumière, Dieu est amour ! Le Brahmane dit : Dieu est l'intarissable poésie ! Disons : Dieu est la perfection... Et l'homme ? L'homme, dans son imperceptible petitesse et son inexprimable fragilité, peut apercevoir l'idée de la perfection, aider à la volonté suprême et mourir en chantant hosannah ! « Quelle hymne magnifique de résignation et d'amour après la négation et l'affaissement ! Quels rayons après les ténèbres !

Chutes profondes et relèvements soudains, extases de la contemplation et rêves lugubres, fièvres du doute, et paix exquise de la foi, affirmation de la fatalité et culte austère du devoir ; toutes les contradictions de l'âme humaine sont fouillées par ce méditatif extraordinaire jusqu'en leurs plus insondables replis.

Quel virtuose que l'auteur du *Journal intime*, et comme il incarne bien l'homme dont Pascal a dit : « *S'il s'élève, je l'abaisse ; s'il s'abaisse, je l'élève ; et toujours ainsi, jusqu'à ce qu'il comprenne qu'il est lui-même la plus impénétrable énigme et le plus grand mystère.* »

A présent, voyons Amiel se définir et se juger mieux que personne ne pourra jamais le faire. « Ma conscience occidentale et pénétrée de moralisme chrétien a toujours persécuté mon quiétisme oriental et ma tendance bouddhique. Je n'ai pas osé m'amender... En ceci comme en toutes choses, je suis demeuré perplexe et *j'ai oscillé entre les contraires*, ce qui est une façon de garder l'équi-

libre, mais qui empêche toute cristallisation. Ayant entrevu de bonne heure l'absolu, je n'ai pas eu l'effronterie
indiscrète de la personnalité. »

Et de fait, personne plus qu'Amiel n'a eu le don
bizarre de s'abstraire de lui-même et de revêtir des états
d'âme aussi divers et aussi antagonistes.

Ce Protée occupe dans le monde de la pensée une
place à part, et il sera de plus en plus considéré comme
un extraordinaire mélange de logique et d'intuition, de
sentiment et de dialectique. Sa pensée se meut avec une
égale souplesse, des derniers confins de la subtilité aux
horizons les plus étendus de la synthèse, son besoin ty-
rannique, sa passion dominante. Et l'on peut dire que la
Fantaisie Universelle de Maïa et la sublime physionomie
du Christ alternent dans son œuvre, ce kaléidoscope
prestigieux, et se partagent les aspirations de cette âme
qui abandonne tour à tour les labyrinthes vaporeux de
son rêve pour fixer dans leur essence les plus austères
réalités du monde et de la vie.

Ah! les essences, comme au fond, malgré sa grande
soif de certitudes, Amiel a bien compris qu'elles sont im-
pénétrables. « Toutes les origines, écrit-il, sont des secrets. Le principe de toute vie individuelle et collective
est un mystère, c'est-à-dire quelque chose d'irrationnel,
d'inexplicable, d'indéfinissable. Allons jusqu'au bout ;
toute individualité est une énigme insoluble et aucun
commencement ne s'explique... Peut-être n'y a-t-il pas
aussi d'individus véritables et, dans ce cas, pas de commencement, sauf un seul, la *Chiquenaude primordiale*, le
premier mouvement. Tous les hommes ne feraient que
l'homme à deux sexes ; l'homme rentrerait à son tour
dans l'animal, l'animal dans la plante ; et l'individu uni-

que serait la nature vivante ramenée à la matière vivante, à l'hylozoïsme de Thalès. Cependant, même dans cette hypothèse, où il n'y aurait qu'un seul commencement au sens absolu, il resterait des commencements relatifs, symboles multiples de l'autre. Toute vie dite individuelle, par complaisance et par extension, représenterait en miniature l'histoire du monde, et pour l'œil du philosophe, elle en serait comme l'abrégé microscopique ».

Voici quelques pensées sur la mort, où les qualités de pénétration d'Amiel sont extrêmement caractéristiques. « Après tant de malheurs, que nous reste-t-il ? Moi ! Ce Moi, c'est la conscience centrale, l'axe de toutes les branches retranchées, le support de toutes les mutilations, je n'ai bientôt plus que cela, la pensée une. *La mort nous réduit au point mathématique ;* la destruction qui la précède nous refoule par cercles concentriques de plus en plus étroits, vers cet asile dernier et inexpugnable. Je savoure par anticipation ce zéro dans lequel s'éteignent toutes les formes et tous les modes. Je vois comme on entre dans la nuit et, inversement, je trouve comment on en sort. »

A la suite de ces réflexions si profondes, notons une originale réédition de la pensée de saint Anselme et de Descartes, sur l'existence du parfait. On y trouvera néanmoins la constante influence hégélienne dont Amiel ne peut parvenir à se débarrasser. « Prendre conscience de tous les modes possibles de l'être serait une occupation suffisante aux siècles des siècles, du moins pour les consciences finies qui relèvent du temps. Il est vrai qu'elle pourrait s'empoisonner, cette félicité progressive, par l'ambition de l'absolu et du tout à la fois. Mais on peut répondre que les aspirations sont nécessairement

prophétiques, puisqu'elles n'ont pu naître que sous
l'action de la même cause qui leur permettra d'aboutir.
L'âme ne peut rêver l'*absolu* que parce que l'absolu *est :*
la conscience de la perfection possible est la garantie que
le *parfait sera.* »

Nous appelons d'une manière toute particulière
l'attention du lecteur sur cette dernière phrase où les
tendances hégéliennes apparaissent clairement. « L'âme,
nous dit-on, ne peut rêver l'absolu que parce que
l'absolu est ; la conscience de la perfection possible est
la garantie que le parfait sera. » Quelle différence essentielle peut-on concevoir, nous le demandons, entre
l'absolu et le parfait ? Aucune ! Car l'absolu doit être
parfait pour être absolu et, réciproquement, le parfait
doit être absolu pour être parfait. Or, qui ne voit que
dans le même membre de phrase, Amiel affirme, d'un
côté *l'existence présente* de l'absolu quand il dit : —
l'âme ne peut rêver l'absolu que parce que l'absolu *est,*
et, de l'autre, *la futurition du parfait,* quand il dit : —
la conscience de la perfection possible est la garantie
que le parfait *sera.*

Voilà, ce nous semble, un exemple frappant de la
logomachie hégélienne.

Être, signifie *l'existence présente,* actuelle ; *devoir
être,* que l'existence ne sera acquise que plus tard,
qu'elle n'est pas encore. Or, nous avons vu que le
parfait et l'absolu étaient même chose ; donc Amiel, de
par sa tournure d'esprit affirme à la fois l'être et le
non-être d'une même chose sous le même rapport. C'est
ainsi que les plus vastes intelligences subissent l'ascendant de l'absurde et souvent ne soupçonnent même pas
le caractère anormal de leur état.

Nous connaissons la réponse des sophistes qui nous diront : — Vous confondez l'absolu et le parfait, l'un n'est pas l'autre. Hegel veut dire que la pensée (absolu) est éternelle; c'est la conscience de la pensée (perfection) qui se fait lentement et graduellement à travers les âges, les races, les humanités. L'absolu *était* au début, et il se *sait* à l'arrivée; voilà l'objection. Nous n'aurons pas de peine à montrer que cette objection est la formule même de l'absurde. Voyons, ne nous payons pas de mots, qu'est-ce que votre absolu qui est au début? Sera-ce l'Être dans toute sa plénitude! Si c'est le néant, comment pouvez-vous soutenir sans extravagance que du *Rien* doit sortir le *Tout*, c'est-à-dire le parfait? Si votre absolu est l'être confus, embryonnaire, en un mot le *germe* qui doit se dérouler dans l'infini des possibles, il faut de toute nécessité reconnaître *qu'il* possède en lui à l'état latent un caractère d'infinie virtualité. Or, si comme l'homme est dans l'embryon, le papillon dans la chenille, le chêne dans le gland, la nature est en Dieu, quelle différence logique ferez-vous entre le germe virtuel, qui contient l'immensité de l'univers, et l'univers qui sera l'ouvrage de sa toute-puissance évolutrice? Est-ce que le développement successif de la force initiale sera plus parfait que cette force elle-même? La réalisation primera-t-elle l'idée, le phénomène la loi? Pourquoi donc cette distinction purement artificielle et arbitraire entre l'absolu et le parfait? Si vous reconnaissez la valeur de l'argument, pourquoi dire que l'un existe et que l'autre sera?

Mais nous n'en finirions pas s'il nous fallait relever au passage les innombrables contradictions de source hégélienne dont le pauvre Amiel est la victime, et qu'à certaines heures, il savait être la cause de son mal, par exemple quand il écrivait : « *Je me suis un peu tard émancipé de l'Allemagne et j'ai le regret d'y avoir séjourné trop longtemps.* »

Souvent, et au plus fort de ses aspirations à tout connaître, à tout découvrir, à tout pénétrer, Amiel se rend compte que cette tendance de curiosité malsaine l'éloigne de plus en plus de la voie de l'ordre et de l'activité féconde. Il exprime avec une merveilleuse justesse ses efforts de salutaire retour.

« Fais en toi la part du mystère, ne te laboure pas tout entier du soc de l'examen, mais laisse en ton cœur un petit angle de jachères pour les semences qu'apportent les vents, et réserve un petit coin d'ombrage pour les oiseaux du ciel qui passent... Aie dans ton âme une place pour l'hôte que tu n'attends pas, et un autel pour le Dieu inconnu. Et si un oiseau chante dans ta feuillée, ne t'approche pas trop vite pour l'apprivoiser. Et si tu sens quelque chose de nouveau, pensée ou sentiment, s'éveiller au fond de ton être, n'y porte point vite la lumière ni le regard. Protège par l'oubli le germe naissant, entoure-le de paix, n'abrège pas sa nuit, permets-lui de se conformer et de croître, et n'ébruite pas ton bonheur. Œuvre sacrée de la nature, toute conception doit être enveloppée du triple voile de la pudeur, du silence et de l'ombre. »

Maintenant voici une fort belle paraphrase de la pensée de Hume : — « Le monde est ma représentation », — formule qui condense énergiquement tout le dynamisme subjectif. « Un paysage quelconque est un état d'âme, et qui lit dans tous deux, est émerveillé de retrouver la similitude dans chaque détail. La vraie poésie est plus vraie que la science, parce qu'elle est synthétique et saisit, dès l'abord, ce que la combinaison de toutes les sciences pourra tout au plus atteindre une fois comme résultat. *L'âme de la nature est devinée par le poète: le savant ne sert qu'à accumuler les matériaux pour sa démonstration.* »

Ne retrouve-t-on pas dans la page qui suit, les poignantes angoisses d'une pensée dont la grande douleur est de ne pouvoir s'attacher à rien de fixe, et d'osciller entre les contraires implacablement stériles? Toujours Hegel et son influence !

« C'est ainsi que s'en va la vie, ballottée comme un canot par les vagues de droite à gauche, de haut en bas, mouillée par l'onde amère, puis jetée au rivage, puis reprise par le caprice des flots... C'est du moins la vie du cœur et des passions, celle que réprouvent Spinoza et les Stoïciens, le contraire de cette vie sereine et contemplative, toujours égale comme la lumière des étoiles, où l'homme vit en paix et voit tout sous le regard de l'éternité; le contraire aussi de la vie de conscience où Dieu seul parle, et où toute volonté propre abdique devant sa volonté manifeste. Je vais de l'une à l'autre de ces trois existences qui me sont également connues, *mais cette mobilité même me fait perdre les avantages de chacune d'elles.* Le cœur chez moi se ronge de scrupules; *l'âme ne peut supprimer les besoins du cœur,* et la conscience se trouble et ne sait plus bien distinguer, dans le chaos des inclinations contradictoires, la voix du devoir ni la volonté suprême. »

Lamartine a écrit avec une concision superbe : « Ce qu'il y a de meilleur en nous n'en sort jamais. » Voyons de quelle façon Amiel présente cette vérité et quelles conséquences il en tire. « Pour les deux choses capitales de la vie, écrit-il, nous sommes toujours seuls, et notre véritable histoire n'est à peu près jamais déchiffrée par les autres. La meilleure partie de ce drame est un monologue, ou plutôt un débat intime entre Dieu, notre conscience et nous. Larmes, chagrins, abattement, déceptions, froissements, mauvaises et bonnes pensées, décisions, incertitudes, délibérations, tout cela est notre secret, presque tout en est *incommunicable*, intransmissible, même quand nous en voulons parler, même quand nous l'écrivons. Le plus précieux de nous-mêmes ne se découvre jamais, ne trouve pas une issue, même dans l'intimité, n'arrive certainement qu'en partie à notre conscience, n'entre guère en action que dans la prière et n'est peut-être recueilli que de Dieu, car notre passé nous devient perpétuellement étranger. » Avant Amiel, Joubert avait enchâssé une pensée analogue dans la clarté de la forme et la précision du terme, lorsqu'il écrivait : « Où vont nos idées? Elles vont dans la mémoire de Dieu. »

Mais reprenons l'étude de ce passage du *Journal intime,* où sont condensés des aperçus psychiques si finement observés. « Notre monade, écrit Amiel, peut être influencée par les autres, mais elle ne leur demeure pas moins impénétrable dans son centre, et nous-mêmes restons, après tout, *à l'extérieur de notre propre mystère.* Le milieu de notre conscience est inconscient, comme le noyau du soleil est obscur. Tout ce que nous sommes, voulons, faisons, savons, est plus ou moins superficiel,

et les ténèbres de la substance insondable demeurent au-
dessous des rayons et des éclairs de notre périphérie. »

Nous venons de voir avec quelle énergie Amiel affirme
l'existence de la force individuelle, de la personnalité de
la monade irréductible, du Moi, en un mot. Mettons
encore à côté de ces vues très profondes la page suivante
où il reprend la même idée sous une forme plus accessible, et voyons le prodigieux parti qu'il sait tirer en
faveur de sa thèse d'une banalité en apparence insignifiante. « A dix heures du soir, sous le ciel étoilé, une
troupe de campagnards embossés près des fenêtres du
salon, hurlaient des chansonnettes désagréables. Pourquoi ce croassement goguenard de notes volontairement
fausses et de paroles dérisoires égaye-t-il ces gens ? Pourquoi cette ostentation effrontée du laid ? Pourquoi cette
grimace grimaçante de l'anti-poésie est-elle leur manière de se dilater et de s'épanouir dans la grande nuit
solitaire et tranquille ? Pourquoi ? Par un secret et triste
instinct, par le besoin de se sentir dans sa spécialité
d'individu, de s'affirmer, de se posséder exclusivement,
égoïstement, idolâtriquement, en opposant son moi à
tout le reste et en le mettant rudement en contact avec
la nature qui nous enveloppe, avec la poésie qui nous
ravit à nous-mêmes, avec l'harmonie qui nous unit aux
autres, avec l'adoration qui nous emporte vers Dieu.
Moi ! moi ! moi ! Moi seul, et c'est assez. Moi par la
négation, par la laideur, par la contorsion et l'ironie,
moi, dans mon caprice, dans mon indépendance, moi,
affranchi par le rire, libre comme un démon, exultant
de spontanéité, moi, maître de moi, moi, pour moi,
monade invincible, être suffisant à soi, vivant enfin une
fois par soi-même et pour soi-même.

» Voilà ce qui est au fond de cette joie, un écho de Satan, la tentation de se faire centre. d'être comme l'Elohim de la grande révolte... Beuglez donc, ivrognes! Votre ignoble concert, dans sa repoussante vulgarité, révèle encore, sans le savoir, la majesté de la vie et la souveraine puissance de l'Ame. » Puis, en opposition avec ces affirmations catégoriques de la personnalité humaine, on rencontre des pages où le sentiment de l'identité des êtres, des choses et des individus, est exprimé avec tout le dogmatisme de l'idéalisme allemand.

Après avoir exalté la personne irréductible, la monade sur laquelle la destruction ne peut avoir de prise, Amiel détruit tout cet édifice laborieusement construit. Écoutons-le développer ses contradictions avec le même enthousiasme et la même force qu'il a mis à établir les fondements de sa thèse de *personnalité indestructible.*

« Combien on sent, écrit-il, l'infixable mobilité de toute chose! Apparaître et s'évanouir, c'est là toute la comédie de l'Univers, c'est la biographie de tous les individus, quelle que soit la durée du cycle d'existence qu'ils décrivent. Toute vie est l'ombre d'une fumée, un geste dans le vide, un hiéroglyphe tracé un moment sur le sable, et qu'un souffle efface le moment d'ensuite, la bulle d'air qui vient s'ouvrir et crépiter à la surface du grand fleuve de l'être, une apparence, une vanité, un néant! L'homme qui a aidé imperceptiblement à l'œuvre du monde a vécu; l'homme qui en a pris quelque peu conscience a vécu aussi. » Qu'est devenue l'immortalité personnelle, imbrisable unité de l'individu ?

Quelques pages plus loin cependant, Amiel cherche à

expliquer sa pensée. « L'homme simple sert par son
action et comme rouage ; le penseur sert par sa pensée
et comme lumière. Le méditatif, qui relève, console et
soutient ses compagnons de route, mortels et fugitifs
comme lui, fait mieux encore : il réunit les deux autres
utilités ! L'action, la pensée, la parole, ce sont trois
modes égaux de la vie humaine. L'artisan, le savant,
l'orateur sont tous les trois ouvriers de Dieu... Tout
disparaît, mais rien ne se perd, et la civilisation, ou cité
de l'homme, n'est que l'immense pyramide spirituelle
construite avec les œuvres de tout ce qui a vécu sous la
forme d'être moral, comme nos montagnes calcaires sont
formées par les debris de myriades de milliards d'êtres
anonymes qui ont vécu sous la forme d'animaux mi-
croscopiques. »

Qui ne reconnaît, dans ce passage d'une profondeur
très réelle, l'influence de l'universel transformisme ?
Maintenant, voici l'idée panthéistique en opposition
avec la croyance à la distinction des individualités et
des essences. Tantôt l'âme est pour Amiel une force
consciente d'elle-même, indivisible, immortelle ; tantôt
elle n'existe qu'à l'état de pur phénomène, de fantasmagorie, d'ombre, d'émanation de la substance absolue.

« Notre vie n'est qu'une bulle de savon, suspendue a
un roseau ; elle naît, s'étend, se revêt des plus belles
couleurs du prisme ; elle échappe même par instant aux
lois de la pesanteur ; mais bientôt le point noir s'y montre, et le globe d'or et d'émeraude s'évanouit dans
l'espace et se résout en une simple gouttelette d'un
liquide impur. Tous les poètes ont fait cette comparaison ; elle est frappante de vérité. Apparaître, luire, disparaître, naître, souffrir, mourir : n'est-ce pas toujours

le résumé de la vie pour l'ephémère, pour une nation, pour un corps celeste?... »

Suivons le parallèle qu'établit le philosophe entre les deux conceptions de la vie, celle de l'Orient et celle de l'Occident. On verra que sa sympathie va souvent à la forme bouddhique de la pensée. « L'Orient préfère l'immobilité comme forme de l'Infini, l'Occident préfère le mouvement. C'est que celui-ci a la passion du détail et la vanité de la valeur individuelle... Au fond, l'homme moderne a un immense besoin de s'étourdir ; il a une secrète horreur pour tout ce qui le diminue ; c'est pourquoi l'éternel, l'infini, la perfection lui sont un épouvantail. Il veut s'approuver, s'admirer, se féliciter, et par conséquent il détourne les yeux de tous les abimes qui lui rappelleraient son néant. C'est là ce qui fait la petitesse de tous nos puissants esprits, le manque de dignité personnelle des étourneaux civilisés comparés avec l'Arabe du désert, la frivolité croissante de nos multitudes toujours plus instruites, il est vrai, mais toujours plus superficielles dans leur notion du bonheur. »

Cependant qui va resoudre ces antinomies ? Écoutons Amiel nous dire de quel côté nous devons attendre la conciliation de ces éléments. « C'est aussi le service que nous rend le Christianisme, cet ornement oriental de notre culture. Il fait contrepoids à nos tendances vers le fini, vers le passager, vers le changeant, en rassemblant l'esprit par la contemplation des choses éternelles, en platonisant un peu nos affections, constamment détournees du monde idéal, en nous ramenant de la dispersion à la concentration, de la mondanité au recueillement, en remettant du calme, de la gravité, de la noblesse dans nos âmes enfiévrées de mille mesquins désirs. *De même que le sommeil est le bain de rajeunissement pour notre vie d'action, ainsi la religion est le bain rafraîchissant de notre être immortel.* Le sacré a une vertu purifiante... « La religion est l'aromate, disait Bacon, qui doit empêcher la vie de se corrompre », et cela est spécialement vrai aujourd'hui de la religion dans le sens platonicien et oriental. Le recueillement est, en effet, la condition de la belle activité. »

Nous l'avons déjà vu, le caractère dominant de la personnalité d'Amiel consiste en une faculté surprenante de métamorphose et en une capacité singulière de revêtir les états d'esprit les plus opposés. Il semble qu'une multitude de vies aient traversé la sienne, s'objectivant tour à tour dans sa personnalité. Mais au fond, c'est toujours la lutte entre l'action et la contemplation, entre le génie chrétien et le génie bouddhique, entre l'apathie et la volonté. « Rentrer dans ma peau m'a toujours paru curieux, chose arbitraire et de convention. Je me suis apparu comme boîte à phénomènes, comme lieu de vision et de perception, comme personne impersonnelle... Mon âme balance entre deux, quatre, six conceptions générales et antinomiques, parce qu'elle obeit à tous les grands instincts de la nature humaine, et qu'elle aspire à l'absolu irréalisable autrement que par la succession des contraires! » Et plus loin : « L'Univers n'est que le kaleidoscope qui tourne dans l'esprit de l'être dit pensant, lequel est lui-même une curiosité sans cause, un hasard qui a conscience de tout le grand hasard, et qui s'en amuse, pendant que le phénomène de sa vision dure encore... Je reviens de moi-même à l'état fluide, vague, indéterminé, comme si toute forme était une violence ou une defiguration. Toutes les idees, maximes, connaissances, habitudes, s'effacent en moi comme les rides de l'onde, comme les plis dans un nuage : ma personnalite a le minimum possible d'individualité. Je suis à la plupart des hommes ce que le cercle est aux figures rectilignes. Je suis partout chez moi parce que je n'ai pas de moi particulier et nominatif... Ma nature, prodigieusement incommode pour la pratique, est assez avantageuse pour l'etude psychologique. En m'empêchant de prendre parti, elle me permet de comprendre tous les partis... »

Voici maintenant le penseur hanté par les théories déterministes, qui cherche à harmoniser le sentiment très intense qu'il a de notre liberté morale avec les nécessités soi-disant inévitables du monde... « Notre liberté, sagement comprise, dit-il, n'est peut-être que l'obéissance volontaire aux lois universelles de la vie. »

Si l'on cherche à pénétrer le caractère religieux de la pensée d'Amiel, il est facile de reconnaître que sa conception du christianisme souffre à la fois du manque d'homogénéité de l'Église réformée et du besoin, malgré tout vif chez lui, d'une religion dogmatique. Son éducation, ses habitudes, sa tournure d'esprit l'éloignent du catholicisme romain, de l'inflexible rigueur de ses dogmes, et pourtant, sa raison, sa réflexion le poussent à reconnaître explicitement, quelquefois d'une façon presque inconsciente, que sans liens indissolubles, sans critérium précis, une religion est bientôt vouée par l'esprit du libre examen à un morcellement aussi indéfini qu'il existe d'individus ou d'interprétations, et que ces mêmes interprétations dissolvantes et personnelles aboutissent fatalement à la division, et la division au chaos. C'est, du reste, l'histoire de l'inimaginable éparpillement des confessions protestantes ; Amiel l'a parfaitement compris ; aussi écrit-il ces paroles d'une exactitude douloureuse : « *Un salon de bonne compagnie où l'on discute poliment n'est pas une Église, et une dispute, même courtoise, n'est pas un Culte. Il y a confusion de genre.* »

Vérité, hélas ! trop méconnue ; car il est lamentable de voir un si grand nombre d'intelligences supérieures s'épuiser dans l'émiettement et la controverse, et après six siècles de prosélytisme acharné. disparaître dans le courant de la libre-pensée, négation de toute religion positive.

Fortement imprégné des tendances du panthéisme bouddhique en opposition avec le moralisme chrétien, Amiel rêve d'une association possible entre ces deux éléments en apparence si contraires.

Le penseur de Genève, bien que son éducation théologique ne soit pas complète, semble quelquefois pressentir l'immense fécondité de l'Évangile. Loin de croire, comme certains esprits superficiels, que le Christianisme a dit son dernier mot et qu'il est temps de le remplacer par une doctrine plus en harmonie avec le développement social et philosophique des civilisations contemporaines, il voit en lui un inépuisable trésor de direction morale qui pourra s'appliquer toujours plus efficacement au progrès graduel des sociétés futures. Car si le Christianisme est aussi vieux que le monde, il est aussi jeune que le Progrès.

Penseur inspiré, il pressent la perfectibilité merveilleuse de la religion du Christ, ou plutôt l'éclosion successive de l'esprit sous l'écorce de la lettre. L'ésotérisme du dogme catholique lui apparaît avec ses perspectives d'une incomparable amplitude; aussi, loin de s'arrêter à la forme qui tue, Amiel devine dans ce germe divin la puissance virtuelle d'innombrables évolutions toujours en accord avec la marche ascensionnelle des sociétés humaines. Initiateur et précurseur, le philosophe genevois stérilise ainsi par avance, dans des pages étincelantes, les efforts des ennemis du christianisme. c'est-à-dire de la Religion éternelle. Peu importe d'ailleurs de quel côté doit venir la lumière, le but final c'est l'apaisement des haines, la cessation des hostilités, en un mot, l'avènement de ces temps bienheureux et prédits où les hommes ne feront plus qu'une société pacifique dans la communion universelle du Vrai, du Beau et du Bien.

Aussi, plus que tout autre, Amiel, à notre dix-neuvième siècle, aura eu le mérite de poser, inconsciemment peut-être, l'alternative fondamentale en ses vrais termes : Matérialisme ou Catholicisme ?

Catholicisme, c'est-à-dire union sous la règle morale de l'Évangile, des intelligences, des sentiments et des volontés vers le but sublime du perfectionnement humain, vers le règne de la justice absolue. Dans cet espoir de réconciliation grandiose, il n'y a point de place pour l'exclusivisme timoré ou imbécile, mais une large hospitalité pour tous les efforts individuels de nature à hâter le rapprochement des races, des religions ou des philosophies.

« Il n'y aura plus qu'un seul pasteur et un seul troupeau » ; ces paroles de Jésus-Christ hantent la pensée d'Amiel d'une sainte obsession. N'est-ce pas là d'ailleurs le désir de tous les esprits sincères, de tous les cœurs généreux, et la dispersion des fils de Dieu est-elle autre chose qu'un stade préparatoire à l'universelle concorde ? Qui sait si l'Orient avec ses castes, son mysticisme nuageux, ses pratiques étranges pour nos habitudes, son symbolisme magnifique, n'est pas destiné, dans la suite des temps à adhérer aux dogmes religieux des sociétés occidentales, qui tranchent maintenant d'une manière si accentuée sur les traditions du Bouddhisme?

Quoi qu'il en soit, pour l'heure présente nous devons remercier Amiel d'avoir, par ses vues d'ensemble véritablement très elevées, ouvert la voie à d'éclairés novateurs qui sauront, nous en avons la ferme certitude, montrer que la grande science ne doit être, au fond, que la confirmation experimentale des enseignements de la Foi.

Pour ce qui touche aux tendances germaniques de la pensée d'Amiel, ce serait bien mal comprendre notre point de vue que de nous accuser de partialité à son égard car si l'Hégélianisme endémique nous semble la cause du mal dont a souffert le professeur de Genève, nous ne faisons point de difficulté pour reconnaître que, souvent ému des conséquences pratiques et rigoureuses de cette phase de l'esprit allemand, il en a stigmatisé les excès, sans renoncer pourtant d'une manière absolue au mécanisme de sa dialectique. « Quelle doctrine! écrit-il, un pessimisme acharné qui trouve le monde absurde..... C'est la philosophie du satanisme désespéré, qui n'a pas

même à offrir les perspectives résignées du bouddhisme
à l'âme désabusée de toute illusion. L'individu ne peut
que protester et maudire. Ce sivaïsme frénétique dérive
de la conception qui fait sortir le monde de la volonté
aveugle, principe de tout. Évolutionnisme, fatalisme,
pessimisme, nihilisme; n'est-il pas curieux de voir s'épanouir cette doctrine, terrible et désolée, dans le temps
même où la nation allemande fête sa grandeur et ses
triomphes? Le contraste est si éclatant qu'il fait rêver.
Cette orgie de la pensée philosophique identifiant
l'erreur avec l'existence même, et développant l'axiome
proudhonien : « Dieu, c'est le mal ». *ramènera les
joules à la théodicée chrétienne, qui n'est ni optimiste,
ni pessimiste, et qui declare accessible la felicité qu'on
appelle la vie Éternelle.* Le persiflage de soi-même s'opposant à toute unité intérieure, à toute gravité réelle,
par horreur de la duperie et de la sottise, voilà le terme
où aboutit l'esprit, si la conscience n'y met le holà. »

Rapprochons de ce passage les considérations suivantes sur la foi, qu'Amiel place si au-dessus des facultés
ordinaires de l'homme, et, de la sorte, lui restitue
l'excellence de son origine. « La foi est un sentiment
car elle est une esperance, elle est un instinct car elle
précède tout enseignement extérieur. La foi est l'héritage de l'individu naissant, ce qui le relie avec l'ensemble de l'être. L'individu ne se détache qu'avec peine du
sein maternel, il ne s'isole qu'avec effort de la nature
ambiante, de l'amour qui l'enveloppe, des idées qui le
baignent, du berceau qui le contient. Il naît dans l'union
avec l'humanité, avec le monde et avec Dieu; la trace
de cette union originelle est la foi, la foi est le ressou-
venir de ce vague Eden dont notre individu est sorti,

mais qu'il a habité dans l'état somnambulique antérieur à sa vie individuelle... »

Peut-être nous reprochera-t-on un manque de mesure dans les citations et les extraits du *Journal intime*. C'est là l'écueil d'une étude approfondie d'un esprit aussi divers que celui d'Amiel. Mais, si une semblable méthode a le désavantage de fatiguer peut-être l'attention, on peut en tirer des résultats pratiques d'une extrême utilité; or, notre désir est d'initier la plus grande partie de nos lecteurs à la connaissance de cette âme curieuse à tant de titres, et de montrer avec quelque précision quels furent les points faibles de cette grande intelligence. Nous n'écrivons pas pour les seuls lettrés; notre ambition est de nous adresser à un public plus étendu, qui n'a point le loisir d'étudier dans son entier l'œuvre d'Amiel, ou d'en tirer une conclusion d'ensemble, qui demande toujours de patientes recherches, aidées par une réflexion longuement élaborée et studieusement mûrie. Puissent nos efforts, que nous offrons pour ce qu'ils valent, permettre à un plus grand nombre d'aborder facilement une lecture aussi substantielle que le *Journal intime*, et leur faire part des merveilleuses qualités et des dangereux défauts de cette œuvre exceptionnelle. Nous allons donc continuer l'esquisse de la physionomie d'Amiel par la transcription d'une page saisissante qui résume les mille nuances du duel incessant de sa raison et de son cœur. Nous indiquerons ensuite brièvement quelques-unes des pensées les plus puissantes et les plus délicates du professeur genevois, bien convaincu que la vulgarisation de ces admirables fragments ne pourra que fortifier les âmes et donner de cette étrange nature l'opinion la plus haute.

« Achevé Schopenhauer... Senti se heurter dans ma
conscience tous les systèmes opposés : stoïcisme, quiétisme, bouddhisme, christianisme. Ne serai-je donc
jamais d'accord avec moi-même ? Si l'impersonnalité est
un bien, pourquoi n'y pas m'obstiner et, si elle est une
tentation, pourquoi y revenir après l'avoir jugée et
vaincue ? Le bonheur n'est-il qu'un mensonge con-
venu ?... La raison profonde de ma défiance, c'est que le
dernier pourquoi de ma vie paraît un leurre. L'individu
est une dupe éternelle qui n'obtient jamais ce qu'elle
cherche, et que son espérance trompe toujours. Mon
instinct est d'accord avec le pessimisme de Bouddha et de
Schopenhauer. Cette incrédulité persiste au fond même
de mes élans religieux. La nature est bien pour moi une
Maïa. Aussi ne la regardé-je qu'avec des yeux d'artiste;
mon intelligence reste sceptique. En quoi donc ai-je foi ?
Je ne le sais pas ; et qu'est-ce que j'espère ? il me serait
difficile de le dire. — Erreur ! tu crois en la Bonté et tu
espères que le Bien prévaudra ; dans ton être ironique et
désabusé il y a un enfant, un simple, un génie attristé
et candide qui croit à l'idéal, à l'amour, à la sainteté, à
toutes les superstitions angéliques ; tout un millénium
d'idylles dorment dans ton cœur. Tu es un faux sceptique, un faux insouciant, un faux rieur.

> Borné dans sa nature, infini dans ses vœux,
> L'homme est un dieu tombé qui se souvient des cieux. »

Comme on le voit, l'œuvre du professeur de Genève
contient des pages admirables, dignes de rester, par la
profondeur des idées et le charme extraordinaire de la

forme. Amiel possède, en effet, une manière d'ecrire à lui.
Il y a bien un peu de décadentisme dans ce style fluide,
nébuleux, flottant et imagé ; mais aussi, quelles ressources d'expressions ne possède-t-il pas? Cependant,
avec cela, le mot propre n'arrive pas du premier jet ; il
est souvent précédé par une hésitante gradation d'autres
mots qui sont comme des etapes successives pour aboutir
insensiblement au sens precis. On assiste pour ainsi dire
au travail de la pensée d'Amiel, et c'est peut-être une des
causes les plus sérieuses de l'intérêt qu'il inspire. Et de
fait, l'adaptation du verbe à l'idée constitue un effort
intellectuel qui a sa puissance, sa grandeur et son attrait.
Aussi, l'improvisateur qui cherche legèrement ses expressions devant l'auditoire attentif, exerce-t-il sur les masses
une bien autre influence que l'orateur qui vient avec
plus ou moins d'art, débiter sa harangue ou son discours.

Quelle est la cause de cette différence? Elle gît, selon
nous, dans la sympathie instinctive de l'auditeur qui
assiste à la naissance, au développement, à la formation
même de la pensée, sympathie qui n'existe point pour un
travail tout fait et qu'on vient lui offrir sans qu'il ait été
de moitié dans son éclosion.

Il est évident que si l'on cherche à classer l'esprit
d'Amiel dans une catégorie bien déterminée, on pourra
se demander si le professeur genevois est bien réellement un philosophe. Le prétendre nous semble injus-
tifié. Amiel est un rêveur, un artiste, un poète spéculatif
et c'est tout ; mais rêveur à la façon des Yoghis de
l'Inde, artiste très délicat, poete souvent admirable et
sachant ouvrir sur les régions de la lumière des échap-
pées éblouissantes. Le plus souvent perdu dans cette

extase orientale où l'individu se répand tout entier dans
les choses, Amiel a stérilisé sa vie par la contemplation
pathologique de son Moi. Il a, grâce à une faculté très
bizarre de dedoublement, tantôt transporté son être dans
le domaine du monde extérieur, de l'objectivité pure;
tantôt vécu au centre le plus profond de la subjectivité.

C'est pourquoi si l'auteur du *Journal intime* ne reste
pas comme philosophe (car il n'a pas de philosophie au
sens véritable du mot), il demeurera à titre d'exception
comme méditatif et comme artiste, ne pourrions-nous
pas ajouter comme peintre puisque souvent il atteint,
dans l'expression de la nature, à des accents d'une
extraordinaire puissance et d'une incomparable suavité.

Il est difficile de traduire avec un charme plus touchant, une couleur plus émouvante, une vibration plus
vécue, les aspects de nature, que s'inspirant de Schelling et de Fichte il appelle des *etats d'âme*.

Que le monde soit ou non le rêve de Brahma, que ce
que nous nommons les choses ne soient que les halluci-
nations constitutionnelles de notre organisme, un conflit
de forces, un dynamisme subjectif merveilleusement
agencé, c'est ce qu'il ne nous convient pas d'approfondir
ici; qu'il nous suffise de reconnaître la fascination
suprême que la nature a exercée sur l'esprit d'Amiel et
la manière unique dont il en a exprimé les beautés.

Donc, le rêve, l'analyse et le sentiment, ont été les
trois objectifs tyranniques de sa vie.

Il s'est dispersé dans le rêve, émietté dans l'analyse,
mais sauvé par le sentiment, puisque c'est lui qui, du
bord des plus profonds abimes, l'a presque toujours et
finalement ramené aux idees de bien et de devoir que
seule la conscience peut nous inspirer.

Est-il bien nécessaire, ces considérations terminées, de dire un mot du style d'Amiel et de la langue parfois étrange dont il se sert, d'ailleurs en virtuose ? Nous pensons que quelques réserves sur sa manière d'écrire à la fois allemande et française ne sont pas de nature à diminuer l'impression que sa phrase très originale, très souple, très facile, doit laisser forcément dans l'esprit du lecteur. Il est évident que l'auteur du *Journal intime* est parfois peu correct si l'on compare son style à celui du grand siècle par exemple, mais cette incorrection, cette élasticité, cette licence même ont une vraie saveur d'indépendance et de bizarrerie qui subjugue, enlace et séduit. Semée de barbarismes expressifs, de néologismes audacieux, la langue d'Amiel a, selon nous, un grand mérite : celui de donner des formes nouvelles aux pensées issues de son cosmopolitisme intellectuel. C'est de la décadence, soit; mais de la décadence purement grammaticale, car l'idée tombée de sa plume revêt, sous les accoutrements dont il la pare, un lustre inaccoutumé et une transparence cristalline.

Mélange de naturel, de spontanéité et de laborieuse ciselure, le style d'Amiel nous représente quelquefois le papillon épinglé, vif et pantelant, les ailes encore convulsives; parfois aussi c'est l'insecte fixé avec art sur le châssis d'ébène, les couleurs miroitantes, et soigneusement étalé par l'entomologiste, sous la rigidité des bandelettes.

Aussi, faut-il distinguer, dans les pages du *Journal intime* : et, si beaucoup de ses fragments nous séduisent, par le fini de l'exécution, la délicatesse de la matière, l'art inouï de l'orfèvre et du lapidaire, les morceaux qui nous vont au cœur, qui nous troublent et nous pénétrent, sont ceux où il a simplement laissé parler le sien, dans l'ingénuité de l'abandon et la poésie de la souffrance.

Lorsqu'on cherche à se rendre compte de l'instabilité décevante de la pensée d'Amiel, on remarque qu'en outre de l'influence allemande, cette pensée fut dominée par d'autres causes de tiraillements et de dissolution. Au premier rang de ces causes destructives de tout équilibre intellectuel et moral, on doit placer l'ébranlement de la période de transition que traversent les sociétés contemporaines. Or, le penseur genevois est la personnification, selon nous frappante, des appréhensions, du désarroi et des angoisses de l'esprit moderne.

Il est évident que le monde marche vers un nouvel ordre de choses. Tout s'agite dans le formidable travail d'un mystérieux enfantement. Les vieux moules éclatent, les formules surannées craquent de toutes parts, pour beaucoup la foi meurt ou semble n'être plus qu'un simulacre vain, le progrès inouï des sciences naturelles paraît devoir emporter dans son torrent rénovateur les symboles délaissés et les anciennes croyances; tout se précipite vers un inconnu qui donne le vertige à l'humanité et répand un souffle d'égarement sur l'intelligence contemporaine.

Amiel est une victime de ce lamentable état d'esprit; il est presque le type de l'affolement général et de la désorientation universelle.

Aussi n'est-ce pas sans dessein que nous avons voulu rapprocher dans ce livre le nom d'Amiel et celui de Joubert pour établir par la force même des choses, et sans y viser autrement, un contraste saisissant entre ces deux esprits d'une même nature méditative, mais si étrangers l'un à l'autre dans la direction de leur vie morale.

Joubert, c'est la sérénité, la confiance, la résignation éclairée dans l'ordre providentiel des choses; Amiel, c'est l'agitation, l'angoisse, le trouble personnifiés. L'un domine de toute la hauteur de sa foi raisonnée le tourbillon de la vie et le champ de bataille des idées et des systèmes ; l'autre sans principes immuables, tournoie, plonge, reparaît, s'engloutit dans tous les courants et tous les remous de la pensée, comme le fétu s'enfonce et surnage tour à tour dans le tumulte des eaux débordantes.

La contemplation de ces deux vies nous semble donc porter en soi le germe d'un enseignement salutaire. Au lecteur d'en tirer les conséquences qui s'imposent. Nous voyons d'une part un homme ayant fait l'expérience de la vanité des opinions humaines fixer en Dieu sa pensée et vivre en harmonie dans une quiétude profonde avec les *Nomes éternels ;* d'autre part, un rêveur infécond, martyr d'une philosophie nuageuse, victime d'une curiosité stérile, et s'acheminant peu à peu vers la tombe avec tout le cortège des désespoirs et des épouvantes.

Mais le véritable et salutaire enseignement que l'on doit retirer de la vie d'Amiel c'est une exacte connaissance du rôle de la douleur dans l'existence humaine, de sa profonde utilité et de sa providentielle influence.

Comme nous l'avons déjà dit, l'auteur du *Journal intime* s'est débattu dans une longue agonie contre les affres de la mort.

Pendant quarante années, le spectre de la tombe et de la destruction finale a troublé sa pensée, empoisonné ses jours, hanté de tortures indicibles les plus intimes profondeurs de son être.

Tantôt il essaie de se soustraire aux terreurs instinctives de son imagination, tantôt l'idée du néant exaspère jusqu'à ses fibres les plus douloureuses en jetant son âme dans un inexprimable effroi. Hélas ! combien d'hommes ressemblent à Amiel devant le formidable inconnu d'outre-tombe.

Et cependant. « *Il n'y a pas de mort*, dit aux hommes la Parole de Vérité ; *je suis la Voie, la Resurrection et la Vie ; celui qui croit en moi, encore qu'il soit mort vivra, et quiconque vit et croit en moi, ne mourra pas.* »

Mais n'est-ce pas une grâce exceptionnelle que Dieu réserve aux âmes de son choix pour les initier au vrai sens de la vie, que ces langueurs maladives qui obligent l'homme à se replier sur lui-même et à tourner ses regards vers les véritables horizons, ceux de l'Éternité ?

En effet, lorsque la souffrance, qui est toujours une expiation ou une épreuve, n'anéantit pas complètement nos forces physiques et nos énergies morales, elle devient le plus précieux moyen de perfectionnement que Dieu ait pu donner à sa créature. Mais pour que la souffrance acquière cette incomparable vertu il est nécessaire qu'elle soit acceptée librement par l'homme dans la conscience de son repentir, ou dans le labeur incessant de son progrès.

Ces alternatives de maladie et de santé, de calme et d'angoisses par où a passé Amiel ont été pour le développement de sa personne morale ce que l'enclume et le brasier sont pour le métal que transforme l'art vigoureux du forgeron.

Il a senti à l'état aigu la contradiction poignante qui

gît au fond de toute existence humaine; il a souffert en
martyr de l'antinomie de nos appétits terrestres, des
tyrannies de l'individualisme et des tendances incoercibles
qui nous poussent vers la vie pleine, vers l'universelle
communion des êtres dont la vie restreinte que nous
possédons est une parcelle infinitésimale.

Voilà ce qui se dégage surtout de l'œuvre posthume
que nous avons essayé d'analyser.

Le *Journal intime* est donc la confession douloureuse
d'une âme qui cherche le vrai sens de la vie et oscille
perpétuellement entre les lueurs du vrai et les accablantes ténèbres du doute et de l'erreur.

Nous avons dit que l'œuvre d'Amiel était comme un
prisme chatoyant où toutes les nuances du rêve et de la
pensée réfractaient leurs rayons divers. Qu'on nous permette de transcrire ici, pour montrer le rêveur sous un
aspect nouveau, quelques-unes de ces pages exquises.
palpitantes d'inoubliables souvenirs.

« Langueurs printanières, vous voilà donc revenues ;
vous me visitez encore après une longue absence. Ce
matin, la poésie, le chant des oiseaux, les rayons tran-
quilles, l'air des campagnes verdoyantes, tout m'est
monté au cœur. Maintenant tout se tait. O silence ! tu
es effrayant, effrayant comme le calme de l'Océan qui
laisse plonger le regard dans ses abîmes insondables, tu
nous laisses voir en nous des profondeurs qui donnent le
vertige, des trésors de souffrance et de regret... Dans
ces moments de tête-à-tête avec l'Infini, quel autre aspect
prend la vie ! Comme tout ce qui nous occupe, préoccupe,

passionne et remplit d'ordinaire devient subitement à nos yeux puéril, frivole et vain!... « Nous nous paraissons à nous-mêmes des marionnettes qui, jouant au sérieux une parade fantastique, prennent des hochets pour des choses de grand prix. Comme alors tout se transforme et que tout paraît autre. Berkeley et Fichte ont alors raison : Emerson aussi; le monde n'est qu'une allégorie; l'idée est plus reelle que le fait... La seule substance proprement dite c'est l'Ame; qu'est tout le reste?... Ombre, prétexte, figure, symbole et rêve; immortelle, positive, seule parfaitement réelle est la conscience; le monde n'est qu'un feu d'artifice, une fantasmagorie sublime destinée à égayer l'âme et à la former. La conscience est un univers, son soleil est l'amour! »

Peut-on assez admirer cette page merveilleuse où Amiel atteint à de si troublantes hauteurs. « Ne retrouverai-je pas quelques-unes de ces rêveries prodigieuses, comme j'en ai eu quelquefois : un jour de mon adolescence, à l'aube, assis dans les ruines du château de Faucigny; une autre fois dans la montagne, sous le soleil de midi, dans le Lavey, couché au pied d'un arbre, et visité par trois papillons ; une nuit encore, sur la grève sablonneuse de la mer du Nord, le dos sur la plage et le regard errant dans la voie lactée ; — de ces rêveries grandioses, immortelles, cosmogoniques, où l'on porte le monde dans sa poitrine, où l'on touche aux étoiles, où l'on possède l'Infini!... Moments divins, heures d'extases où la pensée vole de monde en monde, pénètre la grande énigme, respire large, tranquille, profonde comme la respiration de l'Océan, sereine et sans limites comme le firmament bleu. »

Transcrivons encore un fragment de monologue du pen-

seur sur l'enfance, cette chose divine : « L'innocence et
l'enfance sont sacrées. Le semeur qui jette le grain, le
père ou la mère qui jettent la parole féconde, accomplis-
sent un acte de pontife et ne devraient le faire qu'avec
religion, avec prière et gravité, car ils travaillent au
règne de Dieu. Toute semaille est une chose mystérieuse,
qu'elle tombe dans le sol ou dans les âmes. L'homme est
un colon; toute son œuvre, à la bien prendre, est de
développer la vie, de la semer partout; c'est la mission
de l'humanité, et cette mission est divine. Son grand
moyen est la parole... Nous oublions trop souvent que
le langage est un ensemencement et une révélation.
L'influence d'un mot dit à son heure n'est-elle pas incal-
culable! Oh! la parole, chose profonde; mais nous sommes
obtus, parce que nous sommes charnels. » Terminons
enfin ces extraits par cette dernière pensée d'une rare
envergure : « *La vie doit être l'enfantement de l'âme, le*
dégagement d'un mode supérieur de réalité. L'animal
doit être humanisé, la chair doit être faite esprit, l'ac-
tivité physiologique doit être convertie en pensée, en
conscience, en raison, en justice, en générosité, comme
le flambeau en lumière, en chaleur. La nature aveugle,
avide, égoïste, doit se metamorphoser en beauté et en
noblesse; cette alchimie transcendante justifie notre
présence sur la terre; c'est notre mission et notre
dignité. »

Ce timide, ce craintif, cet apeuré du sentiment qui
consuma sa vie à désirer l'inattingible, le parfait, et à
se torturer dans les rêves impossibles de l'amour inas-
souvi, a écrit sur l'éternel féminin des pages qui méritent
de rester, tant elles sont bien observées, fines et vraies.
« Si l'homme se trompe toujours plus ou moins sur la

femme, c'est qu'il oublie qu'elle et lui ne parlent pas tout à fait la même langue, et que les mots n'ont pas pour eux le même poids et la même signification, surtout dans les questions de sentiment. Que ce soit sous la forme de la pudeur, de la précaution ou de l'artifice, une femme ne dit jamais toute sa pensée, et ce qu'elle en sait n'est encore qu'une partie de ce qui en est. Si elle est sphinx, c'est qu'elle est énigme, c'est qu'elle est aussi ambigue pour elle-même; elle n'a nul besoin d'être perfide, car elle est le mystère. *La femme est ce qui échappe, c'est l'irrationnel, l'indéterminable, l'illogique, la contradiction.* Il faut avec elle beaucoup de bonté, pas mal de prudence, car elle peut causer des maux infinis sans le savoir, capable de tous les dévouements et de toutes les trahisons; l'homme, « monstre incompréhensible à la seconde puissance, fait ses délices et son effroi. »

Plus loin, nous détachons cette perle : « On peut deviner le pourquoi d'une larme et le trouver trop délicat à rendre. Une larme peut être le résumé poétique de tant d'impressions simultanées, la quintessence combinee de tant de pensées contraires; c'est comme une goutte de ces élixirs précieux de l'Orient qui contiennent l'esprit de vingt plantes confondues en un seul arome. Parfois même c'est le trop-plein de l'âme qui déborde de la coupe de la rêverie. » Et enfin ce passage qui caractérise si bien l'essence du *Journal intime* : « Qu'est-ce qui constitue l'histoire d'une âme? C'est la stratification de ses progrès, le relevé de ses acquisitions, et la marche de sa destinée. Pour que ton histoire instruise quelqu'un et t'intéresse toi-même, il faudra qu'elle soit dégagée de ses matériaux, simplifiée, distillée. Ces milliers de pages ne sont que le monceau

des feuilles et des écorces de l'arbre dont il s'agirait
d'extraire l'essence ; une forêt de cinchonas ne vaut
qu'une barrique de quinine. Toute une roseraie de
Smyrne se condense dans un flacon de parfum. »

C'est cette essence précieuse que nous avons essayé
d'extraire de la vie morale, intellectuelle et sentimentale
de Henri-Frédéric Amiel. D'autres peut-être verront
dans l'auteur du *Journal intime* un pessimiste langou-
reux, un sceptique désabusé, un spéculatif indécis, un
rêveur inutile, un dilettante ironique ; nous croyons
qu'il faut voir en lui une grande âme torturée par des
habitudes de pensée destructives de tout équilibre intérieur, mais dont les aspirations, les élans, les révoltes
aboutissent en fin de compte à ce trait de lumière du
grand Pascal : « Le cœur a ses raisons que la raison ne
connaît pas. »

Qu'a-t-il donc manqué au penseur genevois pour être
un génie complet ? Il lui a manqué, selon nous, la faculté
créatrice, celle qui féconde les conceptions diverses de
l'esprit et leur permet de se produire en un tout homogène, c'est-à-dire de former de véritables êtres intellectuels doués de vie, de proportions harmoniques et
d'individualité précise.

Amiel fut un incomplet dans l'acception la plus vraie
de ce terme.

« Il semble qu'il y ait en chacun de nous, écrit
M. Jules Carrara, comme sur les végétaux monoïques,
des organes spirituels mâles et des organes femelles ; s'il
arrive que l'organe mâle, pour une cause ou pour une
autre, soit absent, la fécondation est impossible et l'esprit demeure improductif. »

Il en fut ainsi pour l'auteur du *Journal intime;* son

4...

esprit est surtout féminin ; il produit une abondante
génération d'idées, mais le principe fécondateur manque
presque toujours pour provoquer la germination et le
développement de ces semences intellectuelles, émanées
d'une des plus curieuses natures qui se puissent rencontrer.

C'est là évidemment ce qui caractérise son œuvre, de
la première page à la dernière.

Mais à propos de cette œuvre et de sa forme bizarre
d'autobiographie, est-il téméraire de penser que ce genre
d'expression est destiné à remplacer dans un avenir
assez proche les vieux moules où se debat la pensée impuissante à prendre tout son essor ; tel l'aigle qui heurte
aux barreaux de sa cage les ailes qu'il voudrait déployer
toutes grandes. Quel plus cruel ennemi avons-nous en
effet dans l'ordre littéraire, que ce qu'on appelle la *transition*? Combien d'œuvres qui portent le sceau de son
implacable tyrannie ? Que de pensées géniales, que de
vérités lumineuses enfouies sous sa banalité ! Que d'efforts,
que de talents dépensés en pure perte pour satisfaire aux
exigences artificielles et surannées de cette pure convention !

Grâce à Dieu, la forme littéraire est en train de suivre le mouvement qui nous emporte, et d'évoluer vers
de salutaires métamorphoses. Le *Journal* va selon nous
devenir le moyen d'expression par excellence parce que
seul il peut débarrasser la pensée de tous les obstacles
qui gênent encore son expansion naturelle.

Ainsi donc, qu'on le sache, nous marchons vers le
règne de l'Esprit. Les vieux moules vont disparaître
pour donner passage aux formes de l'avenir. Ce que nous
voulons connaître, ce sont les âmes, c'est-à-dire les

phénomènes de la vie intérieure, les nuances des sensibilités, les vicissitudes des consciences, les angoisses de
la pensée ou ses envolées radieuses, en un mot, l'histoire
poignante, le drame intime des êtres humains. nos frères,
voyageurs haletants, pèlerins de l'Infini, vers lequel
aspire la Création tout entière.

Aussi, quel prodigieux document que celui d'une littérature ainsi comprise! Quels merveilleux résultats
n'atteindra-t-on pas le jour où l'on pourra comparer les
multiples avatars de l'âme humaine se racontant elle
même? Amiel, nous venons de le voir, est un des précurseurs de cette transfiguration. Son œuvre de sincérité aura
des imitateurs, du moins nous l'espérons bien ardemment.

Peut-être ne manquera-t-on pas de dire que l'existence du méditatif genevois a été une existence avortée,
et qu'il ne sut jamais tirer un parti suffisant des facultés
exceptionnelles dont le ciel l'avait doué; mais qui peut
s'ériger en juge infaillible des destinées? Insondables
sont les volontés de Dieu.

Chacun dans sa sphère, selon ses forces et avec les
moyens les plus divers, travaille à l'œuvre commune,
qui est le triomphe de l'esprit. Sous son aspect superficiel de sceptique, Amiel fut un des ouvriers de ce
grand œuvre; il passa par tous les états d'âme, et rap-
porta de ces métamorphoses successives une soif d'absolu et d'infini toujours plus insatiable, toujours plus
ardente. C'est pourquoi cette vie si différente de la
plupart des autres vies, vie étrange, convulsionnée,
bizarre, mais d'une noblesse et d'une pureté extraordinaires, doit servir d'enseignement pour quiconque ne
s'arrête point à l'écorce des choses et cherche à en
pénétrer la signification cachée.

Aussi, ce serait ne rien comprendre à l'œuvre d'Amiel, que de la considérer uniquement comme le produit d'une virtuosité experte en métamorphoses, sans qu'il puisse s'en dégager une caractéristique déterminée.

Disons donc que pour qui observe sans se lasser les capricieux zigzags de cette intelligence à la recherche du Juste, du Vrai et du Beau, une idée apparaît, tantôt à l'état embryonnaire, tantôt nettement exprimée et dominant le chaos de ces conceptions heurtées, avec l'éclat salutaire de l'étoile qui conduit au port, du feu qui dans la nuit domine, puissante sauvegarde, l'écueil où vient déferler la tempête. Cette idée, c'est le devoir, refuge où aboutit le penseur de Genève, indestructible asile où Kant lui-même avait reconstruit tout l'édifice de la morale et de la philosophie, que sa critique impitoyable semblait avoir à jamais détruit. « Notre seul talisman, s'écrie Amiel, c'est la force morale rassemblée sur notre centre, la conscience, petite flamme inextinguible dont la lumière s'appelle devoir, et dont la chaleur se nomme amour ! Mourir au péché, ce prodigieux mot du Christ, demeure bien la plus haute solution théorique de la vie intérieure... *Faire son devoir par amour et par obéissance, faire du bien, voilà les idées qui surnagent.* »

En résumé, le dernier mot de l'histoire de cette âme si passionnement intéressante pour tous ceux qui vivent de la vie supérieure de l'esprit, est un mot de résignation, de foi dans l'ordre providentiel et divin des choses, d'abandon volontaire aux desseins de l'Auteur de la vie et de la mort.

La recherche de Dieu, cet objectif apparent ou caché de toute existence humaine, s'est exaspérée à l'état aigu chez Henri-Frédéric Amiel. Il a poursuivi la vérité par des routes souvent bien opposées, à travers des labyrinthes hérissés de douloureux obstacles ; abreuvé d'amertumes indicibles, il a gravi, les genoux sanglants et le front meurtri, le calvaire de son perfectionnement moral.

Aussi les orages et les déchirements de cette haute intelligence perpétuellement en conflit avec le sophisme et les elans infinis du cœur, doit exciter en nous la plus attirante sympathie et la plus profonde pitié.

Mais les convulsions de la pensée d'Amiel à la recherche trop opiniâtre des essences et des origines, doivent nous apprendre, avec l'art si utile de savoir ignorer, celui de déterminer où est l'immense et l'ineffable, et où surgissent comme conséquence de la pensée scientifique, l'extase et l'adoration.

Fléchissant sous l'idée de Dieu, Amiel a fini par se rendre compte que tout ce que l'homme en doit dire, c'est qu'il n'en peut rien dire, s'inspirant en cela du grand Augustin et de ses immortelles paroles : « *Scitur melius nesciendo* » ; de ce même Augustin qui s'écrie en s'adressant à Celui qui est la source de l'Unité : « Tu nous as créés pour toi ; c'est pourquoi notre âme est inquiète jusqu'à ce qu'elle se repose en toi ! »

Revenir par la science au mystère, à la foi des humbles, toujours plus près du Vrai que les esprits aventureux, voir qu'on peut sentir Dieu, mais qu'on ne peut le comprendre, voilà le germe du progrès véritable, voilà la solution pratique et consolante de l'éternelle énigme de la vie.

JULES BRETON

« Le but de la Peinture est de
représenter l'âme. »

Léonard de Vinci.

JULES BRETON

Notre fin de siècle, malgré ses exagérations et ses engouements déplorables, se sera fait pardonner beaucoup d'erreurs en considérant les arts au nombre des biens les plus précieux des sociétés humaines.

On s'habitue à les regarder en France, non comme des superfluités gracieuses, mais comme le moyen le meilleur pour les esprits d'élite de nous exprimer toute l'étendue, toute la force, toute la variété de leurs conceptions.

En effet, il faut à la gamme infinie des émotions et des sentiments une infinité de moyens d'expression. Où la parole est impuissante, commencent la musique et la peinture ; car il est des nuances si ténues, des objets si délicats, que seuls, les sons et les couleurs sont susceptibles de les reproduire dans leur intégrité essentielle et leur vraie nature. Si la parole est précision, la peinture

et la musique sont l'indéterminé. Elles incarnent une
sorte de langue à part, d'une ineffable intensité d'accent
et d'une pénétration subtile.

Aussi un peuple n'a véritablement atteint l'apogée de
son développement que lorsqu'il a fait dans ses institutions une large place aux beaux-arts ; il n'a réellement
conquis l'équilibre de sa vie sociale que lorsqu'il a
mis sur le même rang en les honorant d'un même
hommage, ces trois aspects de la Divinité, le *Vrai*, le
Beau et le *Bien*.

Mais, hélas ! combien rarement dans l'histoire du
monde, les termes de cette auguste trinité ont-ils eu
leur épanouissement normal et parallèle ? D'ordinaire ne
voit-on pas plutôt la predominance successive de l'un
de ces astres du firmament de l'esprit, et l'Humanité
n'oscille-t-elle pas continuellement entre la recherche
du *Vrai*, l'amour du *Bien* et l'idolâtrie du *Beau* ? Quoi
qu'il en soit, le progrès ne saurait exister en dehors de
l'union de ces trois grands objets éclairés en un seul
faisceau par le soleil de l'intelligence. Maintenant qu'est-ce
que l'art sinon « le vrai en tant qu'il est dans sa manifestation simultanément perçu par l'intelligence et senti
par l'amour » (1) ? En effet, sans vérité, point de beauté.
Mais la vérité seule ne suffit point pour constituer le
Beau ; elle doit être unie à la forme et manifestée par
elle.

Par le Vrai, le Beau parle à l'esprit, par la Forme il
s'adresse à la sensibilité. Aussi, puisque le Beau est la
manifestation du Vrai et que rien ne saurait être exprimé
que par la forme, on doit conclure que la beauté n'est

(1) Lamennais. *Esquisse d'une philosophie.*

que la Vérité, c'est-à-dire l'Être, l'Infini, manifesté par le fini, l'Esprit par la matière, l'Idéal par le réel.

Le *Vrai*, le *Bien* et le *Beau,* existent donc au moins à titre d'idéal toujours poursuivi, quoi que puissent pretendre les sophistes de tous genres et de tous rangs ; et cette sublime trilogie doit se résumer en un seul élément qui est l'Ordre ; c'est-à-dire, la variété dans l'unité, la mesure dans l'activité, la proportion et l'harmonie dans les formes.

Si le Vrai est méconnu, le Bien et le Beau perdent proportionnellement de leur puissance et de leur vertu. De même, si la notion du Bien s'affaiblit dans les âmes, l'expression du Beau en subit le contre-coup et l'art, d'austère et d'incorruptible qu'il doit être, est bientôt ravalé au rôle d'instrument de plaisir et de complice de sensualité.

C'est pourquoi par une loi fatale de l'esprit, les deux conceptions de la vie, le Spiritualisme et le Matérialisme, apportent chacune avec elles leur esthétique et leur morale. Telle philosophie, telle littérature et tel art ; c'est un axiome inflexible. Phidias était le contemporain de Socrate, d'Anaxagore et de Platon, tandis que Praxitèle et Lysippe vivaient au temps d'Épicure et des Sophistes. Le siècle de Léon X a vu s'épanouir les Michel-Ange et les Raphael ; Bossuet et Pascal étaient les contemporains des Lesueur, des Champagne et des Poussin ; Lancret et Watteau furent les interprètes des frivolités du siècle de Voltaire ; Ary Scheffer et Delaroche symbolisèrent la renaissance du romantisme spiritualiste, tandis que Manet et sa pléiade ont marqué de nos jours l'épanouissement brutal du matérialisme naturaliste à côté des Goncourt et des Zola.

En résumé, l'art est une conséquence de l'état des esprits. Il se réduit à deux formules antagonistes : *imitation pure* ou *interprétation personnelle*. Dans cette alternative, où donc est l'art supérieur? Voilà le problème, selon nous bien facile à résoudre, mais qui divise et passionne les intelligences.

Pour le Matérialisme qui ne voit rien au delà des phénomènes de la Réalité (?), sa seule conséquence logique, c'est l'imitation passive et le triomphe des arts plastiques, voire même du trompe-l'œil. Son idéal consiste uniquement dans l'observation, la description, la fixation du côté extérieur des choses, car le naturalisme est incapable d'en méditer l'essence et d'en pénétrer l'esprit. Aussi peut-on dire avec Victor Séjour que l'art finit où l'imitation commence.

S'il s'agit du Spiritualisme, au contraire, ce qu'on nomme la *Réalité* n'est que le vêtement indéfinissable, passager de l'âme de ces mêmes choses, et l'art doit consister alors uniquement, selon le mot si exact de Joubert, dans l'*illusion sur un fond vrai*, c'est-à-dire dans l'expression des sentiments humains à l'occasion des objets, au contact des formes naturelles.

« L'homme est fait non seulement pour contempler le Beau, mais encore pour le reproduire (1). » Cependant, que doit-il reproduire? Est-ce uniquement la figure, l'aspect extérieur des objets, ou bien l'essence même de leur harmonie, la résultante de leurs rapports? Les écoles agitent avec une âpreté toujours renaissante ce problème palpitant de l'esthétique éternelle ; la lutte est de tous les siècles, car, ainsi que nous avons essayé de l'indiquer,

(1) Cousin. *Du Vrai, du Beau et du Bien.*

les questions d'art ont une indissoluble connexité avec les doctrines philosophiques, puisque l'affinité du Beau, du Bien et du Vrai est trop indiscutable pour que les conséquences tirées de ces trois principes n'aient pas sur leurs rapports réciproques un profond retentissement. Aussi voyons-nous toujours les sensualistes s'efforcer de donner au Beau un caractère éphémère et relatif, pour se dispenser de remonter jusqu'à sa source originelle, c'est-à-dire jusqu'à Dieu. Ils n'y parviendront pas, quelques sophismes captieux qu'ils accumulent, car l'objet propre et direct de l'art est de produire des *sentiments et des idées.*

Trop d'esprits distingués ont déjà victorieusement réfuté la théorie matérialiste de l'imitation, pour que nous songions à entreprendre à notre tour une semblable tâche. Nous voudrions seulement étudier ici, sous ses principaux aspects, un des plus remarquables représentants actuels de l'école française, le peintre Jules Breton, dont l'esthétique résume si parfaitement la grande tradition des maîtres, et dont le sens supérieur a su conserver, au milieu des égarements du goût, un si incorruptible culte pour l'Idéal méconnu par plusieurs générations d'artistes.

Il est des noms dont le pouvoir d'évocation s'impose avec une singulière énergie. Leur euphonie ou leur dissonance même est suggestive. Ils résonnent dans la mémoire en douces et vibrantes sonorités; ils réveillent en nous tout un monde de sentiments et de sensations; leur prestige éclaire soudainement l'horizon de notre souvenir, et nous nous abandonnons avec charme au sens de ces syllabes que fait palpiter l'âme du génie dans sa condensation magique.

Jules Breton est, parmi nos artistes contemporains, un de ceux dont le nom symbolise le plus de choses. Il retentit à notre oreille, ce nom tant de fois répété, comme une calme et suave mélodie où l'on sent passer tous les souffles vivifiants de la rusticité, toutes les saines harmonies de la nature. Grande est sa signification. On la comprend, ou on l'ignore ; car, ainsi que les choses vraiment supérieures, son œuvre est interdite au vulgaire.

Il faut avoir dépouillé l'homme compliqué de nos jours, rejeté les tyrannies conventionnelles, vaincu les préjugés du modernisme artificiel, en un mot, être redevenu *simple*, pour pénétrer la pensée profonde de cet artiste doublé d'un poète qui restera, de ce peintre, dont la palette est si merveilleusement expressive des beautés sereines de la vie champêtre.

Avant d'entrer dans l'examen des œuvres de Jules Breton, comme peintre et comme poète, nous allons essayer d'esquisser une courte biographie de l'homme, pour mieux comprendre son tempérament en interrogeant la genèse de sa carrière artistique.

Jules Breton est né à Courrières (Pas-de-Calais), le 1er mai 1827. La physionomie de ce village, la plaine qui l'entoure, ses bois ombreux, ses canaux, ses marais ont été souvent décrits dans ses poèmes. Loin des villes, presque privé de routes, rien alors de plus perdu, de plus tranquillement endormi que cet abri de son enfance.

Le poète a, d'ailleurs, dans un sonnet d'un sentiment

très délicat, décrit les charmes de sa calme retraite.
Citons à cette place ces vers d'allure toute virgilienne,
dont les qualités picturales ne pourront manquer d'im-
pressionner le lecteur en lui donnant une idée concrète
de la nature où l'artiste a puisé ses plus touchantes
inspirations.

Lorsqu'a travers ta brume, ô plaine de Courrière,
L'ombre monte au clocher dans l'or bruni du soir,
Que s'inclinent tes blés comme pour la prière,
Et que ton marais fume, immobile encensoir ;

Quand reviennent des bords fleuris de la rivière,
Portant le linge frais qu'a blanchi le lavoir,
Tes filles le front ceint d'un nimbe de lumière,
Je n'imagine rien de plus charmant a voir.

D'autres courent bien loin pour trouver des merveilles,
Laissons-les s'agiter dans leurs fiévreuses veilles,
Ils ne sentiraient pas ta tranquille beauté.

Tu suffis a mon cœur, toi qui vis mes grands-pères,
Lorsqu'ils passaient joyeux en leurs heures prospères,
Sur ces mêmes chemins, aux mêmes soirs d'été.

C'est au milieu de ce pays de l'Artois, si veritable
ment agreste, que s'écoula l'enfance et une partie de la
jeunesse de Jules Breton. Orphelin d'assez bonne heure,
il fut élevé par sa grand'mère et un frère de son père,
Boniface Breton, dont la noble intelligence et la tendre
affection eurent sur sa vie tout entière une influence
décisive.

Tourmenté de bonne heure par le génie qui couvait en
lui, Jules Breton avait senti s'éveiller, avec ses premières
années, un invincible attrait pour les splendeurs toujours

nouvelles du spectacle universel. Une pensée, d'abord
confuse et embryonnaire, l'obsédait sous mille formes
de son aiguillon quotidien.

« Je serai peintre », s'était dit l'enfant dans ses extases
inconscientes et ses contemplations vagues. « Je serai
peintre », avait répété le jeune homme ébloui de la
magnificence des choses et enthousiasmé des perspectives de la mission si noble de l'artiste.

Soucieux d'encourager les débuts d'une vocation qui
semblait irrévocable, Boniface Breton, qui eut toujours,
pour ses neveux, une affection perspicace et dévouée, fit
construire dans son jardin, à Courrières, un petit atelier
où le futur maître commença à barbouiller ses premières
toiles.

A la suite de circonstances où il serait aisé de retrou-
ves les traces d'une certaine fatalité, Jules Breton partit
pour Gand afin de travailler sous la direction du professeur Félix De Vigne. C'est en octobre 1845 qu'il
arriva dans la vieille cité flamande, dont le caractère
original et pittoresque produisit sur lui une immense
impression.

Les vieilles maisons gothiques, les quais, les ponts, les
canaux de la capitale des Flandres exercèrent sur son
imagination un puissant attrait. Ce fut une révélation
soudaine pour un jeune homme qui ne connaissait pas
encore de centre de cette importance, et qui, dans un
autre ordre d'idées, ignorait absolument Paris.

Jules Breton trouva chez Félix De Vigne une seconde
famille par les soins et l'affection. Il y trouva aussi le
bonheur, car, à cette époque, une charmante petite fille
de sept ans, la jeune Élodie, l'aînée des enfants du professeur, avec sa figure pensive et ses beaux yeux pro-

fonds et sombres, était prédestinée à devenir la compagne honorée du grand artiste, et à partager avec lui les joies de l'existence et le légitime orgueil de la renommée.

Ce fut dans l'atelier de De Vigne, ce peintre consciencieux qui ne périra pas tout entier, que Jules Breton se lia d'amitié sincère avec le grand portraitiste Léon de Winne, digne successeur de Van Dyck qu'il égale souvent par la pureté de la ligne et le mystérieux du modelé.

Quant à Félix De Vigne, il subissait alors deux influences contraires. Il avait eu des leçons de Paelinck, élève de David, qui lui avait inspiré la tendance d'émonder les formes d'après l'Apollon du Belvédère et la Vénus de Médicis, et, d'autre part, il cedait à la fascination du Romantisme en recherchant avec passion les tons transparents et les nuances chatoyantes.

Cependant, vers la fin de sa vie, son talent s'équilibra, et les musées de Gand et de Bruxelles possèdent deux excellents tableaux de lui, la *Foire au moyen âge* et le *Dimanche matin*, qui feront surnager son nom au-dessus des flots troubles de l'oubli.

Quoi qu'il en soit, l'art français doit saluer ce nom de De Vigne avec respect et reconnaissance, puisque ce peintre, doublé d'un savant archéologue (1), a dirigé

(1) Félix De Vigne a publié plusieurs ouvrages parmi lesquels l'*Histoire de l'architecture au moyen âge*, Gand, 1845, *Mœurs et usages des corporations de la Belgique et du nord de la France*, etc., etc. Ses principaux tableaux sont : le *Mariage au moyen âge*, le *Baptême au xviie siècle*, etc Nous devons ajouter qu'à commencer par Félix De Vigne la famille de Jules Breton est essentiellement une famille d'artistes, car personne n'ignore que son gendre le peintre Demont et sa fille Madame Demont-Breton ont acquis une célébrité véritable dans la phalange des grands peintres contemporains.

dans la carrière et soutenu les pas hésitants de ce jeune Français devenu maintenant une des gloires de la peinture contemporaine.

Avant d'entrer dans la discussion et l'examen du talent si sainement pathétique de Jules Breton, nous croyons qu'un aperçu rapide de la succession des principales œuvres du maître, aidera à la complète intelligence de sa carrière artistique si bien remplie, et dont le développement nous promet encore de magnifiques surprises.

Mais, devançant la production des toiles officiellement classées, il y a eu les timides ébauches et les essais naïfs du pinceau que tenait encore la main de l'adolescent. Ayant eu la bonne fortune de feuilleter de délicieux souvenirs de jeunesse absolument intimes et inédits signés par le grand paysagiste, nous n'hésitons pas à commettre l'indiscrétion de transcrire, ici, quelques-unes de ces lignes charmantes, écrites à l'occasion des circonstances qui inspirèrent les deux premières toiles du futur membre de l'Institut.

On verra avec quelle fraîcheur de style le maître ressuscite ces simples et touchants souvenirs. Laissons-lui la parole :

« Un jour (en 1840, je crois), je reçus la visite d'une femme de Courrières, appelée Marie Tavernier, dont l'industrie consistait à peindre des saules pleureurs sur des urnes funéraires, aux croix des cimetières, et des *arbres verts*, des *bons coins* et des *belles vues* au-dessus des portes des cabarets. Cette fois, on lui avait commandé une enseigne dont la complication dépassait ses moyens, et elle venait me demander mon aide que je lui promis aussitôt, tout fier de cette marque de confiance. Tandis que je me ménageais un peu de place en poussant dans les coins les instruments de jardinage, les bottes de jonc et d'osier, dont la pièce était encombrée, Marie revint en portant un grand panneau carré surmonté d'un cintre, ses pinceaux et ses pots de couleurs !

» Nous plaçâmes l'enseigne sur une table, l'appuyant aux cases de l'herbier, et je pus constater que l'artiste avait grand besoin de secours. Elle avait commencé par écrire en rond sur le cintre le titre du sujet : *A la Société des Amis réunis*. Puisque les amis étaient en société, il fallait bien qu'ils fussent réunis. Je lui fis d'abord remarquer ce pléonasme. Il était d'ailleurs difficile de reconnaître les amis dans le barbouillage informe de Marie. On voyait bien un ciel bleu avec des nuages blancs en tire-bouchon ; une treille, une colonne avec un vase chargé de fleurs, le tout flanqué de deux aloès, mais les personnages ne ressemblaient absolument à rien. Je grattai tout le gâchis, et je priai Marie de me laisser seul à mon inspiration !

» J'avoue que j'étais ému et que la vue des petits pots de vermillon, de chrome et de bleu de Prusse me transportait de joie. Cependant je fus moi-même bien embarrassé de trouver la composition.

» Après avoir vainement cherché et recherché mes groupes, j'eus recours au *Magasin Pittoresque ;* mon oncle y était abonné depuis sa fondation, et après les gravures du grenier, aucun livre n'avait contribué davantage à me donner le goût du dessin. J'ignorais alors que je pourrais témoigner ma reconnaissance à mon collègue de l'Institut, M. Édouard Charton.

» J'ouvris donc le *Magasin Pittoresque*, et j'y trouvai une scène de buveurs des gardes françaises d'après Eugène Giraud. J'en imitai la composition, tout en chan-

geant les costumes, donnant aux personnages ceux de
nos paysans. Je m'acquittai de l'entreprise à la grande
satisfaction de Marie. Cette peinture devait sentir furieusement l'école de Frémy (1).

» Il y avait là, certain buveur en culotte de chrome,
en veste vert pomme et en casquette bleu de Prusse qui
devait singulièrement ressembler au Chinois du pigeon-
nier... Quant à mon enseigne, je ne l'ai jamais revue.
Mes frères, dans une de leurs excursions, l'ont un jour
rencontrée accrochée à la porte d'un cabaret de je ne sais
quel village, mais les soleils, les gelées et les pluies en
avaient bien adouci le brutal réalisme.

» Tel fut mon premier tableau !

» Et le second ? Comment et où l'ai-je fait ? Je
l'ignore.

» Il doit avoir été créé deux ou trois ans plus tard. Oh !
il n'est pas réaliste ce second tableau, mais profondément mystique. Il dort je ne sais où dans la pénombre
d'une petite sacristie de village. Là, je le revois bien
souvent dans mes rêves, baigné d'une idéale demi-
lumière ! Quelle adorable toile !

» La maladresse, l'ingénuité d'un enfant et l'ardeur
sacrée d'un néophyte inspiré...! C'est un triptyque :
la Sainte Trinité au milieu, la Vierge et des anges sur
les volets. Le Père Eternel, point solennel, mais doux
et attendri... Et Jésus ! Quelle céleste mansuétude ; et la
Vierge, qui ressemble à ma mère ! Et la pure candeur
des anges aux ailes bleues...! Lequel de ces anges m'a
conduit cent fois pendant mon sommeil dans la poudreuse
sacristie ou tu reposes, tableau de mes rêves, rêve toi-

(1) Frémy était le badigeonneur du pays.

même ? Et je tressaille d'allégresse, lorsque tu m'apparais, toujours à la même place, toujours souriant de tendresse divine! Oh! cette enseigne grossière et ce tableau imaginaire ! Je vois germer en eux les deux courants qui se disputèrent ma vie, l'*Idéal* et la *Vérité*. »

Après avoir suivi trois années l'atelier de M. Félix De Vigne et l'Académie Royale de Gand, Jules Breton se fixa quelque temps à Anvers pour étudier chez eux les vieux maîtres belges. S'il tira profit de la fréquentation des chefs-d'œuvre de l'époque de Rubens, les tendances nouvelles de l'Académie d'Anvers ne lui plurent point, et il vint à Paris, en 1847, pour y fréquenter l'atelier de Drolling où il connut Paul Baudry avec qui il garda toujours des relations de cordiale amitié. En revanche l'école des Beaux-Arts ne reçut de lui que des visites assez rares et espacées.

En 1845, Jules Breton avait fait, à Gand, son premier tableau représentant *Saint Piat prêchant* (ce tableau est aujourd'hui dans l'église de Courrières dont Saint Piat est le patron).

En 1849, le Maître exposa, à Paris, un grand tableau représentant une scène de misère : *Misère et Désespoir,* mais cette toile a été détruite depuis. En 1850, Jules Breton eut au Salon une autre scène du même genre, la *Faim,* aujourd'hui au Musée d'Arras. Ce n'est qu'en 1852 que le grand artiste se révéla paysagiste et eut l'idée de faire des paysans. Il avait trouvé la voie où son talent devait, quelques années plus tard, atteindre à un si splendide épanouissement. Ce tableau, nouvelle manière, brossé en 1852, fut exposé au Salon de 1853. C'est le *Retour des Moissonneurs,* qui fut acheté en Belgique à l'Exposition de Gand.

Vers la fin de 1852, Jules Breton quitta Paris et revint dans son cher Artois s'installer au milieu des siens. Deux années s'écoulèrent, pendant lesquelles il travailla avec amour et persévérance. Les études sur nature, les pochades, les croquis, se succédèrent avec une féconde rapidité. L'artiste passait ses journées à errer dans les champs, suivant les travailleurs, contemplant les effets des aubes et des crépuscules, s'intéressant aux mille riens de la vie champêtre, pénétrant en un mot avec une intuition de plus en plus éclairée le sens admirable de ces trois choses divines : la Vie, le Travail et la Jeunesse !

Une *Petite glaneuse*, exposée à Bruxelles en 1854, encouragea Jules Breton à demander aux scènes du labeur rustique les inspirations de son pinceau.

En 1855, le Maître envoya trois tableaux à l'Exposition Universelle : le *Saint Bastien*, les *Glaneuses* et les *Jeunes filles consultant des épis*. Une médaille de troisième classe fut la récompense de cet ensemble d'œuvres remarquables.

En 1857, la *Bénédiction des blés* fut pour Jules Breton l'occasion d'un très grand succès : succès d'artiste et succès du public. Il obtint alors sa deuxième médaille.

En 1859, on eut de lui le *Calvaire* (Musée de Lille), le *Rappel des Glaneuses* (Luxembourg), le *Lundi* (scène de buveurs) et une *Petite Couturière*. Première médaille.

A partir de cette époque le Maître entre de plain-pied dans sa grande manière et les chefs-d'œuvre se succèdent sans interruption.

Quelques titres de tableaux suffiront à rappeler au lecteur les triomphes retentissants de Jules Breton. La

Fin de la journée, la *Source*, la *Récolte des pommes de terre*, les *Gardeuses de vaches*, la *Saint-Jean*, la *Glaneuse*, le *Soir*, le *Matin*, l'*Arc-en-ciel*, les *Communiantes* (1), le *Goûter*, la *Fin du travail*, les *Sarcleuses*, etc., etc.

Qui ne se souvient de quelques-unes de ces toiles si *pensées* et si expressives? Nous sommes encore ébloui quant à nous par les magnifiques accents et l'atmosphère irisée de lumière blonde que le Maître a versés de sa palette sur les frais pâturages du *Matin*, cette œuvre qui renferme tant de magnificence et de simplicité.

> Dans le rayonnement immense du soleil,
> La prairie, où toujours paissent les vaches brunes,
> Ondule comme un lac de gazon jusqu'aux dunes,
> Qu'un ciel merveilleux baigne au fond de l'air vermeil
>
> Une exquise rosée irise l'herbe rase
> Broutée incessamment par de nombreux troupeaux,
> Et met un nimbe au front des bêtes dont les peaux
> Reluisent aux endroits qu'un trait de flamme embrase.
>
> . . . .
>
> Ébloui de lumière, un ruisseau d'or serpente
> Parmi l'herbe argentée aux brumes du matin,
> Fume de plus en plus vers le vibrant lointain,
> Et descend, immobile, une invisible pente.
>
> Un pâtre est là, perdu dans son rêve profond,
> Au bord du ruisselet tout embaumé de menthe,
> Sous le tourment confus d'un souci qui fermente
> Au fécondant soleil dont l'ardeur mord son front.

(1) C'est ce tableau qui a été acheté 250,000 francs à la vente Morgan.

. . . .

Car la gardeuse vient, là-bas, vers l'autre rive
Le jeune gars, les yeux tendus, les pieds distraits,
Planté droit comme un morne échassier de marais,
Admire de quel pas libre et calme elle arrive.

. . . .

Elle vient, son reflet tremble dans le ruisseau ;
Et par l'onde et par l'air son corps mignon se berce,
Double image au milieu de la céleste averse,
Des mille rayons d'or en un double faisceau,

Et voici sous ton charme, ô splendeur matinale !
Que l'amour vermeil monte à son front rougissant ;
Dans son cœur comme au ciel vibre le feu naissant,
Embrasement du jour et d'ardeur virginale.

Ils se taisent, les yeux dans les yeux, et le gars
Ne voit plus le soleil si ruisselant de flamme ;
Tout s'efface devant ce visage de femme,
Et le rayonnement vainqueur de ses regards !

Nous avons tenu à citer presque tout entier ce superbe morceau dont l'exactitude est saisissante, car on ne sait vraiment si la toile a inspiré les vers ou si au contraire les vers n'ont pas été la cause de la toile.

Quoi qu'il en soit, on ne saurait trop remarquer cette fusion si complète et si rare du peintre et du poète qui exprime avec une égale puissance, une même virtuosité, par la plume et par le pinceau, les sentiments et les couleurs.

Faut-il encore évoquer cette page d'une si majestueuse sérénité, le *Chant de l'Alouette ?*

Selon nous, rien dans notre art contemporain ne peut
être mis au-dessus de cette admirable inspiration.

Une paysanne, vêtue seulement d'une chemise et d'une
jupe, s'avance pieds nus et la faucille en main aux lueurs
de l'aube naissante. Elle contemple d'un œil attendri
l'alouette matinale dont le vol monte et se perd dans les
brumes nacrées de l'aurore. Les étoiles s'effacent lentement
sur la transparence azurée du ciel. Ce n'est plus la nuit,
mais ce n'est pas encore le jour... Les mille bruits de la
terre qui s'éveille retentissent peu à peu dans la sonorité
joyeuse et discrète du matin... La vie va recommencer.

L'alouette monte vers la lumière, les ailes brillantes de
rosée, son chant vibre clair dans l'air pur, et la femme,
le sein gonflé d'inconsciente et de sublime poésie, regarde
l'oiseau avec un sentiment d'indicible tendresse. Une
harmonie profonde les unit, car la messagère de l'aurore
est, devant Dieu, sa sœur, par l'innocence et le tranquille
abandon !

Voilà la toile ; rien de plus... Mais où trouver une
aussi émouvante expression de la communion des êtres,
où rencontrer plus de grandeur dans la simplicité?

Ce sentiment d'universelle sympathie entre les créatures, que le talent du Maître traduit avec une si intense
vérité, n'est-il pas l'expression esthétique d'une loi
générale : celle de l'affinité, de la dépendance, de la solidarité des êtres.

Selon nous, là est le Vrai. La Nature est *une*, il n'y a
pas d'hiatus, d'abîme entre ses manifestations : tout
procède du principe de continuité. Mais qu'on ne s'y
trompe pas, ce n'est point la théorie naturaliste de
l'évolution aveugle que nous énonçons ici. Rien de plus
illégitimement exclusif que cette doctrine.

Nous voudrions, à propos d'une question d'art, remonter jusqu'aux principes, et nous demander si, chez Jules Breton, par exemple, cette puissance d'émotion si troublante ne prend pas sa source dans une vérité de philosophie première qui considère l'ensemble de la Création comme indissolublement uni dans son essence et, par conséquent, susceptible de tous les rapports possibles de hiérarchie?

L'artiste, bien convaincu que toutes les choses, toutes les forces se subordonnent, s'enchaînent, conspirent pour la vie totale de l'Univers, saura, comme le grand paysagiste, contempler la nature d'un coup d'œil vraiment philosophique et réunir dans une vaste synthèse les traits épars de la beauté idéale, la signification supérieure de la vie rustique, du labeur champêtre, de l'existence primitive, celle qui s'attache de plus près aux flancs de la féconde Cybèle.

Leibniz et Gœthe ont eu l'un et l'autre la nette perception de cette vérité quand ils ont proclamé l'universalité de la vie, la parenté des êtres et leur destinée commune.

En effet, la Force est tout : la diversité des êtres ne marque que ses degrés. Elle est, dans les minéraux, la cohésion : elle est, dans les végétaux, la végétation, c'est-à-dire une sorte d'âme ; elle est l'âme dans les animaux; elle est l'âme et l'esprit dans l'homme.

Il n'y a pas de séparations radicales dans la nature. Il n'y a qu'une échelle des êtres. Mais cette Vie formée de degrés infinis n'est pas son but à elle-même ; elle a une destination mystérieuse, et c'est là le secret de Dieu.

Cette doctrine ne satisfait-elle pas à la fois les élans du cœur et les exigences de la raison? Quoi de plus

majestueux que cet ordre, cette harmonie, cette conspiration du Tout vers le Progrès ?

De près ou de loin, consciemment ou sans y prendre
garde, les maîtres de l'art contemporain se sont inspirés·
de ces idées. C'est ce qui a donné à quelques-uns de nos
paysagistes modernes, cette ampleur, cet « au delà »,
qui seuls caractérisent les vrais talents.

Jules Breton — un penseur, — a imprimé à son œuvre
le sceau de cette spiritualité transcendante, sans laquelle
l'art s'étiole et s'avilit dans le cercle vicieux de l'imitation et du trompe-l'œil.

Plus agréable que Millet, l'auteur de la *Fin de la
journée* restera comme un modèle de la juste alliance
des formes et de l'esprit. Il aura fait parler à la nature
son véritable langage, il aura, par ses paysanneries austères et touchantes, fait passer dans nos âmes une nouvelle révélation du Beau, il aura enfin sa place marquée
dans la phalange des plus glorieux initiateurs aux
splendeurs morales de la nature, des J.-J. Rousseau et
des George Sand.

Aujourd'hui, le grand malheur en peinture, c'est que
l'artiste se préoccupe trop de l'exécution. Le côté métier
absorbe une partie des forces vives qu'il pourrait employer
à élargir son inspiration. On sacrifie avec excès aux
coquetteries du pinceau, aux habiletés de la touche. Rien
n'est d'ailleurs aussi fatal pour le grand art qui ne doit
point viser à la dextérité de la main, à la prestidigitation
du procédé. On s'attache trop de nos jours à la perfection
de la forme, à l'idolâtrie du *fini*. C'est un écueil que peu

d'artistes savent éviter. Il faut en peinture la contemplation d'abord, puis l'enthousiasme qui naît d'elle, et
enfin, l'expression géniale qui doit procéder spontané-
ment de l'enthousiasme artistique. Jamais on ne pla-
quera froidement la *touche* qui doit revêtir la pensée et
la suivre dans toutes ses nuances. Il faut enfin qu'il
y ait entre l'émotion ressentie et sa fixation sur la toile
une sorte d'indéfinissable simultanéité : l'art est à ce
prix.

Jules Breton a vu que la suprême habileté consistait
en la suprême simplicité. Aussi ses œuvres portent-elles
toutes ce cachet de naïveté supérieure, d'aisance inimi-
table, que la plupart de nos peintres contemporains sont
impuissants à acquérir, parce que ces qualités qui font
les grands artistes sont essentiellement primesautières
et exclusives de toutes complications.

En un mot, Jules Breton peint avec son âme, et c'est
là le secret de son génie.

Ce qui le distingue aussi de la foule des peintres contemporains, c'est qu'il possède un sens profond et clair-
voyant de la nature. Le déploiement du spectacle universel n'est pas seulement à ses yeux un objet de curiosité
vaine, mais un enseignement moral de la plus haute
signification. Il pénètre en penseur l'esprit même des
choses. La nature est pour lui un livre grand ouvert
qu'il déchiffre sans effort, car il possède la clef du mystère, c'est-à-dire l'idée de Dieu. Aussi les manifestations
de la vie ne lui paraissent plus les aspects changeants
d'un phénoménisme sans but, mais les notes éparses de
la symphonie immense, de l'hymne éternel de la création.

« Artistes du xixᵉ siècle, écrivait Cousin, il y a de
longues années déjà, ne désespérez pas de Dieu et de

vous-mêmes. Une philosophie superficielle vous a jetés
loin du christianisme considéré d'une façon etroite ; une
autre philosophie peut vous en rapprocher. Et puis, si
le sentiment religieux est affaibli, n'y a-t-il donc pas
d'autres sentiments qui peuvent encore faire battre le
cœur de l'homme et féconder le génie? Platon l'a dit :
La beauté est toujours ancienne et toujours nouvelle.

« Elle est supérieure à toutes ses formes, elle est de
toutes les croyances pourvu que ces croyances soient
sérieuses et profondes et qu'on éprouve le besoin de les
exprimer et de les répandre. Si donc nous ne sommes
pas arrivés au terme assigné pour la grandeur de la
France, si nous ne commençons pas à descendre dans
l'ombre de la mort, si nous vivons encore véritablement,
s'il nous reste des convictions de quelque genre qu'elles
soient, par cela même il nous reste, ou du moins il peut
nous rester, ce qui a fait la gloire de nos pères, ce qu'ils
n'ont pas emporté avec eux dans la tombe, ce qui déjà
avait survécu à toutes les révolutions, à la Grèce, à
Rome, au Moyen Age, ce qui ne tient à aucun accident
temporaire ou éphémère, ce qui subsiste et peut se
retrouver sans cesse au foyer de la conscience : je veux
dire l'inspiration morale, immortelle comme l'âme. »

Ces magnifiques paroles du grand estheticien s'appli-
quent aux artistes qui, comme Jules Breton, traversent
les temps troublés pour montrer à l'élite que l'Idéal
n'est pas mort et qu'il reste toujours, même au milieu
des décadences les plus abjectes, dans le désarroi des
philosophies et l'effondrement des sociétés, un filon de
ce pur métal, le Beau, dont l'essence est d'être impénétrable à la souillure de ce qu'on nomme le Naturalisme
dans l'art.

Cette « inspiration morale, immortelle comme l'âme », Jules Breton n'a cessé de voir en elle la véritable source du grand art. C'est à cette fidélité qu'il doit la place qu'il occupe dans l'estime et l'admiration de l'élite, ce juge souverain que n'émeuvent ni les entraînements de la foule, ni les succès tapageurs des réputations frelatées. C'est pourquoi nous pouvons dire que l'artiste exceptionnel dont nous essayons de retracer la carrière et de marquer le rang, demeurera au double titre d'initiateur et de virtuose. D'initiateur, car se frayant une voie bien à lui, Jules Breton nous a désabusés des rusticités conventionnelles en nous présentant, sous sa vraie couleur d'austérité naïve, l'homme des champs courbé sur le sillon de son auguste labeur ; de virtuose, car, au point de vue de l'exécution, quel peintre contemporain peut lui être préféré ? Où trouve-t-on moins d'empâtement que dans ses toiles ? Cette franchise, cette sûreté de touche, qui les possède comme lui ?

Sa peinture n'a rien de commun avec les immatérielles et vaporeuses fantaisies de la palette de Corot. Son « faire » ne se rapproche pas davantage de la massive et puissante exécution de Théodore Rousseau, dont le procédé a plus d'un point d'analogie avec l'école flamande et celle du grand Ruysdaël. Aussi faut-il convenir que l'on retrouve peu d'influences traditionnelles dans le talent de Jules Breton. Osons dire qu'il procède surtout de lui-même et que sa manière est absolument originale. Il est un des Maîtres incontestés du paysage à figures et il excelle surtout à encadrer les divers états de l'âme rustique dans des coins de nature où il met aussi le meilleur de son âme débordant de suave et féconde poésie.

Si l'on peut établir un parallèle justifié entre deux peintres contemporains, il est incontestable que, dans l'ordre de ce que nous venons d'appeler le paysage à figures, Millet et Jules Breton ont entre eux des analogies frappantes, mais sont séparés aussi par de radicales différences. Tous les deux ont compris quelle source immense de poésie jaillit de la *Terre* et des manifestations de l'activité des êtres simples qui la touchent de plus près. Le calme auguste, l'inconsciente majesté, la grandeur sereine de l'homme des champs ont été profondément sentis par ces deux admirables artistes, mais ont été interprétés par chacun dans une note bien opposée et avec des moyens d'expression toujours très divers.

Millet est poète par force, qu'on nous passe cette affirmation ! Traducteur brutal, inconscient peut-être de sa puissance, il procède en fin de compte d'une certaine rudesse inséparable de sa nature.

L'*Angelus*, la *Tondeuse de Moutons*, l'*Homme à la houe*, et bien d'autres toiles encore nous révèlent sa tendance à la dureté, son amour de la formule précise, son goût pour les oppositions significatives. En un mot, la poésie ou plutôt l'émotion qui se dégage de son œuvre est surtout une émotion sévère. Sa simplicité quoique grandiose est peut-être un peu nue. Il manque certainement, à son pinceau, cette souplesse, ce velouté de touche qui mettent une sorte de vague, une sorte de prisme entre la toile et l'œil du spectateur.

Jules Breton possède, lui, cette qualité souveraine.

La supériorité n'appartient-elle pas d'ailleurs aux artistes qui savent fondre leurs teintes les unes dans les autres et les unir par les dégradations incertaines des pénombres et des transparences ? Mais qu'est-ce au fond

que ce vague subtil qui nimbe les contours des personnages et des choses, si ce n'est l'image de l'infini, le
sentiment d'un espace où notre âme peut épuiser son
activité dans toutes les directions et où elle entrevoit
l'Essence éternelle sous le phénomène passager?

Jules Breton (qu'on nous permette encore de revenir
à notre parallèle) est aussi vrai que Millet, mais il
possède en plus un don de transfiguration que l'on ne
rencontre point à un égal degré chez l'auteur de l'*Angelus*. Selon nous, le talent du peintre qui nous occupe
est un talent *complet* aussi naturaliste que poétique.

Mais une des différences les plus sensibles qui séparent
Jules Breton de Millet, c'est que ce dernier surtout a
peint l'*animal* dans le paysan, la *femelle* dans la paysanne. Sous les hardes ou les costumes, rien dans l'œuvre de Millet ne donne la sensation de la forme élégante,
de la sveltesse robuste qui se rencontre pourtant chez
l'homme et la femme du labeur rustique. Ce ne sont
que corps lassés, anguleux et brisés, en un mot, que
bêtes de somme.

Jules Breton, au contraire, sous la simplicité du
vêtement, fait deviner une anatomie normale et de
belles lignes. La chemise de grosse toile, la jupe de
laine, ne sont pas pour lui systématiquement destinées
à cacher la laideur et la disproportion des formes. Ses
types respirent la santé, ses hommes sont nerveux et
bien plantés, ses femmes ont le corps souple, bien en
chair, et leur visage, sous la couche de bistre qu'y plaque
le soleil, ne perd rien des lignes pures de la beauté
champêtre, saine et vigoureuse. Car enfin, qu'on y
réfléchisse, la *paysannerie* ne doit pas exclure l'*élégance*.

Ajoutons que les derniers tableaux du Maître sont une

protestation victorieuse contre cette tendance fausse qui consiste à vouloir bestialiser l'homme des champs.

Quoi de plus naïf et de plus délicat en effet que ces *Jeunes filles de la procession?*

Mal ajustées, mal taillées, leurs pauvres robes de gaze blanche ne sont cependant pas ridicules; les plis de l'étoffe, ses engoncements, les maladresses même de la confection ajoutent un charme de plus aux charmes si pénétrants de cette toile. Sous l'écrin grossier le bijou se devine, car ces jeunes corps se meuvent à l'aise sous les accoutrements de la tailleuse de village.

Il y a là un contraste exquis. Mélange de réalisme et d'idéalité, cet effet, très clair, très transparent, sans grandes oppositions, est produit par des semblables plutôt que par des contrastes. C'est une symphonie de clartés douces; la blancheur des costumes se mêlant aux blancheurs du matin, les voiles aux voiles de la brume et des fumées qui montent d'un hameau que l'on devine dans la vallée; tout cet ensemble de nuances flottantes, nacrées et virginales, produit une gamme de *sensations* inoubliables, qui se traduisent bientôt en *sentiments* d'un ordre très élevé. En somme, on peut dire que Jules Breton vient d'atteindre au plus haut degré de l'art qui permet de produire la Beauté émue.

Millet n'aurait point, selon nous, su dégager d'un sujet pareil la douce impression qui s'en exhale. Il nous peint, avec un accent cruel, les misères du peuple de la glèbe. Comme le bœuf porte son joug, il fait porter à l'homme du labeur rustique, le joug de sa dépendance et le poids lourd de son outil. Ses paysans sont des animaux résignés, des êtres sans notion de la noblesse

5··

de leur rôle. Chez Jules Breton au contraire, tout respire la joie de vivre, tout s'illumine et tout rayonne. Le paysan est content de son sort, il chante dès l'aurore, et le soir, sa besogne achevée, il rentre heureux et plein d'une bonne lassitude à la palpitante lueur des premières étoiles.

Nous venons d'esquisser la physionomie du peintre; voyons maintenant quels sont les titres du poète, en essayant d'approfondir toutes les ressources de cette double personnalité, si digne de voir s'élargir autour d'elle le cercle des sympathies éclairées.

Il est facile de comprendre qu'une nature d'artiste aussi bien douée que celle de Jules Breton ait réussi dans tous les genres où le poussaient ses instincts.

D'un poète du pinceau à un poète dans l'acception du terme, il n'y a qu'une question de nuances, un rapport de formes. Tous les rythmes se tiennent, car bien étroite est leur parenté. Aussi, sans s'en apercevoir peut-être, Jules Breton a-t-il passé de la palette à la césure comme d'autres artistes ont changé souvent l'ébauchoir pour le pinceau.

Cette poésie, qui chantait dans son âme, il l'a exprimée avec des couleurs et des sons, mais des sons où la pensée s'épanouit, harmonieuse et vibrante.

Ainsi donc, de tout temps, le Maître paysagiste a fait de la peinture et des vers. Mérite-t-il de marquer aussi comme poète? C'est ce que nous allons brièvement examiner.

L'œuvre poétique de Jules Breton se compose actuellement d'un seul volume qui contient un assez grand nombre de pièces intitulées les *Champs et la Mer* (1), recueil immédiatement suivi du poeme de *Jeanne*, la partie capitale du livre.

Demandons-nous d'abord à quelle catégorie de poètes appartient l'auteur des *Champs et la Mer*. Est-ce un psychologue, un sensitif ou un descriptif? L'hésitation n'est pas possible, car le talent de Jules Breton est surtout pictural. C'est presque toujours en peintre qu'il fait des vers ; c'est pourquoi on ne doit point chercher chez lui la note philosophique et méditative d'un Sully Prudhomme, la sentimentalité débordante d'un Musset, le mysticisme grêle et maladif d'un Baudelaire. Il faut y voir l'expression naturelle des émotions que le spectacle des choses simples fait germer dans un cerveau éminemment prédisposé à l'influence et à la reproduction du Beau.

C'est à un tel état d'âme que nous devons attribuer la plupart des pièces des *Champs et la Mer*. Presque tous ces vers ont été l'écho de sensations et de sentiments esthétiques presque dépourvus de préoccupations étrangères à cet ordre. Cependant on ne peut nier que *Jeanne* ne soit avant tout une œuvre de passion et de sentiment; c'est pourquoi l'on doit ajouter que Jules Breton se révèle dans cette idylle comme un delicat et émouvant poète du cœur. Ainsi donc, point d'allures didactiques, point d'idées philosophiques préconçues, point de grands désespoirs et de pessimisme morose si en faveur de nos jours, point de dilettantisme vain; mais une fraîche, touchante et vive expression de la nature tantôt splendidement parée de ses ineffables atours, tantôt mélanco-

(1) Lemerre, éditeur, Paris.

lique et tendre, tantôt maternelle et consolante jusqu'en
ses plus énigmatiques manifestations.

D'ailleurs, citons à cette place le sonnet liminaire qui
sert de préface au volume; ses naïves déclarations sont
un véritable programme et résument l'esprit même des
Champs et la Mer.

> Mon cœur hésite encor lorsque ma main vous livre,
> Strophes qui murmuriez pour moi seul, humbles vers,
> Tels que des passereaux au fond des rameaux verts,
> Qui chantiez loin du bruit sans rêver a ce livre.
>
> De votre aile fragile espérez-vous poursuivre .
> Sous un ciel orageux votre vol a travers
> L'Inconnu, sans abri contre un premier revers?
> Ètes-vous bien pourvus de ce qu'il faut pour vivre?
>
> Mes doigts habitués a tenir les pinceaux,
> En vous donnant l'essor, tremblent, frêles oiseaux,
> Qui désertez le nid pour courir l'aventure.
>
> Vous pardonnera-t-on votre témérité?
> Ah! si pour rencontrer l'accent de la nature
> Il ne fallait avoir que la sincérité!

Cet accent, Jules Breton le possède à un très haut
degré. C'est lui qui fait le charme de ses vers et qui
donne à ses toiles leur incomparable puissance.

Prenons, parmi ces pièces descriptives, quelques-unes
des plus intenses, et cherchons si on peut accuser le
poète d'alambiquer ses rythmes et de travailler son vers
au point de lui couper les ailes.

Voici, selon nous, une des plus belles pièces du
recueil, dédiée au plastique Leconte de Lisle et qui ne
le cède en rien comme énergie à l'auteur des *Éléphants*

ou de *Midi*. On y trouvera une harmonie imitative très réelle et une sensation bien observée de brûlante lassitude :

Lorsque dans l'herbe mûre aucun épi ne bouge,
Qu'à l'ardeur des rayons crépite le froment,
Que le coquelicot tombe languissamment
Sous le faible fardeau de sa corolle rouge,

Tous les oiseaux de l'air ont fait taire leurs chants,
Les ramiers paresseux, au plus noir des ramures,
Somnolents, dans les bois, ont cessé leurs murmures
Loin du soleil muet incendiant les champs,

Dans les blés, cependant, d'intrépides cigales
Jetant leur mille bruits, fanfare de l'été,
Ont frénétiquement et sans trêve agité
Leurs ailes sur l'airain de leurs folles cymbales.

Frémissantes, debout sur les longs épis d'or ;
Virtuoses qui vont s'éteindre avant l'automne,
Elles poussaient au ciel leur hymne monotone
Qui dans l'ombre des nuits retentissait encor.

Et rien n'arrétera leurs cris intarissables ;
Quand on les chassera de l'avoine et des blés,
Elles émigreront sur les buissons brûlés
Qui se meurent de soif dans les déserts de sables.

Sur l'arbuste effeuillé, sur les chardons flétris
Qui laissent envoler leur blanche chevelure
On reverra l'insecte à la forte encolure
Plein d'ivresse, toujours s'exalter dans ses cris ;

Jusqu'à ce qu'ouvrant l'aile en lambeaux arrachée,
Exaspéré, brûlant d'un feu toujours plus pur,
Son œil de bronze fixe étendu vers l'azur,
Il expire en chantant sur la tige séchée.

5***

Nous avons tenu à citer tout entière cette superbe
pièce pour donner aux lecteurs une juste idée du talent
descriptif de Jules Breton. Il est d'ailleurs bien difficile
de pouvoir se borner dans les extraits, lorsque la pensée,
la forme, la couleur sont aussi intimement unies que
dans ces strophes des *Cigales*. On ne morcèle pas sans
les mutiler des tableaux aussi vivants. Mais cependant
parcourons à grands pas la première partie de l'œuvre
poétique du paysagiste, et contentons-nous d'énumérer,
faute de mieux, les principales choses dignes d'attirer
l'attention et de la retenir.

On trouvera très certainement un charme inexprimable
de fraîche idylle dans la *Paix des Bois*, l'*Aube*, le *Soir*,
cette délicieuse mélodie de l'heure vespérale :

C'est un humble fossé perdu sous le feuillage,
Les aunes du bosquet le couvrent à demi.
L'insecte en l'effleurant trace un léger sillage,
Et s'en vient seul rayer le miroir endormi.

Le soir tombe, et c'est l'heure où se fait le miracle,
Transfiguration qui change tout en or ;
Aux yeux charmés, tout offre un ravissant spectacle,
Le modeste fossé brille plus qu'un trésor.

Le ciel éblouissant, tamisé par les branches,
A plongé dans l'eau noire un lumineux rayon ;
Tombant de tous côtés, des étincelles blanches
Entourent un foyer d'or pâle en fusion.

. . . .

Et dans mon âme émue alors, quand je compare
L'humilité du site a sa sublimité,
Un délire sacré de mon esprit s'empare
Et j'entrevois la main de la Divinité.

Ce n'est rien et c'est tout. En créant la nature,
Dieu répandit partout la splendeur de l'effet,
Aux petits des oiseaux s'il donne la pâture,
Il prodigue le Beau, ce suprême bienfait.

Ce n'est rien, et c'est tout. En te voyant j'oublie,
Pauvre petit fossé qui me troubles si fort,
Mes angoisses de cœur, mes rêves d'Italie,
Et je me sens meilleur, et je bénis le sort.

Voici maintenant une pochade exquise que le poète a
volée à la palette du peintre. Qu'on nous pardonne ce
bizarre accouplement de mots, c'est de la *peinture rimée* :

La neige! — le pays en est tout recouvert —
Déroule, mer sans fin, sa nappe froide et vierge,
Et du fond des remous a l'horizon désert
Par des vibrations d'azur tendre et d'or vert,
Dans l'éblouissement la pleine lune émerge.

A l'Occident s'endort le radieux soleil,
Dans l'espace allumant les derniers feux qu'il darde
A travers les vapeurs de son divin sommeil ;
Et la lune tressaille à son baiser vermeil,
Et, la face rougie et ronde, le regarde.

Et la neige scintille et sa blancheur de lis
Se teinte sous le flux enflammé qui l'arrose ;
L'ombre de ses replis a des pâleurs d'iris
Et, comme si neigeaient tous les avrils fleuris,
Sourit la plaine immense ineffablement rose.

Notons encore parmi les meilleurs morceaux le *Cré-
puscule*, l'*Éden*, les *Deux Croix*, les *Lavandières*, les
Glaneuses, *Fleurs de Sable*, et les derniers vers de la
pièce intitulée *Théodore Rousseau et le Bûcheron* dont

la donnée nous semble particulièrement originale. Le
Maître est en train de peindre un arbre lorsqu'il se
retourne et rencontre une face ébahie :

. . . .

> Un rustre écarquillait son gros œil stupéfait;
> Le peintre croit vraiment qu'un vif attrait l'enchaîne.
> Alors le paysan . « Pourquoi fais-tu ce chêne,
> Puisque ce chêne est là, puisqu'il est déja fait? »

Le rustre aurait eu raison de poser une question
semblable, ajoute le poète, s'il se fût adressé à un représentant de cette race de vulgaires copistes, de serviles
imitateurs; mais, parlant à Rousseau, sa réflexion si
judicieuse perdait toute portée et il faut la renvoyer à...

> Ceux de qui l'art sans but sur les niais spécule.

. . . . , ...

Mais, nous dit aussitôt Jules Breton avec une souveraine vérité :

> Pourquoi mettre cet homme au nombre des crétins
> Pour ne comprendre pas leurs travaux enfantins?
> Ne sont-ils pas plus fous de tenter l'impossible
> Pour ne montrer aux yeux qu'un miroir impassible
> Qui de l'âme et du cœur ne reçoit pas le sceau?
> Mais son seul tort était de parler à Rousseau;
> Mais s'il avait eu trait à la grande phalange
> Qui place un trompe-l'œil plus haut que Michel-Ange,
> Qui, réprouvant le beau comme trop peu réel,
> Préfère le Guerchin au divin Raphael :
> Et si ce bûcheron s'adressait à vos toiles,
> Imitateurs passifs qui n'êtes pas jaloux
> D'un coin de l'infini, qui, l'œil sur les cailloux,
> Marchez tête baissée en niant les étoiles,

Qui n'admettant pour vrai que la vulgarité
Soulignez seulement ce qu'il vaudrait mieux taire,
Et ne comprenez pas que *l'Art est la Clarté*
Suprême rayonnant au milieu du mystère;
Tous vos rires alors seraient hors de saison,
Et véritablement cet homme aurait raison.

Voilà, ce nous semble, une belle vérité énergiquement exprimée. Nous doutons que le réalisme dans l'art puisse parer un semblable coup droit.

Egalement très bien venu le sonnet *A Leconte de Lisle;* mais Jules Breton, dans son admiration pour l'auteur des *Poemes barbares*, est-il bien sûr de ne pas céder à une illusion d'optique?

En effet, est-ce véritablement l'artiste par excellence que M. Leconte de Lisle?

Mais surtout cette école n'est-elle point justiciable de la critique quand elle cherche à infuser dans notre poésie et dans notre art le rêve bouddhique de l'impassibilité?

Farouche, rigide, marmoréen, l'auteur des *Poèmes barbares* est un admirable miroir, soit! mais peut-on l'appeler un créateur dans la signification supérieure de ce mot? Non. Car on doit mettre son âme dans la nature : et la pensée de l'homme doit réaliser une véritable création intérieure qui continue, en l'achevant, la Création du monde.

Or M. Leconte de Lisle est surtout un *impersonnel*, et l'art, pour mériter son nom, doit être fait de *personnalité*. Nous n'en voulons pour preuve que Jules Breton lui-même dont tout le talent, tout le génie, disons le mot sans crainte, consiste précisément dans les qualités individuelles de l'interprétation.

M. Leconte de Lisle *subit*, tandis que Jules Breton *suggère*; l'un nous écrase sous le poids matériel des magnificences terrestres, l'autre nous élève et nous fait penser. D'un côté, éblouissement, prédominance des choses; de l'autre, essor radieux, triomphe de l'esprit.

Notre choix est depuis longtemps arrêté entre cet art le plus souvent passif et cette généreuse activité d'inspiration qui nous fait monter du cœur à la tête ce cri de l'émotion esthétique à son paroxysme : Plus haut : *sursum corda !*

***

Quand nous aurons indiqué encore quatre ou cinq pièces remarquables comme la *Moisson*, la *Grève*, *Douarnenez*, etc., il nous restera à parler de *Jeanne*; ce poème si attachant, si passionnant même, malgré le peu de complication de la mise en scène.

C'est l'histoire d'un pauvre gars de l'Artois, qui aime une délicieuse créature, *Jeanne*, l'enfant naturelle d'une riche créole, qui la confia à des paysans afin de cacher le fruit de son amour avec un Indien que les préjugés de race l'empêchent d'épouser.

Idylle traversée par des épisodes émouvants, émaillée d'inoubliables tableaux, le poème de *Jeanne* est une « œuvre » dans l'acception complète du mot. Mais, hélas! qui donc, aujourd'hui, est capable de lire un poème ? Bien d'autres nécessités s'imposent aux loisirs : il faut d'abord dévorer la fade marchandise d'un romancier industriel, ou pâlir de longues heures sur la prose alambiquée d'un psychologue de boudoir. Qu'on nous permette cependant d'oublier un peu le mercantilisme ou

la préciosité littéraires, en compagnie d'une création
aussi délicate que *Jeanne,* l'amie de *Bruno.*

Cette figure idéale et charmante exerce sur notre imagination un capiteux attrait. *Jeanne* c'est la grâce, la
candeur, la beauté, la femme enfin! La femme primitive,
simple, passionnée, faite d'instincts irresistibles, de
coquetteries inconscientes, de joyeuses espiègleries, de
tendre abandon, d'énergie sauvage, d'amour indompté.

Après avoir vécu son enfance et sa jeunesse avec
Bruno, dans l'humble *manoir* de la vieille Angèle, elle
est un jour retrouvée par sa mère selon le sang qui,
libre desormais de posséder son enfant, veut l'arracher
à cette existence à laquelle elle l'avait momentanément
vouée. Inutiles efforts, *Jeanne* refuse de partir; son cœur,
son âme, sa vie tout entière sont attachés à ce coin de
l'Artois où elle a grandi comme une fleur des champs,
libre, insoucieuse et superbe; elle est fille de ce pays où
son être s'est épanoui aux splendeurs renaissantes des
printemps et des étés; elle tient au sol par des racines
inarrachables : l'habitude et l'amour!

Que lui importent les richesses, le luxe, les plaisirs.
Elle aime! Elle reste.

Et l'on entend ces mots : « Ma Jeanne, partons-nous ?
— Jamais, je veux rester auprès de mon époux.
— Cruelle! c'est à moi que tu montres la porte,
— A moi qui suis ta mère! Hélas! —Ma mère est morte! »
Jeanne alors se jetant au cou de son Bruno,
De ses bras enlacés lui fait un tendre anneau.

. . . .

Ce soir pendant qu'au loin roulait une voiture,
Des soupirs au jardin erraient dans la verdure,

> Et l'on dit que, la nuit, l'immense firmament
> Vit dans un amoureux et long affolement
> La tigresse bondir sur l'herbe des pelouses
> Tandis que palpitaient les étoiles jalouses...!

Mais veut-on quelques traits épars de cette originale physionomie, où deux natures se fondent pour ainsi dire dans un ensemble attirant et bizarre? On s'en souvient, Jeanne est de sang mêlé. Elle réunit à la foi le charme capiteux de l'Indienne au teint de rose bistré, et l'innocence candide de la simple fille des champs. Mélange inexprimable, voluptueuse chasteté, vierge et bayadère, pudeur et passion, Jeanne exerce sur Bruno une fascination suprême :

> Elle avait des façons félines de tigresse,
> Amenant le rameau de son bras arrondi,
> De saisir, allongée et le jarret roidi.
> Le fruit mûr qui saignait sur sa bouche entr'ouverte.
> Son pur profil, plus brun sous la lumière verte,
> Dressait dans un plus fier et plus sauvage accent
> Ses beaux traits ciselés dans un bronze puissant
> Où les feuilles mettaient une verte patine.
> Ses formes n'avaient point la majesté latine.
> Elles faisaient songer au ciel oriental
> Au pays du soleil, de l'ambre et du santal.
> Ses prunelles de jais s'enchâssaient dans l'ivoire.
> Sous l'arbre ténébreux sa chevelure noire
> Dans ses nœuds ondulait plus sombre que la nuit.
> Bruno ne bougeait pas au fond de son réduit
> Que le foin embaumait d'une odeur enivrante,
> Dans le rêve laissant planer son âme errante.
>
> . . . .

Maintenant, dussions-nous abuser des extraits, nous n'hésitons pas à transcrire encore cette page de l'épisode

A la Belle Étoile, où le poète nous montre Jeanne et Bruno égarés par une splendide nuit d'été. Ils sont obligés de coucher en pleins champs pour attendre le jour qui doit leur montrer la route.

Or, Bruno, les genoux et les coudes à terre,
Se prosterne devant l'adorable mystère
De ce corps virginal endormi dans la nuit,
Et dont le souffle exhale à peine un faible bruit.
Dans le recueillement de l'ombre et du silence.
Tel qu'un soyeux frisson d'avoine que balance
Le printemps qui l'effleure en son vol amoureux.

. . . .

Et le gars, appuyant ses oreilles aux creux
De ses mains, écoutait cette haleine plus douce
Qu'un frôlement léger d'oiselet sur la mousse,
Et muet, le cœur plein d'un radieux espoir,
Il dévorait d'un œil ardent cet ange noir
A peine deviné sur la couche de paille
Où flotte une apparence obscure de grisaille :
Et son cœur dans la nuit rayonnait de soleil,
Car ce cœur n'a jamais rêvé rien de pareil,
Être ainsi son gardien, la nuit, seul dans la plaine,
Et l'entendre dormir, boire sa pure haleine !
Elle n'a point parlé, mais elle est bien à lui !

. . . .

Les champs gris s'estompaient d'un soupçon de jour louche,
Sous les astres pâlis dans le noir moins profond,
Déjà, très faiblement, sur le rêve du fond
Se dressaient les fourneaux d'une briqueterie.

. . . .

Point du jour, ô charmeur ! ô lueur attendrie !
O lueur idéale errant sur un front pur
Qui dort mi-baigné d'ombre et de naissant azur !

Ineffable regard que glisse l'aube proche !
O douceur caressant la candeur sans reproche !

6

Sur le tremblant profil d'une vierge aux yeux clos,
Plus vague qu'une fleur fermée au fond des flots :
Premier baiser du jour, loin de tout œil profane,
Ton mystère effleura les premiers traits de Jeanne.

Arrêtons-nous à ces beaux vers du poème de Jules Breton, et laissons-les vibrer longtemps dans notre mémoire, car ils chantent délicieusement les harmonies de la nature, de la jeunesse et de l'amour.

Maintenant, comment terminer cette étude consacrée à l'un des artistes les plus intellectuels que la France ait produits ? Quelques mots suffisent pour résumer le sens de notre travail et caractériser la personnalité de Jules Breton. Dans leur simplicité même, ils seront plus éloquents que toutes les phrases. C'est à Joubert que nous les empruntons encore. Écoutez-les, artistes de tous les temps, et qu'ils restent à jamais gravés dans votre mémoire :

« L'intelligence doit produire des effets semblables à elle, c'est-à-dire des sentiments et des idées, et les *Arts doivent prétendre aux effets de l'Intelligence.*

« Artiste, si tu ne causes que des sensations, que fais-tu avec ton art, qu'une prostituée avec son métier, et le bourreau avec le sien ne puissent faire aussi bien que toi ? S'il n'y a que du corps dans ton œuvre et qu'elle ne parle qu'aux sens, tu n'es qu'un ouvrier sans âme et tu n'as d'habile que les mains ! »

CARO

« La lumière est l'ombre de Dieu, la
clarté l'ombre de la lumière »

JOUBERT (*Pensées*.)

CARO

U N homme d'une grande intelligence et d'un grand cœur vient de disparaître (1).
   La pensée française a perdu en lui un de ses plus illustres représentants; le Spiritualisme un de ses plus fermes champions. Caro etait le type du philosophe de race, du spéculatif subtil et profond, du polémiste étincelant, du styliste impeccable.
   S'il n'a rien invente en métaphysique, si son génie plutôt compréhensif que créateur n'a pas laissé dans le domaine de la pensée moderne un sillon d'indiscutable originalité, il possédait plus que personne le don de la vulgarisation lumineuse, de la critique habile à pénétrer la genèse intime des œuvres, à démêler avec un sens merveilleux de justesse les intentions et les résultats, à

(1) Cette étude, écrite au lendemain de la mort de Caro, est exclusivement consacrée à l'examen de son œuvre philosophique.

soumettre enfin à la sanction de son rigoureux critère les systèmes et les idées.

L'objet de cette étude est de rechercher quels sont exactement les principes inspirateurs et régulateurs de la vie intellectuelle de l'auteur de l'*Idée de Dieu*, et quelles sont les bases du Spiritualisme dont il s'est toujours montré un des plus infatigables et des plus éclairés défenseurs.

La philosophie française au XIX° siècle a été partagée en trois grands courants ; le Spiritualisme relevé avec tant d'éclat par les Maine de Biran, les Jouffroy, les Royer-Collard, les Cousin ; le Panthéisme idéaliste représenté de nos jours par les Vacherot, les Taine et les Renan ; enfin le Matérialisme pur dont le Positivisme n'est qu'un travestissement ou mieux encore une sorte de dépendance, et dont les principaux interprètes ont été les Auguste Comte, les Littré et les Robin.

De ces trois aspects de la pensée philosophique française, le Spiritualisme seul a un caractère de tradition atavique ; car le génie de notre race répugne autant aux prétendues exactitudes du matérialisme dogmatique qu'aux nuageuses synthèses des sophistes allemands. Instable, changeant et fugace dans les autres ordres de connaissances et de conceptions, l'esprit français nous paraît avoir gardé toujours depuis le XVII° siècle, et cela malgré des fluctuations diverses ou des éclipses momentanées, un équilibre salutaire, qui l'a empêché de céder aux entraînements excessifs et de se perdre dans les prestiges du panthéisme hégelien, qui de religieux et presque mystique qu'il était à son origine, aboutit aujourd'hui au matérialisme grossier de M. Moleschott ou de M. Büchner.

Cette tradition spiritualiste, dont notre pays semble être, depuis de longs siècles, l'incorruptible dépositaire, a été conservée, maintenue, agrandie, par d'illustres penseurs et d'admirables écrivains, dignes fils de Descartes, de Pascal, de Bossuet, de Fénelon et de Malebranche. Parmi ces hommes dont quelques-uns appartiennent déjà à l'histoire, bien qu'ils soient presque nos contemporains, Caro est un de ceux qui méritent le plus la consécration suprême de la postérité. Son œuvre, éminemment salutaire et féconde, aura eu le privilège, grâce au charme et à la perfection de la forme, — son caractère dominant, — de pénétrer dans les couches les plus diverses de l'élite intellectuelle. L'ampleur et la clarté du style, la noblesse de l'expression, la courtoisie dans la polémique, le développement progressif et vigoureux de la dialectique, l'élégance et la souplesse de la phrase, l'ironie qui désarme sans blesser jamais, l'érudition, la finesse, la sagacité, ont été les qualités maîtresses de cette plume que la mort vient de briser au moment où elle pouvait servir encore avec tant d'éclat la cause sacrée de la Vérité et de la Justice.

Nous voudrions, en écrivant ces quelques lignes, rendre à la mémoire de Caro un hommage qui fût à la hauteur de son talent, en un mot un hommage qui fût digne de son œuvre. Nous n'y parviendrons point, hélas! quelques efforts que nous puissions tenter; mais, quoi qu'il arrive, nous estimerons n'avoir point failli tout à fait à cette lourde tâche si dans l'esquisse rapide de sa belle carrière philosophique, nous donnons au lecteur une idée précise du rôle de ce penseur à la fin du XIXe siècle, si

troublé par le chaos des doctrines et le déchainement des
appétits.

Trois choses font la base du Spiritualisme ; Dieu, l'âme
humaine et l'immortalité; ou encore Dieu, le monde et
l'homme. Hors de ces trois termes, nous tombons soit
dans le panthéisme, soit dans l'athéisme.

Au fond, l'histoire de l'esprit humain peut se résumer
dans cette trilogie. D'un côté, un premier principe créateur, l'homme, la vie future, la permanence des individualités : c'est le Spiritualisme.

De l'autre, la théorie du *Monisme*, du tout dans le
tout; l'homme, émanation passagère, phénomène pur,
destitué de tout caractère personnel et destiné à une
réintégration fatale au sein de l'absolu. C'est le panthéisme, avec la gamme entière de ses nuances. Enfin,
la troisième solution du problème (s'il est permis de
donner ce nom à l'incomprehensible et à l'absurde),
c'est la théorie atomistique, le mécanisme, système aussi
vieux que l'esprit, qui, sous divers déguisements, revient
d'une façon périodique jeter des germes de mort dans
les sociétés mûres pour la décadence et la dissolution.

L'honneur de Caro c'est d'avoir combattu sans équivoque, loyalement et en pleine lumière, ces deux systèmes
également délétères; car son magnifique livre l'*Idée de
Dieu* a été écrit contre le Panthéisme et le Matérialisme
contemporains. C'est l'œuvre la plus puissante de Caro.
c'est celle où il est le plus loisible d'admirer les ressources

extraordinaires de sa logique, et ses qualités merveilleuses de pénétration.

Tout d'abord l'idéalisme hégélien dans la personne de
ses représentants français Taine, Renan, Vacherot, reçoit
les premiers coups de cette critique redoutable. Caro met
a nu, en la dépouillant de tous ses artifices, cette philosophie de l'absurde et du néant, cette doctrine du phénoménisme qui se croit une nouveauté et que Platon et
Socrate ont déjà réduite au silence, il y a deux mille ans,
dans la personne des sophistes grecs. Renouveler Protagoras et Gorgias, c'est peu, pour une doctrine qui prétend
faire dater d'elle l'affranchissement, que dis-je, l'existence
même de l'esprit humain. Il faut lire ces pages vibrantes
d'honnêteté où Caro inflige à l'auteur de la *Vie de Jésus*
un examen si cruel de sa science d'exégète. Avec quelle
urbanité, quelle finesse, quelle force, l'auteur de l'*Idée
de Dieu* prouve à M. Renan qu'il n'est qu'un plagiaire,
voire même qu'un simple copiste des Strauss et autres
rationalistes d'outre-Rhin.

Sans entrer dans aucune considération théologique,
est-il possible de mieux discuter un livre qui touche de
si près aux choses de la religion? Peut-on avec plus de
moelleux dans la critique, prouver à un homme qui
s'intitule historien, qu'il n'a écrit qu'une poétique et
brillante fantaisie sur l'événement le plus considérable
de l'histoire du monde.

Du maître de l'assertionnalisme absolu et contradictoire, Caro passe par une nécessité logique au père de la
renaissance naturaliste, M. Taine, ce cyclope laborieux,
mais dont l'œil unique ne sait rien voir en dehors du
champ de son microscope. Nous voudrions que le cadre
de cette étude nous permit de résumer le réquisitoire si

6*

net et si plein de bon sens que l'auteur de l'*Idée de Dieu*
dresse contre le philosophe incomplet et diffus sous une
apparence de rigueur expérimentale, philosophe que les
esprits superficiels peuvent seuls proclamer sérieux,
probablement parce qu'ils n'en connaissent pas d'autres, ou parce que leur sens critique est singulierement
appauvri.

Que dire enfin après Caro, de M. Vacherot lui-même,
ce penseur honnête, et de son Dieu qui n'existe pas, car
il faudrait qu'il fût Parfait, et que, selon lui, le Parfait
ne saurait être en dehors de notre intelligence qui le
conçoit sans la moindre légitimité ?

Mais gardons-nous d'une analyse methodique du livre
si remarquable qui devrait être entre toutes les mains, et
demandons-nous à un point de vue plus général quel est
le résultat précis obtenu au prix de trente années de
luttes par le philosophe spiritualiste dont nous cherchons
à définir l'œuvre militante. D'abord, pour ce qui est du
panthéisme sous quelques couleurs qu'on cherche à le
rajeunir, Caro n'a-t-il pas montré une fois de plus apres
tant d'autres, qu'il doit verser en fin de compte dans les
rêveries vagues et inconsistantes de l'imagination bouddhique, ou dans le naturalisme phénoménal dont le flux
éternel anéantit jusqu'aux plus légitimes élans du cœur
et jusqu'aux plus invincibles tendances de la raison ?
Quant au matérialisme doctrinaire soi-disant scientifique ou expérimental, Caro a démontré, en de magistrales pages qui ne périront pas, qu'en somme les
adversaires les plus irréconciliables du spiritualisme et
de la métaphysique sont en dernière analyse « obligés
par une sorte de contrainte intérieure et de contradiction
significative de retablir les causes premières sous d'autres

formes et sous d'autres noms, *l'atome absolu, la force éternelle* ».

N'est-ce pas la condamnation sans appel de cette manière exclusive de vouloir expliquer la vie ? Et de la sorte, ce système ramené par la logique la plus élémentaire à son point de départ et à son point d'arrivée, ne se suicide-t-il pas irrémédiablement ? Car de deux choses l'une, ou *l'atome indivisible est à lui-même son principe et sa raison d'être,* et alors chaque atome est Dieu puisqu'il est l'Être par soi ; ou *l'atome est divisible à l'infini,* et alors il n'a plus d'existence individuelle, ce qui est le chaos et l'absurde.

« Il faut donc reconnaître, écrit Caro, que la nécessité « qui ramène la métaphysique, au sein même des écoles « dont le premier soin est de la proscrire comme une « chimère, est au fond une loi essentielle de la nature « qui l'oblige à se mettre en harmonie non seulement « avec la réalité sensible et ses phénomènes, mais avec « la réalité invisible, principe transcendant de toute « réalité, dernier terme auquel sont suspendues la nature « et la pensée. »

Voilà ce que le maître spiritualiste français a victorieusement établi, la nécessité inéluctable pour le matérialisme le plus hostile aux spéculations métaphysiques, d'avoir recours lui-même pour étayer sa doctrine à des postulats qui échappent à toute expérience, à des entités imaginaires, à des hypothèses sans le moindre fondement logique, comme l'atome éternel doué de forme et de mouvement et *sa raison d'être à lui-même.*

Cependant c'est à ces extrémités insoutenables que la doctrine matérialiste est obligée d'aboutir. Il n'y a pas d'autre issue pour elle que ces deux propositions : ou l'atome principe de tout est un être *fixe, un, delimité, individuel, tout puissant;* ou bien l'atome n'est qu'une conception abstraite sans réalité, insaisissable à l'analyse expérimentale, en un mot, un pur néant. Dans le premier cas, nous retombons dans le vieux système d'Épicure et de Lucrèce tant de fois mis à nu et réfuté par les plus grands esprits; dans la seconde alternative nous nous trouvons en face d'éléments sans formes, sans existence propre, divisibles à l'infini, et par ce fait incompréhensibles même pour l'imagination; et alors, n'avons-nous pas le droit de demander avec Caro ce que peut bien être un *matérialisme sans matière*, puisque cette dernière est réduite à n'être plus qu'une abstraction ?

Comme nous venons de le voir, toute l'argumentation de l'école spiritualiste dont Caro représente l'expression fidèle, se réduit à cette incontestable vérité, savoir : le matérialisme pour établir son système est obligé de recourir à des postulats sans la moindre légitimité scientifique, c'est-à-dire l'atome absolu, la force éternelle : « Le matérialisme devient donc un dogmatisme sans « preuves, et l'adversaire de toute métaphysique se voit « dans la nécessité de recourir à la métaphysique la plus « arbitraire pour établir des vérités soi-disant expérimen- « tales; car l'existence de l'atome absolu et de la force « éternelle est-elle susceptible d'être contrôlée, prouvée, « vérifiée par la science et ses moyens d'investigation « dont la puissance, loin de pénétrer les causes, n'agit « que sur les effets, et est incapable de connaître autre « chose que les phénomènes ? »

Cette considération est décisive contre le matérialisme dont la base croule pour peu que l'on veuille examiner la rigueur de ses affirmations. On nous répondra, peut-être, que l'évidence n'a pas besoin d'être prouvée, qu'il est même impossible de la prouver. Nous l'admettons. Mais, qu'on ne vienne pas nous proposer comme evidentes des hypothèses absolument fantaisistes et inintelligibles, telles que l'atome et la force éternelle. Si la raison pénètre avec la rapidité de l'éclair les vérités évidentes, comme les premiers principes de géométrie, il n'en est pas de même des axiomes extravagants de cette science soi-disant expérimentale, basée précisément sur des affirmations hors de la portée de toute expérience. En effet, comme l'a dit excellemment Leibniz, « *quelque nombre d'expériences particulières qu'on puisse avoir d'une vérité universelle, on ne saurait s'en assurer pour toujours par l'induction, sans en connaître la nécessité par raison* ».

Quel rapport la constatation et la classification des phénomènes peuvent-elles avoir avec leurs causes ? On en tirera l'idée de succession et rien de plus. Or, en admettant même que tous les phénomènes physiques ou moraux puissent se réduire à un principe unique, *le mouvement,* nous répondrons que l'idée de mouvement sans moteur est parfaitement inintelligible, et, lors même que l'on remonterait indéfiniment de phénomènes en phénomènes, c'est-à-dire de mouvements en mouvements, loin d'éclairer le problème, on ne ferait que le compliquer ; car la raison demandera toujours un premier principe, un point fixe, et il faudra bon gré mal gré, à moins de tomber dans l'absurde, revenir à la doctrine d'Aristote, celle du moteur immobile. Nous prouvât-on que l'élément cosmique, la matière diffuse suffit à

tout expliquer, l'esprit cherchera alors la cause et
la raison d'être de cette fameuse matière diffuse elle-
même. Du reste, la grande faute du matérialisme et sa
tendance perpetuelle, c'est de supprimer les problèmes
pour se dispenser de les résoudre. Or, négliger une ·
question n'est point l'expliquer. Il faut donc prendre
l'homme tout entier, l'homme tel qu'il est, si l'on veut
mériter le titre de philosophe, et il faut le prendre avec
toutes ses aspirations qui sont aussi des *faits*. Il est vraiment curieux de voir avec quelle inconcevable légèrete
des esprits qui se vantent de ne rien admettre qui n'ait
été expérimentalement démontré, se paient de mots et de
chimères. Et n'est-elle pas un vain mot cette Matière, si
l'on n'y fait entrer l'idée d'inertie ? Or, qu'est-ce que
l'inertie si ce n'est la propriété qu'ont les corps de
recevoir et de communiquer le mouvement? Cette vérité
est la base fondamentale de la mécanique. Le principe
d'inertie est exact, puisque d'après cette hypothèse prise
comme point de départ, tous les calculs se réalisent en
mécanique : de même que l'hypothèse de la gravitation
et de l'attraction est exacte, puisque c'est en la prenant
comme base que se réalisent les merveilleuses prévisions
de la science astronomique. De telle sorte, si l'inertie
est un fait, il est raisonnable, logique, de conclure que
le mouvement a eté primitivement communiqué à la
matière du *dehors*, et qu'au contraire le mouvement,
propriété essentielle de la matière, est une pure imagination sans le moindre caractère scientifique, positif, ou
expérimental.

Le problème est donc de savoir quel est le principe du
mouvement. Or dans ces termes le Spiritualisme s'impose
et la métaphysique demeure une nécessité de l'esprit

humain. L'œuvre démonstrative de Caro a consisté à vulgariser ces vérités indiscutables et à maintenir le Spiritualisme, selon le mot d'un de ses plus célebres adversaires, sinon victorieux, du moins invaincu.

Ainsi que nous le disions plus haut, le Matérialisme mutile l'âme humaine en supprimant, comme chimériques, ses plus invincibles aspirations. En somme, la vie se réduit aux deux questions suivantes; d'où venons-nous, et où allons-nous? Le problème de notre origine ainsi que celui de notre destinée sont les seuls importants, et l'existence individuelle ou sociale dépend de la façon dont il est résolu. Si les apparences phénoménales réduisent la vie de l'être humain dans l'espace compris entre la naissance et la mort, l'instinct universel est de chercher au delà du tombeau une prolongation, ou mieux encore une continuation de notre personnalité.

C'est là un fait d'une eloquente intensité. Toutes les religions ont leurs dogmes sur la vie future, et toutes les philosophies s'en occupent, soit pour en exalter la certitude, soit pour la détruire au contraire comme le produit de l'orgueil et de la folie. Mais l'immense majorité des civilisations vivantes ou disparues croient et ont cru sous différentes formes à la permanence de l'homme après la mort.

La vie éternelle! Voilà l'espérance et le flambeau de l'humanité. Dans notre siècle, différentes doctrines s'inspirant plus ou moins des anciennes croyances et des vieux systemes se sont produites en notre pays. Que sont en effet les tentatives passionnées des Pierre Leroux, des

Enfantin, des Jean Reynaud, etc., si ce n'est une affirmation puissante bien que souvent erronée et frisant l'utopie, des instincts indéracinables de notre espèce en ce qui touche au problème attirant et terrible de la vie future ?

Nous avons déjà dit, et nous répetons, que le matérialisme contemporain n'a trouvé aucun argument nouveau pour établir ses théories destructives de toute immortalité personnelle. Il pietine sur place, et n'est qu'une réédition dogmatique et hautaine du sensualisme de Locke, d'Helvétius, de d'Holbach, avec quelques modifications dans les détails. Le fond est le même; tout ramener à la sensation et réduire la sensation aux combinaisons plus ou moins fortuites des eléments matériels. De là, comme conséquence rigoureuse, la destruction de la morale, de la liberté, de la responsabilité, du devoir, tandis que le plaisir, l'intérêt, l'utilité, l'égoïsme en un mot, apparaissent logiquement comme les seuls mobiles de la vie humaine.

En effet, si tout est matière, c'est-à-dire résultat de combinaisons fortuites, les êtres n'ont aucune valeur personnelle, tout est phénomène, par conséquent tout est fugitif. L'homme paraît un instant pour disparaître à jamais; donc sa seule préoccupation doit être de demander à la vie tout ce que son existence éphémère peut lui donner de jouissances; de là le communisme, le socialisme, le droit de tous à tout, en un mot la série des doctrines subversives de l'ordre social. Et qu'on ne vienne pas dire avec le dédain de l'ignorance que les questions philosophiques ne servent qu'aux loisirs de quelques désœuvrés. La philosophie, c'est-à-dire la spéculation, domine le monde; et les événements politiques et sociaux ne sont que la realisation pratique de *l'Idee*. C'est pourquoi l'ordre spéculatif dont la suprême utilité échappe au vulgaire doit être considéré avec le plus grand respect et la plus sage circonspection.

Apprenons à bien penser pour apprendre à bien agir!

Mais revenons à la Matière dont l'essence fait la base d'une doctrine si profondément lamentable; qu'est-elle donc cette Matière dans sa structure intime ? Et que deviennent ses apparences au regard pénétrant de l'esprit ? Est-ce une entité imaginaire, conventionnelle, ou une réalité vivante ? Existe-t-elle en dehors de nous, ou ne serait-elle que le produit de la réaction des forces extérieures en conflit ou en rapport de relativité avec les forces subjectives de l'individu ? Voilà, selon nous, la seule manière de poser le problème.

Si la Matière existe autrement que comme un simple mot, servant à désigner un ordre de phénomènes, un rapport de forces, un aspect de l'Être, qu'est-elle objectivement ? Peut-on pénétrer sa constitution mystérieuse, assigner un terme à sa divisibilité ? L'optique, le microscope, peuvent-ils faire autre chose que de reculer indéfiniment l'incompréhensibilité de sa constitution ultime ? Nous ne craignons pas de le dire, la Matière est incompréhensible dans le sens ordinaire qu'on donne à ce mot : les seules réalités concevables sont les Forces, et pourquoi ? Parce que nous avons en nous-mêmes la conscience de la force type qui est *l'âme*, et, c'est à la faveur de cette infaillible pierre de touche que nous jugeons des autres réalités de la vie physique ou morale. C'est là le dynamisme leibnizien rajeuni par les admirables observations de Maine de Biran qui a montré avec une clarté souveraine, que l'âme n'a pas seulement conscience des phénomènes qui se passent en elle, mais qu'elle a conscience *d'elle-même* considérée comme *force individuelle*, c'est-à-dire qu'elle sent en elle-même un pouvoir supérieur aux phénomènes et capable de les produire, pouvoir qui subsiste *un* et identique dans la diversité variable de ses manifestations.

Nous ne craignons pas de dire que cette vérité *d'expérience* est peut-être au point de vue philosophique spiritualiste la plus féconde des découvertes des temps modernes, car ce grand principe de Biran nous permet d'échapper aux étreintes de l'empirisme et aux dangereuses illusions du panthéisme scientifique.

Rien n'est plus facile à comprendre, car si l'âme est une force active, consciente d'elle-même comme force *(vis sui conscia)*, elle atteint donc quelque chose au delà des phénomènes, par conséquent l'empirisme ne la détruit pas. En second lieu, si l'âme a conscience de sa force, de son individualité irreductible, cette conscience ne peut pas se concilier avec l'unité de substance, de telle sorte que l'identité du panthéisme n'a aucune prise sur elle.

Mais nous dira-t-on, si vous accusez le matérialisme de ne pouvoir définir exactement la notion de Matière, serez-vous plus explicatifs si l'on vous demande quelle est l'essence de la Force ? Oui, car nous répondrons que nous avons *conscience* de ce que c'est qu'une force, et cela par la connaissance immédiate de notre activité psychique (seule réalité inattaquable), tandis que nous ne pouvons prendre connaissance de ce qu'on appelle matière que par l'intermédiaire de trois opérations, savoir : une cause physique (objet), une cause physiologique (sensation), une cause psychologique (perception intime). En termes plus clairs, nos sens nous donnent la certitude de la *perception*, mais non la certitude de l'*existence objective* de l'objet perçu.

Quand donc finiront ces querelles de mots ? Se paiera-t-on toujours de formules creuses, au lieu d'essayer d'entreprendre une fusion féconde entre la Matière et l'Esprit qui ne sont à notre avis que deux ordres de manifestations de la Force, entité supérieure concevable mais essentiellement inimaginable. Aussi, n'hésitons-nous pas à proclamer admirables ces profondes paroles de saint Paul : « Tout est symbole de symbole. » C'est le Platonisme épuré, le secret du monde et de la vie. Le dynamisme ! voilà le dernier mot de la philosophie de la nature, de la psychologie et de la morale. Non pas un dynamisme aveugle, fatal, nécessaire, ce qui serait le matérialisme sous un autre nom, mais une conception de Dieu, de l'homme et de la nature, conforme à la science véritable, celle qui nous prouve que le monde est un vaste système de forces, et que la *réalité n'est que le jeu de ces forces*, c'est-à-dire son activité soumise à la toute-puissance intelligente de la Force primordiale.

Aujourd'hui, la pire des erreurs, c'est de croire la doctrine spiritualiste en opposition avec les derniers progrès de la Science. Rien n'est plus faux. Cependant, c'est là une opinion trop généralement accréditée. On se figure que les représentants les plus illustres des sciences naturelles appartiennent en majorité au camp de nos adversaires. Vraiment ! qui donc a démontré avec éclat, avec toutes les ressources de l'expérience, l'impossibilité scientifique des soi-disant générations spontanées, ce dogme si cher au matérialisme contemporain? Un spiritualiste convaincu, Pasteur, le Newton de l'infiniment petit. Qui donc a déclaré « la *force vitale* plus nécessaire à l'existence que la matière elle-même»? Claude Bernard, le premier physiologiste du siècle, le même qui affirmait solennellement, au mépris de la clameur des athées, qu'« il n'y a qu'une cause, c'est-à-dire la Cause première ».

Et, de fait, n'est-ce pas là le nœud de la question ? L'âpre querelle qui nous divise n'est-elle pas issue chez les matérialistes d'une simple confusion de termes? Doit-on prendre éternellement les conditions pour les causes d'un phénomène? On nous dit : le cerveau produit directement la pensée qui n'est que l'épanouissement supérieur de la vie physiologique, une sorte d'émergence ultime de l'organisation matérielle. Nous répondons : le cerveau est l'instrument de la pensée, sa condition *sine quâ non;* mais comme le dit admirablement le regretté M. Magy, il est aussi antiraisonnable, antiscientifique, antiexperimental, d'identifier la pensée avec les molécules de phosphore qui constituent l'encéphale que d'identifier les gaz hydrogène et oxygène, sous prétexte qu'ils perdent réunis les propriétés qu'ils manifestent chacun à part, ou bien de confondre le musicien avec son instrument sans lequel il ne peut se produire et s'exprimer réellement.

Aussi, devant l'impuissance radicale du Matérialisme à expliquer autrement que par de pures hypothèses le secret de la nature et celui de la vie, il s'est formé, de nos jours, une nouvelle secte qui sous le nom d'*agnosticisme* déclare insolubles toutes les questions de l'ordre

supérieur et se renferme dans l'ignorance systématique
de la Cause première. Les agnosticistes prétendent que
le meilleur moyen d'éclairer les problèmes de causalité,
c'est de les délaisser absolument. Ce genre de science a
des rapports frappants avec les habitudes de l'autruche
qui, pour ne pas être aperçue de ses ennemis, enfonce, au
lieu de fuir, sa tête sous le sable brûlant du désert, afin
de ne pas voir le danger auquel elle veut se soustraire.
On devine le résultat de cette sagesse de Gribouille !

Ainsi, ne pouvant expliquer l'homme tout entier, les
matérialistes le mutilent ; ils ne tiennent aucun compte
de la complexité de sa nature, négligent les facultés qui
les gênent, nient la puissance et la grandeur de ses aspirations et s'épuisent dans la constatation micrographique
des phénomènes actuels, sans s'apercevoir que l'expe-
rience telle qu'ils l'entendent est incapable d'exprimer
autre chose que l'état immédiat, présent, momentané,
des apparences, sans pouvoir atteindre au passé, et moins
encore à l'avenir.

Ces tristes savants ressemblent à un homme qui,
armé d'un compas proportionné à sa faible taille, trace-
rait un cercle autour de lui, et, s'enfermant dans ces
limites, s'écrierait d'un air triomphant : « Voilà l'univers ! »

Du reste, comme nous l'avons déjà vu, le défaut
capital du matérialisme atomique consiste dans une
détestable définition de ce qu'il appelle la *matière*.

En cela gît le malentendu qui depuis si longtemps a
séparé des hommes dont l'intelligence et la raison étaient
faites pour s'entendre, mais qui malheureusement se sont

de plus en plus éloignés les uns des autres tout en
possédant chacun, cependant, une part de vérité.

Il est évident que l'idée de matière se réduit à l'atome,
c'est-à-dire à un élément ultime dont les corps seraient
composés par agrégation. Mais qu'est-ce que l'atome?
Est-ce un être formé d'une sorte d'élément universel?
Est-il l'expression dernière de cet Être incompréhensible que l'on nomme matière première? En un mot,
est-il doué des trois dimensions de l'étendue quelque
réduites qu'on puisse les supposer? Ou bien sa constitution intime est-elle en fin de compte impénétrable
à nos sens fussent-ils aidés par tous les instruments
possibles d'investigation? Si l'on donne à l'atome une
forme quelconque, aussi exiguë qu'elle soit, si l'on le fait
en un mot participer de l'*étendue*, on le détruit radicalement, car s'il est étendu, l'esprit ne peut pas s'empêcher de le concevoir comme divisible.

Or, s'il est divisible il n'est plus un atome, car atome
vient de α-τεμνω, qui signifie littéralement in-coupa-
ble, in-sécable. Il faut donc arriver forcément à la conception leibnizienne d'atomes inétendus, de points mathématiques, de monades enfin, c'est-à-dire à de véritables
êtres dynamiques qu'il faut renoncer à imaginer ou à
décrire. On comprend à la rigueur que Lucrèce, Épicure
ou Démocrite se soient laissés aller à la conception
d'atomes corporels parce qu'à leur époque le microscope
n'avait pas révélé les stupéfiantes merveilles de l'infiniment petit; mais aujourd'hui que la science micrographique nous a ouvert en tous sens des horizons inatten-
dus, qu'elle nous a montré la vie animant les plus infimes
molécules, *elles-mêmes* agrégats d'autres molécules ani-
mées *elles aussi* par de mystérieuses forces : il est im-

possible qu'un esprit loyal et réfléchi puisse s'arrêter
encore à la conception enfantine et surannée de la Matière
telles que les écoles atomistiques l'ont envisagée jusqu'à
présent.

Les théories microbiennes, qui sont l'honneur de notre
siècle, renversent de fond en comble tout cet échafaudage
primitif de la pensée humaine à sa période embryonnaire. Aujourd'hui, il est scientifiquement et expérimentalement démontré que les corps n'ont pas d'existence
réelle, absolue, qu'ils ne sont que des masses, c'est-à-
dire des agglomérations sympathiques, des associations
momentanées de monades qui ne s'unissent que par les
instincts de leurs mystérieuses affinités.

Mais pour chaque atome, le fait de s'unir à un autre
atome est déjà un premier mouvement d'appétition
intelligente.

Le fait des affinités chimiques est donc tout simplement l'acte d'attraction sympathique que les êtres élémentaires exercent entre eux, et ce qui se passe dans le
Macrocosme retrouve sa parfaite analogie dans les phénomènes du Microcosme. En effet, proportionnellement,
les monades qui composent un bloc de marbre sont
aussi éloignées les unes des autres que les planètes et les
soleils qui peuplent l'empyrée. Cela est d'une exactitude
rigoureuse.

Mais que sont ces êtres élémentaires? Selon nous ils
sont des forces, des germes dynamiques en voie d'évolution. Ils sont le moins être tendant au plus Être. Ils
sont par rapport à l'Être absolu ce que les multiples
et les sous-multiples sont à l'unité même : à la seule
différence qu'il y a d'un côté série croissante, et de
l'autre, série décroissante. En un mot, nous sommes

matérialiste dans le sens vulgaire que l'on donne à ce
terme en remplaçant les atomes matériels impossibles et
contradictoires, par des centres de force, des atomes
dynamiques, qui comme nous l'avons dit, partent du
moindre être possible pour tendre perpétuellement, grâce
à une virtualité indéfinie, vers leur principe et leur fin,
c'est-à-dire vers Dieu.

De telle sorte que si les matérialistes d'aujourd'hui
admettent dans leurs atomes deux qualités essentielles
qui sont l'*appétit* et la *perception*, ce que par parenthèse
ils ne peuvent pas se refuser à admettre puisqu'ils donnent à leurs atomes la puissance du devenir et la force
comme qualité inhérente et essentielle, nous soutenons
que de tels êtres sont de véritables *âmes* et que par
conséquent toutes les querelles de mots doivent cesser
et qu'une nouvelle philosophie doit être le résultat de
cette réconciliation. Cette philosophie que nous appelons
de tous nos vœux consistera donc, qu'on nous passe la
hardiesse du terme, à Matérialiser le Spiritualisme et à
Spiritualiser le Matérialisme et cette science de l'avenir
devra prendre pour base ces admirables paroles de La-
chelier : « Tout être est une force et toute force une
pensée qui tend à la conscience de plus en plus complète
d'elle-même. »

Faut-il conclure de ce qui précède que l'esprit éminent dont nous cherchons à pénétrer les véritables
tendances, se soit, dédaigneux de la réalité des choses,
confiné sur les hauteurs d'une métaphysique intolérante
et dogmatique? Ce serait bien mal comprendre le rôle de
Caro et la marche de sa méthode, que de se le représenter

comme un continuateur de la scolastique, contempteur
a priori de tout l'ordre naturel des connaissances.

L'auteur de l'*Idée de Dieu*, du *Matérialisme et la
science,* de la *Philosophie de Gœthe*, etc..., est au premier rang de ces esprits éclairés qui pensent justement
que l'idée spiritualiste n'a rien à craindre du progrès des
sciences expérimentales, que ces deux façons d'étudier la
nature et la vie, loin d'être antagonistes doivent marcher
au contraire dans l'accord d'un parallélisme harmonieux,
sans avoir réciproquement rien à redouter de leurs
mutuelles conquêtes. « Le savant a raison, écrit Caro, et
il est dans son strict devoir scientifique quand il recherche partout et avant tout la suite et la liaison nécessaires
des faits observables ; mais le métaphysicien a raison
aussi, lorsqu'au nom d'une science supérieure, il cherche à démêler la loi d'ordre, d'harmonie et de beauté
qui est comme voilée sous le mécanisme apparent de la
nature. Cette loi existe : Leibniz la reconnaissait déjà
dans les phénomènes les plus simples et les plus élémentaires de la mécanique ; mais elle apparaît de plus en
plus clairement, à mesure que l'on se rapproche des
phénomènes supérieurs ; elle éclate par de brusques
coupures, au milieu du plan suivi de la nécessité physique, dans la manifestation soudaine de la vie et de la
pensée, inexplicables sans la finalité. »

Maintenant quel sera dans cette synthèse idéale, dans
cette réconciliation féconde de ces deux aspects de la
pensée, l'intuition transcendante et la déduction logique,
le rôle lumineux de la métaphysique ? Écoutons le maître
regretté le définir en termes magnifiques : « La métaphysique donnera toute leur valeur d'interprétation à ces
marques de dessein visiblement empreintes dans quel-

ques régions de l'expérience, et dont l'évidente analogie
s'impose à nous avec une telle force qu'elle a été une
cause de division parmi les positivistes, quelques-uns
inclinant à l'admettre malgré la rigueur du système. Elle
rétablira dans tous ses droits l'idée de la finalité qu'il ne
faut pas proscrire de la raison parce qu'elle a souvent
égaré la science, et qui, acceptée, réglée dans sa vraie
mesure, mérite mieux que la déférence légèrement
ironique de Kant; je veux dire l'honneur et le respect
dus à l'une des formes les plus manifestes de la vérité.
C'est en effet le prodige de la nature, que ces deux
conceptions opposées mais non contradictoires du déter-
minisme et de la finalité, soient réunies et comme
mêlées dans la trame de l'univers, que la série des causes
finales se développe à travers le monde concurremment
et parallelement avec la série des causes efficientes,
enfin que la mécanique et la géométrie révélées dans la
suite des phénomènes, des mouvements et des figures
matérielles réalisent, par des lois d'une simplicité absolue,
un ordre tel que l'interprétation complète de ses effets
depasse la portée des plus hautes intelligences et que ce
soit la marque la plus assurée du génie de déchiffrer
quelques syllabes de l'énigme immense. » Enfin, résumant l'heureuse alliance de la metaphysique et de
l'expérience qui doit être le terrain solide de ses spéculations, le maître spiritualiste trace ces lignes où sa
doctrine de fusion et de concorde est exprimée avec une
saisissante netteté : « Plus le philosophe étudie profondément ce monde et dans les idées que la science positive lui en révèle et du point de vue d'où la métaphysique
le lui montre, plus il se refuse à croire que ce monde
soit l'œuvre du mécanisme aveugle, et qu'une suite

deroulée à l'infini de mouvements matériels ait pu produire cet univers pénétré de pensée jusqu'en ses dernières
profondeurs. En se donnant ce grand spectacle des forces
et des formes, il en saisit les relations reciproques et les
harmonies, non pas à la manière poétique et superficielle
de Bernardin de Saint-Pierre, mais du coup d'œil
vraiment philosophique de Leibniz. En même temps il
se rend mieux compte à lui-même de ces innéités qui
eclatent dans l'inspiration scientifique; il s'étonne de voir
comme son entendement est naturellement fait pour
comprendre la nature, comme il est prédestiné à la
science. Les signes de l'ordre ne sont pas plus profondément empreints dans le monde qu'ils le sont dans son
esprit. Il reconnaît que la raison de l'homme est disposée
comme par un dessein exprès pour recevoir la raison de
l'univers. Il jouit de cette dernière harmonie qui l'aide à
comprendre toutes les autres, et sans prétendre à l'explication absolue des choses, il sent qu'il s'en rapproche de
plus en plus, à mesure qu'il comprend mieux que cet
ordre universel n'est qu'une intelligence deployée dans
l'infini matériel des mondes et dans cet autre monde,
l'âme... Osons donner au principe de l'ordre son vrai
nom, ajoute cet éminent esprit, appelons la Raison
suprême ce que Platon nommait l'idée du Bien ou mieux
encore l'auguste et sainte Pensée. C'est d'elle que tout
procède, c'est à elle que tout se ramène; elle est le
centre vivant, éternellement actif, autour duquel se
déploient les différentes formes de l'être, les variétés
infinies des âmes, des forces, des figures et des mouvements, les régions diverses de la nature, ordonnées dans
leurs orbites concentriques et se mouvant toutes par l'im-
pulsion unique qu'elles reçoivent de l'immobile moteur. »

Nous venons d'essayer d'esquisser le caractère éminemment raisonnable et scientifique de la doctrine du métaphysicien illustre que viennent de perdre la France et le monde de l'intelligence. Puissent nos efforts avoir réussi à mettre dans sa véritable lumière cette figure si haute de la philosophie contemporaine.

Aussi, résumons-nous d'un mot avant de chercher à définir quels étaient pour Caro les caractères essentiels de l'idée de Dieu dans le spiritualisme (considération qui sera la terminaison naturelle de cette incomplète étude). Le fond de sa doctrine philosophique est celui-ci : il y a deux mouvements dans la connaissance humaine. Les séparer, c'est mutiler la raison. Le premier de ces deux mouvements, c'est l'intuition transcendante qui fait que l'âme s'élève à Dieu dans le degré des intermédiaires. Voilà la métaphysique, c'est-à-dire le mouvement rationnel qui va du fini à l'Infini, du particulier à l'Universel, de l'effet à la Cause. Le second element de la connaissance, c'est la déduction logique, instrument d'investigation indispensable dans l'ordre naturel, mais dont la portée ne peut dépasser la sphère des causes secondes. L'équilibre intellectuel consiste uniquement dans l'harmonie de ces deux procédés rationnels, l'intuition transcendante et la déduction logique. Hors de là, il n'y a pour l'esprit que catastrophes et dissolution. L'avenir de la philosophie consistera dans l'union étroite de l'analyse expérimentale et de la synthèse métaphysique, en un mot dans l'alliance indissoluble du procédé aristotélique et de la méthode platonicienne, car ce sont les deux moitiés de l'esprit qu'il faut réunir pour remonter jusqu'au premier principe, c'est-à-dire jusqu'à Dieu !

Maintenant demandons-nous quel est ce Dieu dont la
noble carriere du penseur a été une proclamation de
tous les instants. « Est-ce celui du naturalisme qui ne
serait qu'une loi géométrique ou une force aveugle?
Est-ce le Dieu hégélien qui ne serait que l'être indéterminé, origine et commencement des choses, ou l'esprit
absolu, résultat et produit du monde? Est-ce encore le
Dieu d'un idéalisme timoré, qui pour sauver sa divinité
lui ôte sa réalité ? »

Non ! l'auteur de l'*Idée de Dieu* affirme avec tout le
poids de sa logique accablante « qu'un Être parfait qui
n'existcrait pas ne serait pas parfait ; qu'un idéal pur de
la pensée n'est pas un Dieu ; que s'il n'est pas substance,
il n'est qu'un concept, une pure catégorie de l'esprit,
une création et une dépendance de ma pensée qui en
s'éteignant anéantit son Dieu ; que s'il n'est pas cause,
il est le plus inutile des êtres ; que s'il est cause, il est
distinct de la série de ses effets ; enfin que s'il est
cause, il est Raison, pensée suprême et consciente d'elle-
même ; car s'il ne l'etait pas, il ne scrait rien qu'un agent
fatal, un ressort aveugle du monde, inférieur à ce qu'il
produit, puisque dans le systeme organique de ses effets
éclate l'intelligence dont on le prive, et que dans l'homme
brille la divine raison ! »

Enfin, pour le philosophe spiritualiste, ce Dieu vivant,
ce Dieu intelligent est aussi le Dieu bon et le Dieu
aimant... Un Dieu qui n'aimerait pas ne serait pas digne
d'être adoré. « L'adoration n'est que le plus haut degré
de l'amour, et l'amour suppose qu'on puisse être aimé...
Il n'y a pas d'amour sans cela. On n'adore pas une loi...
On n'adore pas une force si elle est aveugle, quelque puissante, quelque universelle qu'elle puisse être, ni un idéal

s'il n'est qu'une abstraction; on n'adore qu'un Être
qui soit la perfection vivante, la perfection de la réalité
sous ses formes les plus hautes, la pensée et l'amour! »
Voilà donc le Dieu du spiritualisme, le Dieu réel créateur
et conservateur des êtres et des choses, voilà celui que
conçoit la Raison. la Conscience religieuse de l'homme,
celui à la gloire duquel s'est consacré l'illustre mort dont
nous honorons la mémoire, le seul à qui nous puissions
dire dans les douleurs et les épreuves de cette vie :
« Notre Père qui êtes aux cieux..... »

GRATRY

« On fera l'expérience de Dieu. »

(Gratry.)

GRATRY

U<small>N</small> soir, étendu sur son lit d'écolier, un jeune
homme à la veille de terminer ses études, se mit
à rêver de l'avenir. Il suivait dans son imagination
les phases probables de sa vie nouvelle; conscient de sa
valeur, il se voyait déjà parvenu à la célébrité. Puis,
arrivé au faîte de l'existence, il sentait le germe de la
décrépitude et le poids des années. Peu à peu, il se voyait
successivement privé par la mort de tous les êtres chéris
qui l'aimaient, et bientôt cette cruelle mort le marquait
lui-même de son sceau fatal. Toutes les joies, tous les
plaisirs, toutes les douleurs de la vie, passèrent devant
ses yeux avec l'impression aiguë de la réalité. En un
instant, l'existence, ses fortunes et ses revers, furent
éclairés par une sorte de lueur prophétique, et l'insupportable vanité de tout désabusa cette grande âme et
instruisit pour jamais ce cœur généreux.

« Voilà donc, se dit-il, ce que c'est que la vie! Et
cependant les hommes n'y pensent pas et ne se soucient
point d'en percer le mystère; ils jouissent un instant de
la lumière, sans réfléchir, comme des moucherons qui
dansent et bourdonnent dans un rayon de soleil.

» O Dieu, s'écria-t-il alors, expliquez-moi l'énigme!
faites-moi connaître la Vérité; je jure de lui consacrer
ma vie. »

Ce jeune homme fut le Père Gratry.

Il nous semble opportun d'évoquer aujourd'hui ce
grand souvenir, et de chercher ce que cette noble intel
ligence a laissé parmi nous dans le domaine de la philo-
phie spéculative et pratique.

Gratry est un des rares hommes du siècle dont s'oc-
cupera l'impartiale postérité.

Il eut d'abord sur beaucoup le grand avantage d'avoir
mené une existence en harmonie avec ses principes, et,
dût-on ne point partager absolument ses convictions de
philosophe et ses croyances de chrétien, on est obligé
de rendre hommage à l'austérité de sa vie, à l'indépendance de son caractère, et de s'incliner devant son
amour passionné pour la Vérité sainte. Gratry fut un
penseur de premier ordre, un écrivain d'une rare puissance et un chrétien qui sut établir et fortifier sa foi sur
la base de la Raison Éternelle et de la saine ortho-
doxie.

Continuateur de Platon, de saint Augustin, de saint
Thomas, de Descartes, de Bossuet, de Leibniz, de
Fénelon, il a renoué au milieu des erreurs, du chaos et
de la folie de son temps, les traditions du véritable
spiritualisme, qui doit être comme le stade préparatoire,

le grand initiateur aux vérités de l'ordre surnaturel, .
nous voulons parler de la Foi.

Membre de cette illustre société de l'Oratoire qui a
donné à notre pays tant de penseurs éminents et de
profonds philosophes, le Père Gratry a su raviver l'éclat
de son ordre en conquérant en France une situation
intellectuelle d'une incontestable supériorité. En effet,
à partir de la moitié du siècle, personne n'a rendu à la
pensée moderne de plus signalés services, personne n'a
plus de droits à la reconnaissance des amis du Vrai, du
Beau et du Bien.

Il y a, dans le Père Gratry, trois individualités bien
nettes qui cependant se résument en un seul homme
par l'harmonie de leur concordance. Nous voulons
essayer de dire quelques mots de ces trois aspects de son
génie, persuadé que nos efforts ne seront point inféconds
et qu'ils aideront au relèvement des âmes et au règne si
méconnu de la Raison.

Ainsi donc, Gratry doit être considéré d'abord comme
philosophe, puis comme polémiste, et enfin comme
chrétien. Selon nous, le principal titre de gloire du
célèbre Oratorien consiste dans sa victorieuse tentative
de rendre à la Raison la place dont on l'avait dépossédée
en matière de foi. Venu quelques années après ces fou-
gueux apologistes de la Religion chrétienne, les Bonald,
les de Maistre, les Lamennais, etc., dont tous les efforts
avaient tendu à l'humiliation et à l'écrasement de la
raison au profit d'un traditionalisme excessif, le Père
Gratry s'est efforcé, selon nous avec un plein succès, de
montrer que la Foi n'est point l'ennemie de la Raison,
mais que la vérité doit surgir de leur accord réciproque.
Paraphrasant dans ses œuvres cette belle parole de

Fénelon : *Nous avons aujourd'hui plus besoin de raison que de religion*, Gratry a prouvé, grâce à sa rigoureuse méthode de mathématicien, que la nouvelle école d'athéisme avait surtout pour but de détruire la raison humaine afin de saper dans sa base la religion et la philosophie.

L'auteur des *Sources* et de la *Connaissance de l'âme* avait eu la notion très exacte des intentions hypocrites de toute une école moderne. La tactique était changée. On n'attaquait plus le Christ et son Église au nom d'un rationalisme libérateur, comme au temps de Voltaire et de Diderot; on voulait détruire l'arbre en coupant ses racines, on cherchait en un mot à ébranler la Religion en ruinant sa base immuable, c'est-à-dire la Raison qui est à la fois sa condition nécessaire et son épanouissement complet.

Lamennais, à l'époque où l'orgueil n'en avait pas encore fait un révolté et un panthéiste inconséquent, s'était surtout attaché à prouver l'insuffisance et la faiblesse de cette raison et à éteindre dans l'humanité la lumière que chacun de nous « apporte en venant en ce monde », sous prétexte de dangereux égarements et de radicale impuissance. Avec moins de vigueur et, disons-le hardiment, avec moins de talent, les autres chefs de l'école traditionaliste avaient continué, eux aussi, à soutenir cette thèse destructive de tout équilibre intérieur, et cela pour le plus grand malheur de la religion et de la philosophie. Le divorce était consommé. D'un côté le Rationalisme décapité, de l'autre le Catholicisme affaibli.

Il s'agissait de réconcilier ces éléments soi-disant antagonistes, et de réunir ce que l'on avait si arbitrairement séparé.

Dès le premier instant de sa vie intellectuelle, Gratry comprit avec une intuition prophétique que le repos, la stabilité, la fécondité de l'avenir, devaient consister uniquement dans la réconciliation de la Philosophie et du Christianisme.

« O Dieu, expliquez-moi l'énigme ! Mon Dieu, faites-moi connaître la Vérité. je jure de lui consacrer ma vie. »

Lorsqu'un homme attiré par la fascination suprême du Vrai fait ainsi le sacrifice de toute son existence, Dieu ne peut manquer d'exaucer pleinement l'élan sublime de son âme et de l'éclairer pour toujours d'un rayon d'en haut.

Gratry est un exemple frappant de ce que nous venons de dire. La persistance admirable dont il a toujours fait preuve dans la recherche de cette Vérité divine, l'ardeur d'apôtre qui ne l'a jamais abandonné, l'inflexible sévérité de son critère envers les doctrines et la douceur évangélique de sa bienveillance envers les hommes commandent la sympathie en imposant l'admiration. Nous l'avons dit, l'auteur des *Sources* est une des plus nobles figures du dix-neuvième siècle. C'est à la fois un précurseur et un saint.

Nous n'insisterons pas sur ses débuts dans la vie ; assez de biographes se sont chargés de ce soin ; nous voulons simplement le prendre au seuil du monde de l'intelligence où il a laissé un sillon si lumineux et rechercher quels ont été les résultats pratiques de sa vie de méditatif et de polémiste.

7

Personne n'ignore aujourd'hui que le Père Gratry fut élève de l'École polytechnique, d'où il sortit sous-lieutenant pour être affecté à l'École d'application de Metz.

Aussi passerons-nous rapidement sur cette période de sa jeunesse et sur celle écoulée à Paris vers la fin de la Restauration, au milieu de la petite société groupée autour de l'abbé Bautain et de Mlle Humann. Prenons-le au moment où, devenu prêtre, il est nommé directeur du collège Stanislas, puis aumônier de l'École normale. Ce fut à cette époque que son talent se révéla comme un coup de foudre par la polémique qu'il engagea contre M. Vacherot à propos de son fameux livre l'*Histoire de l'École d'Alexandrie*. Nous réservons pour plus tard notre appréciation sur la lutte de l'abbé Gratry contre le groupe des athées rationalistes. Contentons-nous maintenant de rappeler que le nom de l'oratorien fut surtout mis en vedette par son ouvrage de la *Connaissance de Dieu*, paru en 1853, et qui fut couronné par l'Académie française en même temps que le *Devoir*, l'admirable livre de M. Jules Simon.

Puisque nous nous sommes proposé de parler d'abord de Gratry comme philosophe, il nous semble opportun de dire quelques mots de son œuvre principale, écrite au point de vue exclusivement philosophique.

Et d'abord qu'est-ce que la Philosophie? Un penseur éminent, M. Ernest Naville, l'a dit en termes d'une inoubliable clarté : « *La philosophie est la part de la raison dans la recherche de Dieu.* »

Ces paroles pourraient être placées en épigraphe aux premières pages du livre du Père Gratry, car la *Connaissance de Dieu* a été écrit contre ceux qui, dans un but plus ou moins louable, ont exagéré la faiblesse de la Raison jusqu'au point d'affirmer qu'elle est impuissante à établir l'existence de la Cause première et des autres vérités primordiales qui en sont la conséquence. Le but du savant oratorien a consisté à prouver que la Raison doit être le principe latent et comme l'essence même de la Foi. Il montre surtout avec une précision souveraine que Luther, Calvin, les Jansénistes, Lamennais et ses continuateurs n'ont réussi par leurs systèmes pernicieux qu'à augmenter l'indifférence, au lieu d'en conjurer dans les esprits les désastreux résultats.

L'âme a deux ailes pour s'elever à Dieu, nous dit le célèbre oratorien, et ces deux ailes sont la Dialectique et l'Amour. D'un côté, la ligne droite ; de l'autre, la ligne brisée. On arrive à Dieu par les circuits et les labyrinthes de la recherche spéculative, c'est la Dialectique. On l'atteint immédiatement par l'intuition transcendante, c'est l'Amour. On voit que cette doctrine s'inspire beaucoup de celle de Platon, et qu'en somme elle résume tout l'effort humain personnifié d'un côté par le savant, qui cherche, anxieux, au fond de ses alambics, dans le résultat de ses calculs, l'Essence Éternelle sous le phénomène passager ; de l'autre par le simple d'esprit qui, dans un élan spontané d'intuition transcendante, s'élève de l'effet à la Cause, du fini à l'Infini, de la contemplation d'un ciel étoilé à son Auteur tout puissant.

Mais Dieu n'est pas prouvé seulement par ses effets, il l'est encore par son *idée*. Il touche l'âme.

Aussi après avoir magnifiquement développé l'alliance nécessaire de la Raison et de la Foi, Gratry aborde son originale théorie des trois sens qui est le pivot de toute

sa doctrine et qui en assure les fondements. Pour
l'auteur des *Sources,* l'homme est un être composé de
trois facultés ou de trois sens, il vit de trois vies : la vie
animale, la vie humaine, la vie divine. Ces trois
existences correspondent à trois sens qui les engen-
drent et les manifestent : 1° le sens externe; 2° le sens
interne; 3° le sens divin.

Le sens externe s'applique à la vie sensorielle; le
sens interne à la conscience et à l'intelligence; le sens
divin à la connaissance de l'Être des êtres, c'est-à-dire
de Dieu.

Ne devons-nous pas ajouter que cette constitution de
l'homme, adoptée par Gratry, a des analogies frappantes avec la doctrine de Pierre Leroux sur l'homme
trinaire qu'il divise et synthétise tout à la fois en un
être qu'il appelle : Sensation — Sentiment — Connaissance, et la définition de ce même homme donnée par
les initiés des anciens sanctuaires, la tradition hindoue
et les enseignements précis de la Kabbale et du Zohar?
Il est même très curieux de remarquer à ce propos la
concordance de ces doctrines avec la définition que
saint Paul donne de l'être humain qu'il présente comme
une indissoluble trinité dans ce qu'il nomme *integer
spiritus, anima et corpus,* c'est-à-dire l'esprit, l'âme et
le corps, division qui correspond elle aussi au *Neschá-
mah,* au *Ruach* et au *Nephesh* de l'Occultisme.

Et sans entrer dans un ordre de considérations étranger
à cette étude, n'est-il pas permis de trouver encore une
véritable analogie entre ces différentes manières de
concevoir l'agrégat humain et le vitalisme de l'école de
Montpellier par lequel Barthez et Lordat ont si puissamment établi la trinité constitutive de l'homme en

démontrant l'existence indépendante de trois principes
particuliers; nous voulons dire : l'esprit, l'âme et le
corps, ou l'esprit, la force vitale et le corps astral ?

Développant cette théorie qui, selon nous, est marquée au coin de la vérité, Gratry prouve, au cours de
son argumentation irrésistible, que telle a été la doctrine
des plus grands génies de l'humanité. Platon, Aristote,
Socrate, Anaxagore, saint Thomas, saint Augustin,
Bossuet, Fénelon, Malebranche, Pascal, Leibniz, etc.,
ont tous en effet compris que l'homme est une imbrisable unité dans sa triplicité même, et que vouloir
séparer les éléments de sa nature c'est tomber dans
trois systèmes exclusifs également dangereux, bien
qu'ils correspondent chacun à l'une de ces trois vies :
le matérialisme, le rationalisme et le mysticisme.

Aussi on peut dire très justement, selon nous, que toute
l'argumentation de Gratry se résume dans cette merveilleuse pensée de Pascal : « Il y a loin de la connaissance
de Dieu à l'aimer. »

Pour ce qui est des grandes lignes, il faut ajouter
que le savant oratorien a rajeuni la preuve de l'existence de Dieu, de saint Anselme et de Descartes,
en montrant que l'imparfait ne peut se concevoir que
par l'existence du Parfait, le fini que par celle de
l'Infini.

Cependant, si pour l'auteur de la *Connaissance de
Dieu*, la Raison est une lumière indispensable, c'est aussi
une lumière sans chaleur. Il faut autre chose à l'homme,
et cette autre chose, c'est le sentiment. Joubert l'avait
déjà compris quand il écrivait : « Cherchez vos lumières
dans vos sentiments, il y a là une chaleur qui contient
beaucoup de clarté. »

Au-dessus de l'intelligible purement rationnel, on doit concevoir l'intelligible divin, la Raison et la Foi. La Foi est le germe initial qui implique et contient la Raison elle-même. Dieu a mis dans le cœur de l'homme, il a placé dans son intelligence, des puissances d'une infinie virtualité : et la raison est la faculté qui doit leur permettre de se développer suivant le plan providentiel.

C'est pourquoi la vie des sociétés se partage en deux phases, en deux périodes bien distinctes, la période de *Révélation* et la période de *Dévélation*.

Révélation, c'est-à-dire choses voilées, *Res velatæ;* Dévélation, c'est-à-dire choses dévoilées. Nous approchons du sommet de la vie de l'humanité, l'obscurité des dogmes va s'illuminer au contact de l'expérience scientifique. Ce que l'esprit humain était trop faible autrefois pour comprendre et pour approfondir, va bientôt nous apparaître dans l'éblouissement radieux d'une véritable transfiguration. En un mot, si la période de Foi représentait un état inférieur de l'initiation humaine, la période de Raison va nous découvrir des horizons infinis dans l'ordre de l'esprit et de la connaissance. Pour Gratry, le développement de la pensée moderne et le progrès inouï des sciences naturelles, s'acheminent consciemment ou non vers le triomphe de l'idée religieuse.

Les siècles qui nous suivront, s'écriait le philosophe, dans un élan sublime de croyant et d'apôtre, vont travailler pour ce grand œuvre. « *Le rôle de la postérité sera de faire l'expérience de Dieu.* »

Magnifique parole, prophétie véridique.

Pour quiconque en effet considère avec attention la marche de la Science, ses conquêtes et sa synthèse, il est hors de doute que tout conspire au triomphe de

l'idée de Dieu, c'est-à-dire que tout tend à la proclamation d'une Cause première, source de la toute Puissance,
de la toute Intelligence, de la toute Justice, de la toute
Beauté.

Qu'on nous permette, d'ailleurs, de citer un seul fait
pour la justification des doctrines si clairvoyantes du
Père Gratry. Cet exemple, nous irons le chercher dans
les paroles de saint Paul, reproduites depuis par Joseph
de Maistre, paroles les plus profondes peut-être qui
soient tombées de la bouche d'un homme : « *Le monde est
un système de choses invisibles visiblement organisées.* »

Est-ce qu'au temps où ils furent jetés à la face du
monde, ces mots ne résonnèrent pas aux oreilles du
plus grand nombre comme des mots incompréhensibles,
qu'on n'acceptait d'ailleurs que grâce à l'autorité de celui
qui les prononçait ? Combien de temps la grande masse
humaine a-t-elle passé à côté de ce symbolisme scientifique sans se douter que la phrase de l'apôtre contenait,
sous son voile mystérieux, l'explication ontologique de
tous les phénomènes naturels, la clef de l'énigme de
l'univers ?

Se doutait-elle encore, cette Humanité adolescente, que
l'épanouissement de son intelligence, le progrès de ses
sciences, le perfectionnement de ses moyens d'investigation, le dernier mot de ses calculs, aboutirait à la
preuve palpable, éclatante, expérimentale, de la vérité
des paroles de l'Apôtre : « Le monde est un système de
choses invisibles visiblement organisées. »

En effet, la physique nouvelle n'est-elle pas la proclamation de l'univers invisible ; les découvertes les plus
récentes du microscope ne démontrent-elles pas jusqu'à
l'évidence l'impossibilité d'atteindre autrement que par

des abstractions cette entité fictive à laquelle on a
donné le nom de Matière ? Tout nous echappe, tout nous
trompe, tout nous fuit, en dehors de la seule réalité
vraiment existante, nous voulons parler de l'Esprit.
Tout ce qui tombe sous nos sens, n'est qu'apparence ; la
véritable réalité, c'est l'invisible ; le monde n'est qu'un
vaste dynamisme, une agrégation de monades, une
relation de forces issues de la Force primordiale qui
dirige et fait mouvoir les êtres dans la voie de ses desseins éternels.

Le point mathématique, l'atome inétendu, voilà le
dernier mot de la science humaine. Tels sont les résultats indiscutables de la recherche contemporaine la plus
avancée. Pasteur, en effet, vient de démontrer au
monde que, si les œuvres de Dieu sont merveilleuses
quand il sème les univers dans les champs de l'Espace,
elles ne sont pas moins dignes d'adoration lorsqu'on
quitte les soleils pour contempler l'organisation stupéfiante des microbes et des infusoires qui sont à d'autres
êtres infiniment plus délicats, ce que les soleils de
l'Empyrée sont eux-mêmes à notre minuscule planète.

Ainsi tout nous déborde, tout nous écrase, tout nous
dépasse, et ce que nous appelons avec orgueil Science
n'est que la vision superficielle d'un point dans l'Infini.

Un intéressant vulgarisateur des découvertes modernes, M. Camille Flammarion, qui fut, du reste, un des
amis du célèbre oratorien, nous dit avec une exactitude
souveraine : « Quelle que soit l'idée que l'on se fasse

de la constitution intime des corps, la vérité aujourd'hui reconnue, désormais incontestable, est que le point fixe cherché par notre imagination n'existe nulle part.

» Archimède peut réclamer en vain un point d'appui pour soulever le monde. Les mondes comme les atomes reposent sur l'invisible, sur la force immatérielle; tout se meut, sollicité par l'attraction et comme à la recherche de ce point fixe qui se dérobe à mesure qu'on le poursuit, puisque, dans l'infini, le centre est partout et nulle part. Les esprits prétendus positifs, qui affirment avec tant d'assurance que la « matière règne seule avec ses propriétés » et qui sourient dédaigneusement des recherches des penseurs, devraient d'abord nous dire ce qu'ils entendent par ce fameux mot de *matière*. S'ils ne s'arrêtaient pas à la superficie des choses, s'ils soupçonnaient que les apparences cachent des vérités intangibles, ils seraient surtout un peu plus modestes.

» Pour nous qui cherchons la vérité sans idée préconçue et sans esprit de système, il nous semble que l'essence de la matière reste aussi mystérieuse que l'essence de la force, l'univers visible n'étant point du tout ce qu'il paraît être à nos sens. En fait, cet *univers visible est composé d'atomes invisibles*, il repose sur le vide, et les forces qu'il régit sont en elles-mêmes immatérielles et invisibles. Il serait moins hardi de penser que la matière n'existe pas, que tout est dynamisme. que de prétendre affirmer l'existence d'un univers exclusivement matériel.

» Quant au soutien matériel du monde, ajoute M. Flammarion, il a disparu, remarque assez piquante, précisément avec les conquêtes de la mécanique qui proclament le triomphe de l'invisible.

7*

» Le point fixe s'évanouit dans l'universelle pondération des pouvoirs, dans l'idéale harmonie des vibrations de l'éther; plus on cherche, moins on le trouve; et le dernier effort de notre pensée a pour point d'appui, pour suprême réalité, l'*Infini*. »

Voilà le langage de la science contemporaine. Avions-nous tort de choisir tout à l'heure pour la justification de notre thèse les paroles prophétiques de l'Apôtre des Gentils?

Oui, Dieu a tout d'abord donné aux hommes les lumières suffisantes pour remonter jusqu'à lui par le chemin de l'amour et de l'adoration instinctive, spontanée, directe. Il a laissé au Temps le soin de produire les sciences qui sont autant de moyens détournés pour revenir à lui : *mundum tradidit disputationibus*. Aussi le Christ, en quittant ses disciples, était-il dans la vérité la plus manifeste lorsqu'il s'écriait: « J'aurais encore beaucoup de choses à vous dire, mais votre esprit n'est pas en état de les porter; mais vous les connaîtrez un jour, car il n'y a rien d'occulte qui ne doive plus tard venir à la lumière. » *(Joan.*, xvi, 12.*)*

Ainsi donc, le dernier mot de l'œuvre philosophique de Gratry est un mot d'espérance, de ferme confiance dans les destinées providentielles de la science humaine. « *On fera l'expérience de Dieu* », magnifique parole dont la réalisation éclate tous les jours davantage. Pour nous qui partageons cette consolante certitude, nous nous écrions avec un moraliste distingué (1) de notre temps : « Je ne crains pas la Science, car je crois à la Vérité. »

(1) Comte Agénor de Gasparin *(Pensees de liberte)*, Calmann Lévy, Paris.

Comme nous le disions plus haut, le Père Gratry a montré que, par les seuls procédés de la science, on doit arriver à prouver Dieu; il a surtout établi avec des arguments d'une rare puissance, qu'en somme il faut philosopher avec l'âme tout entière et « faire la Vérité pour la connaître ». Ce qu'il veut à l'instar du grand Pascal, ce n'est pas seulement Dieu entrevu par l'intelligence, c'est Dieu devenu sensible au cœur par l'amour et la pratique du bien.

Là est le vrai, car toutes les querelles d'écoles sur l'Essence éternelle, sur le pourquoi et le comment des choses, ne sont que fumée et que vanité comparées à l'acte d'amour d'un simple d'esprit et d'un humble de cœur.

Mais la grande découverte du Père Gratry est d'avoir compris l'identité du procédé dialectique à l'induction et au procédé infinitésimal. Nous ne voulons pas entrer dans des détails trop précis sur le mécanisme du procédé dialectique, dont l'auteur de la *Connaissance de Dieu* a été le remarquable vulgarisateur ; qu'il nous suffise de dire que le philosophe constate en quelque sorte l'existence de deux raisons humaines qui ont chacune leurs principes, leurs règles et leur logique. L'induction et la déduction sont pour lui les deux éléments inséparables de la connaissance. En effet, le premier de ces termes, l'induction, est, suivant Gratry, un procédé d'une importance capitale; car la déduction ne peut jamais s'élever au-dessus de son point de départ, puisque c'est par voie d'identité qu'elle procède, allant toujours du même au même. L'induction ou la marche dialectique rend possible le progrès de nos connaissances, parce qu'elle se sert de son point de départ comme d'un point d'appui pour s'élever plus haut. Nous ne suivrons pas l'auteur de la *Connaissance de Dieu*, dans les développements magnifiques qu'il donne à sa thèse, d'après nous, si justifiée. Gratry a raison d'affirmer qu'il n'y a rien de plus naturel qu'un semblable procédé, car tout est suspendu à cette clef de voûte. Que ce procédé nous échappe, parce qu'il est trop intime et trop rapide, il n'en est pas moins le fondement de la Raison. L'induction est en effet ce mouvement instinctif et irrésistible qui nous fait monter de la variété à l'unité, du contingent à l'absolu. C'est lui, nous dit le philosophe, qui distingue l'homme qui voit la loi dans son universalité, dans son extension infinie, de la bête qui ne voit que la pluralité des phénomènes.

Pensée profonde qu'on nous permettra de rapprocher des paroles de Claude Bernard, un des plus grands physiologistes du siècle : « Nous ne pouvons parler que métaphysiquement. »

Si le livre de la *Connaissance de Dieu* n'est pas une œuvre de polémique militante dans le sens le plus exact du mot, c'est qu'il fut plutôt composé pour instruire que pour combattre.

Nous approchons maintenant de la période de lutte où Gratry devint le champion invaincu de la Raison et du bon sens, contre le sophisme et l'Absurde. Nous voulons parler de la guerre implacable que l'illustre oratorien déclara à l'Hégélianisme et soutint contre lui pendant de longues années, avec une verve toujours renaissante et une puissance d'argumentation extraordinaire.

Quelques années avant l'entrée de l'abbé Gratry dans la vie intellectuelle et la bataille des idées, un fou de génie, Hegel, avait tenté en Allemagne une explication

du monde, au moyen des sophismes les plus captieux et
de l'absurde présentés avec les prestiges d'une logique
irréfutable, si on lui accordait les postulats de son système panthéistique. Après avoir longtemps dominé en
Allemagne, sa pensée avait pénétré en France; et,
grâce à Cousin, qu'elle eut la bonne fortune d'avoir pour
vulgarisateur, elle inspira dans notre pays un certain
enthousiasme par son vague nébuleux qui autorisait
toutes les interprétations. Toujours est-il que l'Hégélianisme entra dans le mouvement de la pensée d'alors,
et que son influence a produit de nos jours de lamentables catastrophes au point de vue philosophique,
religieux et social.

Le Père Gratry comprit à la première heure quel
danger menaçait l'esprit français si les doctrines
de Hegel parvenaient à s'établir chez nous.

Effrayé des conséquences dissolvantes d'un semblable
système, l'éminent oratorien n'hésita pas à attaquer le
penseur allemand et à le prendre corps à corps pour le
terrasser. La lutte de Gratry contre l'Hégélianisme est
un des spectacles les plus émouvants du siècle; impossible en effet de rester indifférent devant ce combat d'ou
dépendaient en quelque sorte les destinées de la Raison
dans notre France contemporaine. L'auteur des
Sophistes et la Critique prouve d'abord, et cela d'une
façon irréfutable, avec son argumentation serrée de
mathématicien, que, loin d'être une doctrine nouvelle,
l'Hégélianisme n'est simplement que la réapparition de
la sophistique grecque écrasée dans l'œuf depuis deux
mille ans par Aristote, Socrate et Platon. Puis, après
avoir montré que Hegel n'est qu'un véritable histrion
de dialectique, le célèbre oratorien démonte, avec une

précision merveilleuse, l'échafaudage d'erreurs, d'absur-
dités et de contradictions qui sont le fond de l'Hégélianisme. Il dépouille ce système des équivoques grossières
sur lesquelles il est basé, et établit péremptoirement
que la théorie du penseur berlinois n'est autre chose
que la propre formule de l'Absurde.

Identité de l'identique et du non-identique ; voilà le
cheval de bataille de la philosophie allemande. Gratry
s'attache à démontrer, contre cette folie, l'opposition
essentielle des *contradictoires* qui sont la base de la
Raison. Aristote, nous l'avons dit plus haut, avait déjà
formulé et rigoureusement défendu ce principe considéré
par Hegel comme une simple vieillerie. « Il est impossible,
avait dit le fondateur de la Logique, que les mêmes
attributs appartiennent et n'appartiennent pas au même
sujet, dans le même temps, et sous le même rapport. »

Quiconque, ajoutait Aristote, soutient pouvoir affirmer simultanément le oui et le non, détruit la possibilité
de la parole, et persiste néanmoins à parler ; mais il ne
mérite pas qu'on le prenne au sérieux, car, de fait, il
ne dit rien. C'est ne rien dire, en effet, que de dire,
non que les choses sont ainsi ou ne sont pas ainsi,
mais qu'elles sont ainsi et ne sont pas ainsi en même
temps.

Il semble vraiment, s'écrie l'éminent oratorien,
qu'Aristote avait lu Hegel, et se proposait de le réfuter.

On le sait, l'Hégélianisme se résume à concevoir
l'univers comme le néant qui se développe par une
série indéfinie de transformations, depuis l'être pur et
indéterminé identique au non-être, jusqu'à l'homme,
dernier terme et point culminant de cette universelle
évolution. Avons-nous besoin de dire que la doctrine

de Hegel est la plus extravagante folie qui soit sortie du
cerveau humain ? Il n'est rien, assurément, de moins
compréhensible que ce système de l'éternel *Devenir*
sans racines dans le passé, sans point fixe dans l'avenir.

Que signifie, en effet, cet Être pur du professeur
berlinois, ce Néant qui aboutit au Parfait, et ce Progrès
sans point de départ et sans terme, pour arriver à ce
Dieu bizarre qui *sera* peut être, un jour? « Le plaisant
Dieu que voilà ! » a déjà dit Pascal. Quoi qu'il en
soit, l'Hegélianisme, malgré ses ridicules prétentions,
menaçait, à l'époque où le Père Gratry résolut de le
combattre, de s'introduire dans la philosophie française
et de la dissoudre irrémédiablement.

Cousin avait beau pleurer ses erreurs passées, il avait
beau faire son meâ culpâ de sa part de responsabilité
dans la vulgarisation de cette mortelle doctrine, que le
mal n'en poursuivait pas moins son cours désastreux.

Le Père Gratry, nous l'avons déjà dit, effrayé pour la
philosophie et la religion des résultats de l'Hégélianisme,
voulut employer toute son énergie et toute sa science à
en enrayer les progres. Mais la tâche était ardue, il
s'agissait de dépouiller le système allemand de tous les
prestiges et de toutes les fantasmagories de son enveloppe extérieure. Il fallait le réduire à sa dernière expression et prouver qu'en fin de compte il n'était que
la réalisation la plus complète de l'Absurde. C'est ce que
fit le savant oratorien. Grâce aux qualités exception-
nelles de sa méthode et de son esprit, grâce surtout
à sa vaste érudition et à la pénétration aigue de son
analyse, Gratry s'empara du corps de doctrine hégélien, le tourna et le retourna dans tous les sens,
s'appliqua à en étudier toutes les faces, à en présenter

tous les aspects pour conclure à l'absurdité flagrante de son principe essentiel.

Mais, si l'illustre adversaire du penseur allemand rendit au monde l'immense service de démontrer la fausseté de ce songe-creux lamentable, nous croyons qu'on peut ajouter à son argumentation, d'ailleurs très puissante, celle basée sur l'Être préantinomique dont l'essence a été développée de nos jours par un philosophe de premier ordre, le métaphysicien de Strada.

En effet, Gratry a bien vu le sophisme dans le système hégélien, il en a pressenti les conséquences et prophétisé les ravages; mais, s'il a su dégager les extravagantes propositions du philosophe berlinois, et les soumettre au sens commun pour en faire justice, il n'a pas, selon nous, réfuté directement Hegel et son rêve métaphysique. Que fallait-il pour cela ? Affirmer ce grand principe de l'*Être preantinomique*, c'est-à-dire de l'Être avant le non-être, qui n'est qu'une conception négative de notre esprit, sans aucune réalité.

Il n'y a pas de place au non-être, sinon dans notre pensée ; il en est de même de la négation, qui n'a d'existence que par l'affirmation, et de l'ombre qui suppose la lumière. Dans la réfutation de l'Hégélianisme, tout dépend de la façon dont est conçu le fameux être pur. Hegel nous dit « qu'à l'état indéterminé, l'être est essentiellement abstrait, par conséquent comme s'il n'existait pas ; et, ajoute le philosophe allemand, *il n'est pas déterminé parce que c'est la borne qui fait la détermination* ». Voilà la chimère du sophiste. Malheureusement pour sa doctrine, l'existence de l'Être préantinomique coupe court à toutes ces débauches de dialectique et à ces excès de fausse logique.

Continuant à son insu peut-être l'œuvre salutaire de
l'éminent oratorien, Strada a établi irréfutablement que
ce qui détermine l'être, c'est sa force d'expansion. La
où elle s'arrête, l'être n'est plus saisissable, et ainsi se
conçoit la limite pour la contingence; mais la borne
n'est rien par elle-même, et n'est nulle part en soi; étant
indéterminée, elle ne saurait rien déterminer. Dans
l'Absolu, la force d'expansion qui est absolue produit
une détermination absolue. *Loin donc que l'Être soit
indéterminé à l'état préantinomique, il est absolument
déterminé.* Par là se trouve terrassé l'argument de Hegel
au moyen duquel il ne veut voir d'être réel et concret
que dans l'être et le non-être réunis (être néant) (1).
Ainsi croule ce système de l'Hégélianisme et avec lui
le panthéisme de tous les temps dont il n'était qu'un
aspect particulier et faussement scientifique.

Nous avons dit que le Père Gratry était non seulement
un spéculatif de puissant essor, un mathématicien profond, un savant remarquable, mais encore un polémiste
étincelant.

L'honorable M. Vacherot fut un des premiers à sentir
les coups de cette redoutable critique. Son livre,
l'*Histoire de l'École d'Alexandrie*, fut la cause de
l'entrée en scène du célèbre oratorien. Ce livre, émanant
d'une aussi haute personnalité que celle de M. Vacherot, devait forcément arrêter l'attention de ses plus
illustres contemporains. En deux mots, il ressortait de
la thèse du philosophe, que le Christianisme avait été
enfanté par la Philosophie, que les dogmes chrétiens

(1) De Strada, *Ultimum organum*, premier vol., pages 151 à 157.

fondamentaux, c'est-à-dire celui de la divinité de Jésus-Christ et celui de la Trinité, s'étaient formés peu à peu, sous l'influence de la philosophie grecque, et surtout de l'école néoplatonicienne.

C'était, on le voit, une variante de l'esprit philosophique qui cherche à expliquer humainement la formation du dogme chrétien. Il faut lire ce merveilleux chef-d'œuvre de polémique intitulé : *Lettre à M. Vacherot* (1), il faut lire la réponse de M. Vacherot lui-même, et la réplique de Gratry ; et l'on verra par quels arguments pitoyables, par quel tissu d'équivoques et de contradictions, l'école rationaliste contemporaine, dans la personne de son plus honorable représentant, s'efforce d'attaquer et de détruire la divinité du Christianisme.

Le Père Gratry prouve à tout esprit indépendant, que le livre de M. Vacherot pose en philosophie les principes les plus manifestement sophistiques ; qu'enfin il enseigne l'athéisme, avec des réticences plus ou moins captieuses et plus ou moins contradictoires. L'auteur de l'*Histoire de l'École d'Alexandrie* est-il revenu de ses anciennes aberrations ? Nous l'espérons sincèrement, mais ce qui est certain, c'est que la réfutation de son œuvre, par l'illustre penseur de l'Oratoire, demeurera comme un monument d'éloquence persuasive, de critique large et de victorieuse raison.

Si, de la personnalité malgré tout sympathique de M. Étienne Vacherot, nous passons aux comparses du rationalisme contemporain, il nous sera permis de rappeler ici l'écrasement du plus populaire d'entre eux, M. Ernest Renan, dont la triste logomachie, qu'on

(1) Charles Douniol, rue de Tournon, 29, Paris.

appelle la *Vie de Jésus*, eut un succès malsain de vogue irraisonnée.

Le cadre de cette étude ne nous permet pas de suivre l'éminent oratorien dans l'examen cruel qu'il inflige à la science exégétique du roi de la palinodie. Disons seulement que, parmi toutes les réfutations de la *Vie de Jésus* émanées des plus libres et des plus différents esprits, celle du Père Gratry a le mérite particulier de ne laisser debout aucune des assertions fantaisistes de son auteur. Les *Sophistes et la critique*, un livre salutaire au plus haut degré, devrait être encore aujourd'hui entre les mains de tous les hommes soucieux de la recherche du vrai et désireux de se soustraire, à tout jamais, aux prestiges et aux dangers de la sophistique.

Quand on a lu, médité, travaillé l'œuvre du philosophe chrétien, on se demande comment il est possible qu'il existe encore des esprits assez prévenus, pour accorder le moindre crédit aux inexactitudes douloureuses d'un dilettante en contradiction aussi extraordinaire que M. Ernest Renan.

Mais peut-être Dieu permet-il que des hommes tels que l'auteur de la *Vie de Jésus* apparaissent de loin en loin dans l'histoire du monde, pour que la pensée, émue de tant d'audace et de tant d'orgueil, se ressaisisse elle-même, et apprécie les bienfaits suprêmes de la raison opposée à la folie.

Puisque nous venons de prononcer le nom de M. Renan, il est juste, croyons-nous, de citer cet écrivain comme le type du dévergondage intellectuel que le Père Gratry prévoyait dès la première heure comme une conséquence logique de l'Hégélianisme, cette doctrine du

chaos et de la contradiction. L'éminent oratorien pressentait des désordres inouïs de la pensée contemporaine,
il prévoyait le point où nous sommes tombés, c'est-à-
dire le temps où toutes les notions rationnelles ou
morales paraissent ne plus avoir aucun sens, et où le
trouble intellectuel rappelle l'époque biblique de la confusion des langues. De nos jours, en effet, pour la
plupart des esprits qui se disent éclairés, il n'y a plus
ni beau, ni laid, ni bien, ni mal, ni vrai, ni faux, mais
des états d'âme, tous excusables, pourvu qu'on les
comprenne ; il n'y a plus que des nuances, des relativités,
des à peu près dont les contradictions s'harmonisent
sous le manteau d'une synthèse artificielle.

Voilà l'œuvre des néo-sophistes. Et qu'on ne vienne
pas reprocher à Gratry d'avoir dépassé les bornes de
la convenance, en qualifiant ses adversaires d'une semblable appellation. Car, aux premières pages du livre où
il les combat, on peut lire ces lignes qui sont à la fois
un programme de sa polémique, et un résumé de ses
intentions : « Le mot de *sophiste* n'a jamais été sous ma
plume un mot vague, ni une aigre épithète adressée à
tous ceux qui enseignent l'erreur. C'est un mot scientifique nettement défini. D'accord avec Aristote et
Platon, j'appelle sophiste quiconque rejette en théorie
et en pratique l'axiome premier de la raison.

» Or, s'il y a aujourd'hui, en France, des écrivains
qui nient l'axiome premier de la raison, n'est-il pas utile
de nommer cette étrange école par son nom ? Que, si
de plus cette école se présente comme apportant au
monde un nouvel instrument intellectuel, un nouveau
principe de penser qui doit mettre un abîme infran-
chissable entre l'avenir et le passé de l'esprit humain,

n'est-il pas juste de soumettre cette espèce de raison nouvelle à l'épreuve de l'ancienne raison ?

» J'avoue bien que le mot de sophiste, si rigoureusement limité qu'il soit à un vice bien défini de la pensée, et nullement *du caractère ou de la vie*, constitue cependant, contre un écrivain, une dure et absolue condamnation. Mais je démontre précisément dans cet écrit qu'une dure et absolue condamnation est nécessaire contre une orgie intellectuelle qui n'a pas d'analogue, depuis vingt siècles, dans l'histoire de l'esprit humain. Quant aux attaques de ces écoles contre le Christianisme, j'entreprends dans le présent ouvrage de leur opposer, si je puis, plus qu'une réfutation. J'y voudrais, outre un ensemble de réponses que je crois décisives, ， j'y voudrais, dis-je, opposer une méthode, une méthode préventive générale applicable à l'état présent de l'erreur. » Et plus loin le savant critique ajoute : « La lecture de mon livre n'est rien. Le travail personnel sur les matériaux que je donne aurait tout au contraire une vertu décisive. Je crois pouvoir annoncer ici, que quiconque voudra faire par lui-même, par sa propre attention et raison, en quelques jours ou seulement en quelques heures, le travail que je recommande, sera pour toute sa vie pleinement éclairé sur cette forme étrange de l'erreur, qui est l'erreur contemporaine en religion et en philosophie. »

Ces paroles du Père Gratry résument absolument les tendances et les résultats de son œuvre. A notre avis, il n'a pas seulement réfuté la plupart des erreurs qui surgissaient autour de lui, mais il a encore donné à tous les esprits vraiment indépendants, vraiment sérieux, une méthode préventive, pour se garantir du fléau de la sophistique. C'est un immense service dont on doit être reconnaissant au savant oratorien, aujourd'hui surtout que les doctrines dont il appréhendait l'influence se manifestent à nos yeux dans leur hideux épanouissement.

Quiconque a lu Gratry, quiconque a compris au flambeau de sa critique calme, loyale et claire, les erreurs monstrueuses de la folie panthéistique, possède, pour jamais, les bienfaits de l'équilibre intellectuel, et peut traverser, sans craindre les naufrages, l'océan tumultueux de la pensée contemporaine.

Nous avons dit brièvement quel avait été le philosophe chez le Père Gratry, quel fut l'écrivain et le polémiste ; il est temps maintenant de rappeler en quelques mots ce que fut le chrétien.

Pour apprécier ce dernier caractère dans son évangélique et austère beauté, il faut surtout se reporter à ce livre qui fit le tour de l'Europe : nous voulons parler des *Sources*. Dans cet ouvrage aussi court que substantiel, Gratry a mis la meilleure part de son âme. Le but qu'il se proposait était d'ailleurs digne de lui. Il s'adressait en effet « à ces hommes de vingt ans, esprits rares et privilégiés qui, au moment où leurs compagnons d'études ont fini, comprennent que leur éducation commence ; qui à l'âge où l'amour du plaisir et de la liberté du monde, de ses honneurs et de ses richesses, entraîne et précipite la foule, s'arrêtent, lèvent les yeux et cherchent dans l'immense horizon de la vie, au ciel ou sur la terre, l'objet d'un autre amour ».

S'adressant à cette élite, noble objet de sollicitude, le
Père Gratry a su montrer avec tous les accents de sa
forte éloquence et de son invincible persuasion, que la
vie du chrétien était compatible avec toutes les situa-
tions sociales; que loin d'entraver la spontanéité des
esprits et des cœurs, le développement normal de la
vie, elle était seule capable de faire germer en nous les
semences de vertus, et de donner un but certain, fixe et
consolant à la triste existence humaine.

Le savant oratorien s'est attaché de plus à prouver à la
jeunesse que la Science, et en particulier la science
contemporaine, au nom de laquelle quelques hommes
voudraient ébranler la religion du Christ, est le résultat
des découvertes du dix-septième siècle qui donna au
monde sa magnifique pléiade de génies de premier
ordre, tous croyants, et tous chrétiens. Enfin, et c'est là
encore la conclusion des *Sources*, le Père Gratry prophétise l'union future de la Science et de la Foi, que leur
affinité naturelle ne peut manquer de ramener dans une
voie commune.

Avant de dire quelles sont les idées du philosophe
chrétien sur les destinées de l'homme, et celles de l'humanité, il nous semble utile de rappeler sa théorie si
profonde des trois vies du genre humain, qu'il divise en
trois races : « ceux qui vivent par le ventre, ceux qui vivent
par le cerveau, et ceux qui vivent par le cœur ». C'est des
hommes des deux premières classes qu'il faut dire qu'ils
ne meurent pas, mais qu'ils se tuent : ce sont les savants
et les voluptueux, ceux qui abusent de la lumière
comme ceux qui abusent du feu. Dans sa *Connaissance
de l'âme*, Gratry fait un tableau saisissant de la vie de
ces derniers. Il décrit admirablement la perversité des

sens qui veulent jouir avant l'heure, jouir sans cesse et
toujours, épuisant ainsi la flamme destinée à donner aux
membres leur force, à l'esprit sa vigueur, à la volonté
son élan, au cœur sa delicatesse. « Nul suicide n'est plus
terrible que celui-là, puisqu'il atteint à la fois la vie
physique, la vie intellectuelle et la vie morale. »

Les excès de tête, dit-il ensuite, ne sont encore guère
moins funestes que ceux du corps. Ils brisent l'unité
vitale, en concentrant toute la vie au cerveau, et en
frappant les autres organes d'une sorte d'atrophie; en
même temps, en effet, qu'ils développent dans le sujet
une sensibilité morbide, ils diminuent sa force motrice,
dessèchent son cœur, alanguissent sa volonté et énervent
son âme : ils l'annulent physiquement et moralement.

Le remède à ce double mal qui nous ronge, c'est de
nous élever de la vie animale à la vie intellectuelle, et de
cette dernière à la vie du cœur.

Quant à la façon d'accomplir ce progrès, Gratry
l'explique d'une manière très claire en s'inspirant à la
fois de l'esprit philosophique et de l'esprit chrétien. « Il
faut d'abord subordonner la sensualité à la raison, puis
la raison au cœur et à la conscience. C'est-à-dire étouffer
notre égoïsme par l'amour de Dieu ou de l'ordre absolu. »

Vues profondes et sages qui sont, au point de vue pratique, le dernier mot de la philosophie.

On peut dire que la caractéristique de l'œuvre de
Gratry a consisté à rendre la Religion scientifique, et
religieuse la Science. La substance des Écritures et de
l'Évangile a été presque constamment l'objet de ses méditations; aussi l'avenir véritable du Christianisme sur
notre globe, lui est apparu dans une sorte de vision
prophétique, car le savant oratorien a compris que le

Christianisme se résume en un Socialisme idéal et parfait, et que ce Socialisme est en voie de réalisation dans la personne collective du Christ-Humanité.

« Nous serons un comme mon Père et moi sommes un. » Ces paroles de Jésus hantent son intelligence d'une sainte obsession, et sont le résumé des efforts de sa noble carrière philosophique.

On ne comprend pas encore assez quels liens intimes unissent la Raison et la Foi. Et c'est là une des principales causes de déplorables malentendus. Aussi Gratry a-t-il tenté de démontrer, selon la parole de saint Augustin, que la Raison et la Religion sont une seule et même chose. Tant que cette vérité ne sera pas comprise, il n'y aura que trouble et confusion.

Maintenant quel est le desideratum, et en quelque sorte le testament philosophique du Père Gratry, il nous le dit à la fin des *Sources* d'une manière très explicite. Il faudrait selon lui « rentrer dans la voie, manifestement droite, du dernier grand siècle, qui allait à Dieu par la sainteté et par la science et unissait, fécondait, ou pour mieux dire, créait les sciences dans la lumière de Dieu; reprendre le faisceau trop longtemps brisé des grandes lignes de l'esprit humain; créer ainsi cette *science comparée* qui sera celle du prochain grand siècle; remonter de chaque ligne de la science au centre de la comparaison; y trouver Dieu partout et sa lumière vivifiante et régénératrice; faire descendre cette lumière dans tous les canaux de la science, dans toutes les fibres de l'esprit; délivrer, réchauffer les cœurs par cet influx nouveau; et relever enfin par une éducation plus lumineuse les générations à venir ». Aussi, la méthode pratique pour arriver à cette véritable science consistera,

7··

selon Gratry, à connaître son âme, puis la nature et ses
lois. Enfin, à remonter toujours de tout état de l'âme,
de toute science fragmentaire et de toute impression,
jusqu'aux idées et jusqu'au cœur de Dieu. Arrivé là,
nous dit le philosophe, « l'homme connaît la vie; il
sent et voit qu'aimer Dieu par-dessus toute chose, aimer
tous les hommes comme soi-même, donner son cœur,
son âme, son esprit et ses forces pour rendre les hommes
meilleurs et plus heureux, c'est la vie, c'est la loi, c'est le
bonheur, la justice et la vérité ».

A la théorie des trois vies, on doit enfin, pour résumer d'une manière complète l'œuvre du Père Gratry,
ajouter celle des trois âges de l'humanité. Ces âges sont :
l'âge de domination de la nature, l'âge de vérité, et
enfin l'âge de liberté : c'est-à-dire d'acquiescement à la
volonté divine. Voilà pour le développement humain et
terrestre ; quant à l'immortalité, l'éminent oratorien la
place dans le retour en Dieu, dans la vie de l'amour
complet, où tous seront dans tous, et tous dans la Cause
première.

C'est là pour lui, ce doit être là plutôt l'état définitif
de la création. Mais où sera le siège d'une telle vie?
Gratry le place dans ce monde, mais dans ce monde
transfiguré. « La création, dit-il, se consommera en
Dieu, non par l'anéantissement, comme le veulent les
faux mystiques, mais pour y vivre d'une vie plus haute.
C'est ce que les livres saints nous font comprendre quand
ils nous parlent, pour la fin des temps, du ciel nouveau
et de la nouvelle terre où nous vivrons tous, au centre

des choses, au lieu d'être disséminés à la circonférence, et où un éternel amour nous fondra dans une unité éternelle. »

Nous ne nous étendrons pas longuement sur les vues particulières de Gratry en ce qui concerne le lieu de l'immortalité. Contentons-nous de dire que pour lui notre terre renouvelée sera le lieu d'une importante métamorphose de notre humanité.

Pour le penseur de l'Oratoire, chacun de nous est le précurseur d'un autre être plus parfait, mais substantiellement le même. Il y aura une humanité superieure à l'humanité que nous connaissons. Il y aura de nouvelles flores et de nouvelles faunes. La Science prouvera par ses conquêtes ces vues actuellement intuitives, et la réalité surpassera toutes les prophéties d'Isaïe et d'Ézéchiel. Aussi est-il juste de dire que Gratry fait passer par la puissance de son génie les visions de l'Apocalypse de la lumière mystique à la lumière rationnelle et de la forme religieuse à la forme sociale.

Est-il superflu d'ajouter que la science contemporaine après les recherches les plus minutieuses et les plus profondes corrobore les intuitions géniales du savant oratorien ? En effet, les naturalistes et les positivistes en sont arrivés à tenir le même langage que les voyants et les initiés du sanctuaire ; car l'homme nouveau dont ils prévoient l'apparition n'est autre que le *nouvel homme* de saint Paul, tant de fois annoncé dans ses épîtres et déjà nomme par les anciennes prophéties ?

La doctrine de Gratry est donc une doctrine de Progrès. Mais à la différence de certains esprits qui, par un non-sens inqualifiable, veulent le faire partir de Rien pour arriver à Tout, Gratry lui donne comme origine la Source de l'être. c'est-à-dire l'Infini et le Parfait, pour revenir à cette Source comme la conséquence à son principe, comme l'effet à sa cause.

Or, si Dieu est le principe du Progrès, il en est aussi le terme, et nous devons rentrer en lui.

Voilà le dernier mot d'une des plus nobles intelligences du siècle. Puisse la rapide esquisse que nous avons essayé de tracer de la carriere du Père Gratry, fortifier quelques âmes hésitantes, ramener quelques esprits au Vrai, et devenir un hommage de notre admiration pour ce digne successeur de Descartes et de Leibniz, et ce frère d'armes indompté des Montalembert et des Lacordaire.

SULLY PRUDHOMME

La mort est un sommeil où, par des lois profondes,
L'être jaillit plus beau du fumier des vieux mondes;
Tout monte ainsi, tout marche au but mystérieux,
Et ce néant d'un jour qui s'étale à nos yeux
N'est que la chrysalide aux invisibles trames
D'où sortiront demain les ailes et les âmes.

L. BOUILHET.

SULLY PRUDHOMME [1]

U NE des figures contemporaines les plus nobles et
les plus attirantes est bien celle de l'auteur de
la *Justice* et des *Vaines tendresses*.

Sully Prudhomme est à la fois un grand poète et un
profond penseur. Il incarne parmi nous les inquiétudes
de l'esprit moderne et les aspirations les plus élevées de
la pensée philosophique.

Notre âge de transition possède en lui un interprète
de génie, car le mouvement scientifique de nos jours se
reflète dans cette grande âme comme en un miroir
d'universelle synthèse.

En considérant son œuvre, on peut dire avec exactitude que le savant travaille pour le philosophe, surtout

(1) Voir dans notre ouvrage, *Ecrivains et Penseurs*, l'étude
consacrée à « Sully Prudhomme philosophe ».

quand ce dernier, doublé d'un poète de premier ordre,
possède le don suprême de l'expression et qu'il excelle
comme Sully Prudhomme à condenser sous la magie du
rythme et les séductions de la forme, les vérités éparses
du domaine spéculatif et de l'ordre scientifique.

Si l'enfance de la poésie consiste à représenter dans
une langue harmonieuse et cadencée le monde des sensations, des images et des sentiments, sa virilité doit
tendre de plus en plus à résumer, avec les moyens
supérieurs dont elle dispose, les progrès de l'Idée et le
développement de l'Intelligence.

Sully Prudhomme a compris le magnifique rôle désormais échu à la poésie renouvelée.

« Sensation, sentiment, connaissance », a-t-on dit,
pour définir l'homme dans sa triple individualité.

Certes, cette classification n'est point arbitraire, et
l'analyse la plus simple de l'état d'esprit contemporain
prouve jusqu'à l'évidence que l'humanité vient d'entrer
dans une nouvelle phase de son perfectionnement, c'est-
à-dire dans la voie de la Connaissance.

Aussi l'auteur de la *Justice* a subi comme tout ce
qui l'entoure les influences qui se disputent la direction
de l'homme nouveau ; Sully Prudhomme vient d'écrire
le *Bonheur*.

Il fallait s'attendre à ce que les mystères du problème
de la destinée fissent éclore dans le cerveau et dans le
cœur d'un des hommes les plus remarquables de notre
temps une réponse sinon une solution à ses poignants et
terribles secrets.

A l'exemple de Pascal le silence des espaces infinis
tourmente l'âme anxieuse de Sully Prudhomme.

L'origine et la fin accablent sa pensée de leur cruelle

obsession ; l'inconnu formidable de notre lendemain
hante le vaste esprit du poète des *Solitudes*.

D'où ? comment ? où ? ces trois mots qui résument
l'existence, assaillent de leur implacable tyrannie l'homme
qui personnifie dans son austère grandeur tout un ordre
d'aspirations, tout un monde de sentiments.

Fatigué de contempler le sphinx face à face et de
« suivre avec inquiétude la couleur changeante de ses
yeux », le poète des *Vaines tendresses* a voulu percer les
ténèbres de notre avenir d'outre-tombe ou tout au moins
donner à ces aspirations vers la Vie éternelle, une forme
poétique et consolante.

C'est pour répondre à ce besoin de lumière, à cette
noble soif de certitude, à ce désir d'apaisement, que
Sully Prudhomme a écrit le *Bonheur*.

Aussi nous voudrions parler avec tout le respect et
toute la sincérité possibles de l'œuvre récente du poète
des *Destins*.

Après avoir brièvement indiqué les grandes lignes du
Bonheur, nous nous demanderons si la tentative de
Sully Prudhomme n'aboutit qu'à une ingénieuse et
magnifique fantaisie, susceptible seulement d'endormir
pour quelques heures, notre angoisse et nos douleurs,
ou bien, si sous sa forme captivante le problème de la
vie future repris par le génie du maître est un de ceux
qui peuvent se résoudre dans le sens de nos espérances
les plus chères et de nos plus indéracinables instincts.

Le *Bonheur !* Quel mot !

Nous sentons d'une manière confuse que ce prestigieux
aimant attire vers son centre toutes les puissances de
notre être et nous éprouvons la douleur aigue de ne pouvoir, à cause d'innombrables obstacles, nous unir à lui.

Le *Bonheur !* Décevant mirage, astre radieux éternel
lement poursuivi par l'humanité.

En quoi consiste son invincible attrait? Qui peut
définir son essence vraie? Marc-Aurèle a dit que le
Bonheur c'était de faire le Bien; mais, tourmentés par
l'appétit du Parfait que nous portons en nous, chacun
dans la vie s'efforce d'atteindre le fuyant idéal, vrai
prisme coloré par toutes les nuances du rêve et du désir.

Les uns s'attachent aux satisfactions grossières de
l'animalité; les autres croient trouver l'assouvissement
dans les ivresses d'un plaisir plus raffiné; quelques-uns,
enfin, s'efforcent de posséder les vraies joies dans les
régions sereines de la pensée et dans le monde supérieur de l'esprit.

Mais, quoi qu'ils fassent, les hommes ne rencontrent
nulle part la vraie vie, et, douloureux martyrs, ils portent
partout sans pouvoir l'alléger le triste fardeau de leurs
amertumes et celui de leur désespoir.

D'un côté la volupté creuse de plus en plus l'abîme de
nos appétits exaspérés; de l'autre, la pensée ouvre des
horizons sans limite où l'esprit se perd dans les brumes
des vaines hypothèses et des systèmes trompeurs.

Au fond, le cœur et l'esprit humain ne peuvent être
satisfaits par rien de fragmentaire et de partiel.

C'est pourquoi la science relative aspire vers la Science
absolue, la justice incomplète vers la Justice intégrale,
la puissance bornée vers la Puissance sans bornes.

En somme, l'Humanité porte dans son sein l'antinomie de l'Infini et du fini coexistants, ce qui constitue
le problème de l'univers.

Aussi quelques efforts que puisse tenter une certaine
philosophie pour détourner notre regard de la ques-

tion des origines et des fins, il n'en demeure pas moins
certain que ces nobles préoccupations ne cessent de
hanter la pensée humaine ; telle l'aiguille de la boussole,
quelquefois détournée de son axe normal, revient toujours
au pôle, malgré l'influence des perturbations qu'elle a
pu subir.

Les choses et les êtres ont aussi leurs inflexibles
lois.

La nôtre. c'est de tendre au Bonheur, c'est-à-dire à la
vie pleine, sans trouble ni contradiction, en un mot,
à l'Infini, parce que nous sortons de lui et que nous
devons retourner en lui.

Depuis que l'homme pense, les préoccupations de la
vie future se sont emparées de son esprit, et pour qui sait
soulever le voile des religions et des philosophies, il est
manifeste que tous les efforts de l'Humanité se sont
portés vers la solution de son avenir d'outre-tombe;
c'est là le fait perpétuel, immense, capital de l'Histoire.

Depuis les jours les plus anciens de la civilisation
jusqu'à l'heure de notre existence contemporaine, consciemment ou non, à des degrés divers, l'idée de la vie
future a circulé dans tous les peuples, depuis les instincts
religieux les plus vagues, jusqu'aux plus hautes spéculations de la philosophie.

Nier cette curiosité suprême n'est pas possible, car
ce fait s'impose avec toute l'autorité de l'expérience.
Vouloir détruire ou ravaler cette haute préoccupation au
service des seules fins corporelles, c'est mutiler l'être
humain, mentir à l'Histoire et rabaisser notre espèce
jusqu'au niveau de l'animal.

Donc, sous une forme ou sous une autre, notre unique
tourment c'est celui de l'Infini et les hommes ne varient

entre eux que par la façon différente dont ils le con-
çoivent.

S'il existe quelque part un être que le souci de sa destinée future laisse indifférent, nous n'hésitons pas à dire
que cet être est un monstre inexplicable et qu'il mérite
plutôt la qualification de chose que le nom d'homme.

C'est pourquoi, comme l'a dit, avec tant de force,
l'immortel Pascal, il n'est pas de situation plus misérable et plus contre nature que celle d'un homme dans
l'insouciance systématique de son lendemain.

Mais si depuis l'origine de la pensée, le problème de
l'Éternité a revêtu de multiples aspects, il faut bien
reconnaître que notre temps est plus particulièrement
disposé, par la nature même de ses conquêtes scientifiques, à sonder les perspectives si attirantes de la vie
future.

Sully Prudhomme n'a pu échapper, comme nous
venons de le dire, à cette anxieuse interrogation et a
tenté de donner au problème de la destinée une poétique
solution en écrivant le *Bonheur* que nous allons essayer
d'analyser, nous réservant ensuite de dire notre humble
sentiment sur le fond même de la question, c'est-à-dire,
sur l'Immortalité.

Le poème de Sully Prudhomme débute avec une
grandiose simplicité. Deux héros en font tous les frais.
Faustus et Stella, c'est-à-dire l'Homme et la Femme,
incarnent les rêves du poète et les aspirations du philosophe.

Le premier chant du BONHEUR, intitulé *Résurrection*,
nous montre Faustus se réveillant sur une planète
inconnue et ouvrant sur les merveilles d'une nouvelle
existence les yeux du corps et ceux de l'âme.

Faustus tressaille, il ouvre avec lenteur les yeux,
Et, plein d'étonnement, reste silencieux,
Où donc est il? Quel rêve en le charmant l'abuse?
Il sourit vaguement... Sa mémoire confuse
Ne trouble le présent d'aucun soin du passé ;
Le souvenir d'hier est encore effacé ..

. . . .

Il se trouve étendu sur un tapis de mousse ;
L'air qu'il respire est tiède et l'odeur en est douce,
Et des arbres géants au feuillage inconnu
Versent leur ombre molle à son corps demi nu
Qu'il sent robuste, souple et que pare et protège
Un caressant tissu d'une blancheur de neige.
Il se leve, un ruisseau l'attire, clair miroir
Qui s'étale a ses pieds et l'invite a s'y voir.
Cette image, ô surprise ! est-elle bien la sienne ?
Il reconnait si peu de sa figure ancienne
Dans ce visage pur, divin, dont chaque trait
Forme un signe expressif où l'âme transparait !
Rien n'y demeure plus de la chair enlaidie
Par le souci rongeur et par la maladie :
Il jouit de sa force, et, fier de sa beauté,
Il se penche sur l'onde et s'admire, enchanté
Cependant, jusqu'alors assoupie, indécise,
Sa mémoire soudain s'éveille et se précise,
Au sentiment très vif du bien-être présent.

. . . .

N'était-ce pas hier que, sans force, gisant,
Il expirait, la nuit, sur son lit d'agonie,
Tandis que sa famille alentour reunie
Murmurait a genoux les prières des morts ?
De longs cierges brûlaient, et le vent du dehors
Faisait lugubrement tinter la vitre noire.
Puis tout s'est abîmé... Mais que doit-il en croire?
Le voici plus vivant, ressuscité plus beau
Par quel prodige ?
                    Horreur ! s'il était au tombeau ?

Il n'y est plus, car la métamorphose qu'on appelle la

8

Mort a transporté sur cette bienheureuse planète son être véritable. Faustus ne rêve point.

> Car pendant qu'il subit cet étrange tourment,
> Le plus proche buisson frissonne doucement ;
> Une forme s'y montre en s'y frayant passage :
> C'est une jeune femme au souriant visage.
>
> . . . .
>
> Faustus l'a reconnue Il pousse un cri : « Stella ! »
> C'est elle ! Devant lui sa bien-aimée est là.

Sully Prudhomme nous traduit avec tous les prestiges et toutes les magies de son vers l'ivresse des deux amants qui se retrouvent dans ce monde enchanté d'outre-tombe.

Délices du retour après la séparation, abandon ineffable d'âmes faites l'une pour l'autre, voluptés du cœur, extases indicibles de la possession, joies exquises des sens épurés, le poète exprime toutes ces choses avec la délicatesse infinie de ses procédés d'art les plus élevés. Ils se sont reconnus, ils s'aiment, ils jouissent dans leur amour surhumain d'une inexprimable béatitude, d'un bonheur paradisiaque. Stella rassure son amant par de tendres paroles, elle lui dit de croire à la réalité de sa métamorphose. Comme lui elle a changé de forme après sa mort terrestre. La beauté qui le fascinait aux heures de tristesse et de désespoir s'est également transfigurée, et amoureusement enlacée à Faustus elle lui dit :

> Si tu veux maintenant voir ma beauté renaître
> Dans sa perfection, sans aucun des défauts
> Qui du visage au cœur faisaient un masque faux
> Dans notre ancienne vie, abîme de misères,

Parle, et, te révélant mes traits purs et sincères,
Je vais me rajeunir et me transfigurer
Pour t'offrir un printemps qui doit toujours durer.

. . . .

Faustus tombe a genoux : il la contemple, et n'ose,
Tant il l'aime, affronter cette metamorphose.
La revoir, retrouver Stella telle aujourd'hui
Qu'il l'adorait naguère, est l'idéal pour lui,
Sur terre, son amie était dejà si belle !
Sa fine chevelure, au servage rebelle,
Laissait au gré du vent sur son front voltiger
Des mèches d'un or clair comme un sable léger,
Et le luxe sans art d'une tresse abondante
Lui faisait au soleil une couronne ardente
Dans ses yeux, avivés ou voilés par son cœur,
Se colorait d'azur l'extase ou la langueur,
Et ce qu'elle disait, son délicat sourire
Semblait en même temps sur une fleur l'écrire,
Et tous les mots chantaient caressés par sa voix.
Quand, d'un geste élégant, ses longs et frêles doigts
Ramenaient sur sa tempe une boucle égarée,
On devinait sa race a leur pâleur nacrée
Son pied semblait baiser le sol en le touchant :
L'oiseau qui va partir déja vole en marchant.

Comme nous l'avons dit, ayant précédé Faustus dans ce sejour idéal de leur bonheur, Stella s'empresse d'initier son ami aux splendeurs de leur nouvelle demeure.

Allons ! Faustus, allons ! De l'astre où tu t'éveilles,
Viens sur l'heure avec moi visiter les merveilles :
Le spectacle en est vaste et, sans plus de retard,
Je veux l'offrir moi-même a ton nouveau regard.

Après cette entrée en matière où chaque vers est un joyau, un pur diamant, un rare chef-d'œuvre de ciselure, le poète nous fait parcourir avec le couple surhu-

main les enchanteresses voluptés de ce séjour édenal où
tout ce qu'une sentimentalité supérieure peut rêver
d'exquis et d'ineffable se révèle sous les séduisantes
évocations de cette partie du poème.

Plaisirs des sens, jouissances plus delicates du cœur,
aspirations innomées de l'être humain, sont exprimés
dans une langue d'une admirable suavité et avec des
images d'une prestigieuse suggestion. Faustus et Stella
possèdent tous les bonheurs auxquels l'humanité peut
tendre : ils sont enivrés de leur beauté, assouvis par la
possession complete de leur être, grisés par une joie
perpétuelle et renaissante; l'Harmonie, les Formes, les
Couleurs, les Parfums, la Beauté sous tous ses aspects,
remplissent leurs âmes jusqu'au plus delicieux assouvissement; ils possèdent le ciel dans leurs baisers sans
fin, ils pénètrent l'Infini dans les éclairs ou la profondeur
de leurs prunelles alanguies; rien ne manque à la
felicité suprême du couple idéal, rien! sauf ce qui fait
la grandeur, la supériorité de notre race : le besoin de
sacrifice.

Oui, au milieu des voluptés les plus inexprimables, au
sein de l'égoïsme le plus enivrant, Faustus, l'Homme, a
senti germer en lui le souvenir de l'Humanité terrestre
qui souffre dans sa géhenne le tourment de l'incertitude,
le trouble des passions, les tortures de l'aveuglement et
l'horreur du désespoir.

Faustus a secoué la torpeur accablante des plaisirs
sensuels et, stimulé de nouveau par l'aiguillon sublime
de la science, il s'absorbe peu à peu dans la pensée spéculative, se detachant de plus en plus des douceurs
physiques qui l'entourent et au milieu desquelles son
être semblait progressivement s'engloutir.

Comme un fleuve, miroir d'un ciel sans ombre, glisse,
Coulant leur calme vie en un constant délice,
Depuis que leur hymen avait trouvé son nid
Sur cet astre où l'amour donne a ceux qu'il unit
Avec le seul trésor qui, partagé, se double,
Une félicité renaissante et sans trouble,
Celle qu'avant sa mort Faustus d'en bas rêvait.
Pourtant tout l'homme en lui n'était pas satisfait :
Par moments, une vague et sourde inquiétude,
Le souci du savoir, que nul front fier n'élude,
Le mal de l'inconnu, l'avait déjà hanté,
Hélas! il en était, maintenant, tourmenté.
Pendant que sa compagne a ses côtés sommeille
Et laisse errer son âme au gré d'un songe, il veille.

Nous l'avons dit, Faustus a repoussé tous les attraits des douces heures de l'amour, tous les plaisirs les plus exquis, toutes les ivresses des sens, toutes les satisfactions les plus délicates. Il aspire à quelque chose de plus haut, à ce bonheur dont parle Virgile, bonheur qui ne lasse jamais. Faustus aspire à savoir et à comprendre.

« Je n'ai fait qu'aimer et sentir,
Mais sans pouvoir anéantir
Ma pensée et sa vieille attache ;
Il couve en ma joie un tourment,
Car sous l'objet le plus charmant
Je veux saisir ce qu'il me cache.

» L'invisible sous les couleurs
Et l'impalpable sous les fleurs
Où j'appuie, en songeant, ma tête ;
Je ne peux plus l'y reposer :
Si je tends ma bouche au baiser,
L'inconnu se dresse et m'arrête.

> » Eh bien! prenons-le corps a corps!
> Que, terrassé par mes efforts,
> Le monstre vaincu me réponde!
> Que sous le grand masque étoilé,
> Je contemple en Dieu devoilé
> La cause et la raison du monde! »

Après cette superbe apostrophe, Faustus se recueille ; il rassemble son courage et sa force pour tenter l'assaut de l'Infini, pour pénétrer le sphinx impénétrable ; mais se sentant trop faible et trop isolé pour l'accomplissement d'un si audacieux dessein,

> Il tâche d'évoquer au fond de sa mémoire
> Des systèmes fameux la longue et noble histoire
> Afin d'en recueillir le suc essentiel
> Comme l'abeille emprunte a mille fleurs son miel.
> Il voit, sages ou non, sereines ou chagrines,
> Dans le passé surgir et tomber ces doctrines
> Au souffle de l'esprit qui se porte en avant,
> Comme les blés courbés tour a tour par le vent.
> Toutes il les recense, épiant l'étincelle,
> La lueur ou l'éclair que chacune recele,
> Et dans sa veille ardente il prononce a mi-voix
> Ces paroles, écho des leçons d'autrefois.....

Nous touchons ici à la partie la plus remarquable du poème de Sully Prudhomme, car nous le trouvons sur son véritable terrain, celui de la condensation, de la synthèse qui constituent le caractère dominant de son esprit. Si malgré ses qualités rares de conception et d'expression, le poète du *Bonheur* n'a pu donner qu'une pâle image de la béatitude, car l'esprit humain est aussi impuissant à définir l'absolu du bonheur que l'absolu de la souffrance, Sully Prudhomme a réellement triomphé

d'une difficulté d'art inouie en enchâssant dans quelques
vers d'une précision et d'une clarté admirables la substance des systemes philosophiques les plus divers, en
résumant d'une façon merveilleuse l'histoire de la pensée
humaine depuis les temps les plus reculés jusqu'à nos
jours. On peut dire que chaque vers de cette partie du
poème est un véritable tour de force, et l'on demeure
stupefait du laconisme avec lequel Sully Prudhomme
évoque, ressuscite les doctrines, donne un corps aux idées
et présente en quelques traits le fond même de toutes ces
théories philosophiques. On ne sait trop ce qu'il faut
admirer davantage, de la puissance de synthèse dont fait
preuve le poète ou de la perfection incroyable de son vers.

> Qu'est-ce que l'Univers? Il vit : quelle en est l'âme?
> Quel en est l'élément? L'eau, le souffle ou la flamme?
> Thalès y perd ses jours, Héraclite en pâlit.
> Démocrite en riant a broyé la matière,
> Il livre à deux amours cette immense poussière,
> Et le repos y naît d'un éternel conflit
> Phérécyde a crié . « Je ne suis pas une ombre!
> » Je sens de l'être en moi pour une éternité. »
> Et Pythagore, instruit dans les secrets du nombre,
> Recompose le monde en triplant l'unité.
> Le Zodiaque énorme a ses oreilles gronde.
> Zénon jette l'esprit dans une peur profonde :
> Sa raison malgré lui le cloue au même point.
> Le Cynique en marchant ne le rassure point.
> Faisant tomber des sens les mirages multiples,
> Parménide, son maître, a déja pénétré
> L'Être unique, le Dieu de ses futurs disciples,
> Qu'il a nommé l'Esprit, ineffable et sacré.

Après Socrate, Platon, Aristote, Zénon, Épicure, etc.,
Faustus, c'est-à-dire Sully Prudhomme, interroge la

philosophie moderne dans ses plus illustres représentants. Le poète fait passer sous nos yeux les principales doctrines qui ont apparu depuis les origines du Christianisme jusqu'au xixe siècle : saint Augustin, saint Thomas, Bacon, Descartes, Bossuet, Spinoza, Fénelon, Leibniz, Berkeley, Hume, Condillac, Voltaire, Rousseau, Kant, Fichte, Hegel, y sont merveilleusement analysés et caractérisés d'un trait inoubliable. Voici quelques exemples de la mâle énergie avec laquelle Sully Prudhomme condense l'esprit des systèmes philosophiques; prenons au hasard.

> Le Christ a dit d'aimer et l'amour est certain
> Confesse ton passé vaincu, noble Augustin !
> Sur l'hérésie appelle ardemment l'anathème;
> Défends contre les dieux du vrai Dieu la cité;
> Prouve l'âme immortelle et succombe au problème
> D'y marier la grâce avec la liberté !
>
> . . . .
> Anselme, ta foi tremble et ta raison l'assiste :
> Toute perfection dans ton Dieu se conçoit :
> L'existence en est une, il faut donc qu'il existe;
> Le concevoir parfait c'est exiger qu'il soit.
>
> . . . .
> Aristote surpris renaît chrétien dans Rome :
> Sa logique offre au dogme un profane secours.
> Saint Thomas accomplit sa gigantesque *Somme*,
> Et l'Église après lui pense par lui toujours.

Maintenant, peut-on définir le *Cartésianisme* avec une plus admirable exactitude ?

> Descartes, fondateur nouveau de la pensée,
> Sur tout ce qu'il a su fait une nuit sensée.

Soudain la conscience, au choc de la raison,
Jette son étincelle et l'Infini s'éclaire !
Alors fermant sa porte au brouillard séculaire,
Il rebâtit le monde en sa propre maison
Où le doute acculé n'a pu trouver d'asile.

Dans quelques vers le poète du *Bonheur* exprime magnifiquement l'audacieux idéalisme de Malebranche, la foi sombre de Pascal et l'Éthique de Spinoza.

Dieu, c'est l'éternel Vrai sous l'accident qui passe,
C'est de tous les esprits le principe et le lieu,
L'Infini de pensée et l'Infini d'espace.
Dieu seul fait tout en nous, nous voyons tout en Dieu.
. . . .
La foi n'est dans Pascal qu'une agonie étrange,
On croirait voir lutter Jacob avec son ange :
Il veut passer, quelqu'un lui barre le chemin.
Aux dogmes du chrétien le penseur se résigne.
Sitôt qu'il y résiste, il a peur, il se signe,
Mais son front mal dompté tressaille sous sa main.
. . . .
Spinoza dans la Bible est entré sans surprise;
Mais pendant qu'il y plonge il se sent la main prise
Dans le poignet de fer de la Nécessité !
Le front calme, a la suivre il n'a pas hésité.
L'Être assiste éternel au cours changeant des âges,
Le froid de la raison fait du monde un cristal
L'homme en est une face où de pâles images
Répètent l'univers sous un angle fatal.

Est-il possible de résumer le système de Leibniz d'une manière plus nette et plus forte :

Leibniz divise l'Être en milliers de génies,
Qu'il fait miroirs du monde, obscurs, troubles ou clairs,
Monades sans liens et cependant unies,
Un Dieu, pour en former le meilleur univers,
D'avance en a reglé toutes les harmonies.
. . . .

8*

Voici maintenant Berkeley et Hobbes en présence :
huit vers suffisent à Sully Prudhomme pour exprimer
la substance de ces deux systèmes philosophiques si
radicalement antagonistes.

> Berkeley que l'horreur des sens grossiers inspire
> Fait de leur témoignage un hostile examen
> Du corps, fantôme creux, l'âme usurpe l'empire
> Il ne reste que Dieu devant l'esprit humain!
> Hobbes n'avait à l'homme octroyé de connaître
> Que la ferme matière, unique fond de l'Être.
> Dieu, l'esprit, que sont-ils? rien! des mots seulement.
> Tout! répond Berkeley, car la matière ment.

Après Hume, Condillac, Voltaire et Rousseau, le
poète évoque le méditatif de Kœnigsberg et lui fait dire,
résumant ainsi sa doctrine :

> « L'univers est borné, mais il ne saurait l'être ;
> Il a dû commencer, mais il n'a pas pu naître.
> Rien n'est sûr que la voix qui commande ou défend. »
> Puis il daigne ajouter dans sa miséricorde :
> « Un Dieu te fait plaisir? Eh bien! je te l'accorde,
> » Comme avec une image on console un enfant. »

A la suite de Kant toute la philosophie allemande,
c'est-à-dire Fichte, Schelling, Hegel, etc., est détaillée
d'une façon véritablement stupéfiante, et c'est avec des
traits, des accents douloureux, que Sully Prudhomme
fait jaillir le pessimisme final de cette débauche séculaire
de l'esprit germanique.

> L'homme de son audace est mal récompense ;
> On dirait que sur lui le mystère offensé
> Se venge en s'éclairant d'un beau jour qui le blesse,
> Et que, pour châtier sa hautaine faiblesse,

Dans l'œuvre universelle il ne lui laisse voir
Qu'un long enfantement d'infini désespoir.

Enfin voici Schopenhauer, Hartmann et toute la série
de ces philosophes du néant, panthéistes athées ou matérialistes grossiers; écoutons l'aveu suprême de cette
pensée allemande, plus vide et plus désespérante que ne
le fut jamais conception de l'esprit humain.

> Héraclite renaît prouvant que tout conspire
> Dans ce monde mauvais à le vouer au pire.
> L'art d'un Machiavel en a tramé le sort :
> L'Être veut, le vouloir s'efforce, et tout effort
> Est douleur. Le progrès, conquête dérisoire,
> N'offre au mal seul réel qu'un remède illusoire !
> Les sciences, les arts ne font que découvrir
> Des raisons de créer, des chances de souffrir,
> Chaque instinct n'est qu'un piège et l'amour qu'une embûche
> Où le couple attiré par l'espèce trébuche
> Et rougit de pourvoir la mort en procréant.
> Volonté, ton salut, c'est de tendre au néant !

Voilà donc le dernier mot de la pensée humaine. Que
reste-t-il à Faustus de ses investigations passionnées ?
Sa fièvre de savoir est-elle éteinte ? Va-t-il abandonner ces chimères creuses de la curiosité pour se
laisser vivre tranquille, bercé sur le cœur de sa bien-
aimée ? Non, malgré les supplications énamourées de la
jeune femme qui devrait personnifier pour lui tout le
bonheur humain, Faustus, torturé par le mal de penser,
repousse les sollicitations de sa compagne et s'efforce
de la rassurer sur l'issue de ses nobles recherches.

> Faustus lui prend les mains et tendrement les baise :
> « Il n'est que ma Stella qui pour toujours me plaise.

> L'amour du Vrai n'est point pour le nôtre alarmant,
> L'ardeur en est moins vive et la source moins chère,
> Et dans mon âpre zèle à m'y livrer, j'espère
> Moins trouver un plaisir qu'apaiser un tourment.
> Courte sera l'épreuve ; accorde à ma pensée
> Le loisir d'achever sa tâche commencée.
> Elle s'arrache a toi, mais pour te revenir
> Et libre désormais te mieux appartenir. »

Ainsi donc, las d'interroger les dogmes et les philoso-phies, Faustus va s'adresser à la *Science*. Qu'il nous suffise de dire qu'il n'y trouve point l'apaisement cherché.

> Vous avez seulement diminué le nombre
>   Des noms donnés aux faits :
> Comme eux, leurs propres lois dont la cause est dans l'ombre
>   Ne sont que des effets.
> Sans rien avoir trouvé de la raison du monde
>   L'homme se dit savant,
> Quand il tâte combien l'ignorance est profonde,
>   En sondant plus avant.

Malgré les déceptions profondes que Faustus trouve dans la science, nous devons dire que ce chapitre a été pour Sully Prudhomme l'occasion d'écrire une foule de vers frappés au coin de la puissance et de l'exactitude.

Si la synthèse des doctrines philosophiques soulevait des difficultés inouïes pour leur expression dans le cadre étroit du rythme et des hémistiches, quels obstacles presque insurmontables devait offrir au poète du *Bonheur* la tâche de condenser en quelques lignes l'his-toire de la Science, sans que le nombre, la couleur ou l'image fussent bannis de cet exposé des plus arides et

précises connaissances humaines. Malgré la fréquence de
nos citations nous voulons encore transcrire ici quelques-
unes de ces strophes qui, bien qu'on puisse les considérer
comme un hors-d'œuvre dans le poème, n'en sont pas
moins une des parties les plus émouvantes, grâce à
l'intérêt qu'inspire au lecteur toute cette longue suite
de difficultés vaincues.

> Leibniz et Newton vont réduire
> Les grandeurs, pour les reconstruire,
> A l'élément essentiel
> Dont la petitesse infinie
> Au compas de l'astronomie
> Livre l'immensité du ciel !

> Hipparque y promenait la sonde,
> Copernic y porte un flambeau
> Qui révélera dans le monde
> Un ordre sûr toujours plus beau.

> Le cours des astres s'illumine.
> Galilée est en vain hué ;
> Il sait que la terre chemine,
> Elle a sous son front remué !
> Il le proclame et sur sa tête
> A sa voix le soleil s'arrête
> Mieux qu'à la voix de Josué !

> . . . .

> Le passé sans jalons recule.
> Il le divise : de l'instant
> Il attache aux plombs du pendule
> L'aile qui fuit en palpitant,
> Et l'insaisissable durée
> Est prise au vol et mesurée
> Par un signal simple et constant !

Voici de quelle façon Sully Prudhomme exprime la loi de Képler et de Newton :

> Dans sa veille à jamais célèbre,
> Arrachant par la sûre algèbre
> Leurs lois aux planètes, Képler
> Lègue sa formule profonde
> D'où jaillit un immense éclair
> A Newton grand comme le monde
>
> Newton lie entre eux tous les corps
> Par une chute universelle
> Qui dans tout le ciel se décèle
> En y courbant tous les essors !

Maintenant, le poète-philosophe nous décrit le Telescope et le Microscope modernes :

> De l'Infini qui le dépasse
> L'œil humain n'avait visite
> Que la céleste immensité :
> Le verre, explorant tout l'espace,
> Le lui livre pour qu'il s'y lasse
>
> Des grandeurs sans borne aux néants ;
> Et l'œil, repu d'astres géants
> Mille et mille fois centenaires
> Peut voir vibrer des ephémères
> Au sein d'infimes océans.

Mais malgré la tentation violente où nous sommes de citer un grand nombre de ces strophes incomparables où la science la plus rigoureuse le dispute au lyrisme le plus équilibré, il nous faut traverser à grands traits cette partie si curieuse du poème de Sully Prudhomme. Cependant veut-on encore quelques échantillons de cette merveilleuse faculté de synthèse que possède l'auteur du *Zénith* et de la *Justice*, voici en quels termes Sully Prudhomme décrit la découverte du paratonnerre et de la télégraphie :

Franklin provoque avec audace
Et désarme, savant héros
De la foudre qui le menace,
Dans son piège aigu les carreaux,
Il la fait ramper et la noie,
Otto la contraint au retour
Il la rappelle et la renvoie
Du sol a son premier séjour.
Un disque de cire ou de verre
Ose imiter le bras du dieu
En qui l'humanité révère
L'auteur du tonnerre et du feu.
Puis, par une vertu nouvelle,
Dans l'éveil d'un muscle endormi
La foudre éparse se révèle,
Silencieuse, à Galvani.
Franklin l'annulait, terrassée,
Volta la gouverne, amassée.
Ampère fait d'elle un aimant,
Et dans sa vitesse fidèle
Prépare a la pensée une aile
Qui ceint la terre en un moment.

Mais laissons cette longue suite de curieux tableaux où toute l'histoire de la science humaine est si savamment résumée : quittons donc cette partie si originale du poème de Sully Prudhomme pour suivre ses héros jusqu'au bout de leur carrière. Pourtant qu'il nous soit permis de transcrire à titre de profession de foi et de dernier mot philosophique du poète du *Bonheur* ces admirables vers qui expriment le résultat le plus avancé des découvertes modernes et donnent au spiritualisme rationnel la plus solennelle des consécrations expérimentales :

> La terre est un champ de bataille !
> Mais ni la force ni la taille
> N'y sauraient toujours triompher :
> Le microbe invisible affronte
> Le gigantesque mastodonte
> Dont le poids ne peut l'étouffer.
> La planète change de face,
> Le géant n'y laisse de trace
> Que l'os dans la roche incrusté ;
> L'invisible toujours vivace
> Y brave seul la vétusté.
> En vain contre l'espèce même
> Le temps ou le fléau sévit :
> La cellule que la mort sème,
> Mère des formes, leur survit !
> Génératrice universelle,
> Elle cache une humble parcelle
> Du foyer qui luira demain,
> Chez la bête, vague étincelle,
> Puis flambeau sous le front humain !

Après ce long voyage dans le passé de la philosophie et de la science et après avoir interrogé, comme nous venons de le voir, les représentants illustres de la pensée contemporaine, Faustus n'ira plus désormais demander un secours aux spéculatifs ni aux savants : il cherchera à soulever seul le voile de la Vérité. Cet épisode où Sully Prudhomme nous montre son héros dans la solitude de son tourment et dans l'anxiété de sa recherche, est l'occasion pour le poète du *Bonheur* d'une superbe évocation, nous voulons dire celle de

Pascal qu'il fait surgir à coté de Faustus pour lui inspirer l'apaisement suprême en l'engageant à abandonner
l'épuisante recherche des vérités inaccessibles.

> « Homme, dit-il, ta vue est brève.
> Garde-toi d'usurper le lieu
> D'où plonge, sans borne ni trêve,
> Et partout, le regard de Dieu.
> Reporte le tien sur les roses ;
> La lutte avec l'immensité,
> L'origine et la fin des choses,
> N'aboutit qu'a la cécité. »

Enfin, ayant fait à Faustus l'aveu du supplice de
ses doutes et des joies de sa foi libératrice, Pascal
ajoute :

> Moins ténébreux que l'homme et moins contradictoire,
> Le mystère chrétien ne m'a plus répugné,
> Et dans le cœur saignant du Christ, avec ma gloire,
> J'ai, tremblant, enfoui mon front mal résigné.
> . .   .   .
> La cause ou la nature entière est contenue
> Outrepasse la sphère où l'homme est circonscrit,
> Elle est l'inabordable et dernière inconnue
> Du problème imposé par le monde à l'esprit.
> L'homme, né pauvre et nu sur une terre avare,
> Fut armé d'un génie apte à la féconder ;
> Mais cet humble génie a scruter Dieu s'égare
> Et méconnaît sa tâche en le voulant sonder.

Puis à la suite de ces strophes magnifiques où la
pensée de Pascal est si vigoureusement condensée, Sully
Prudhomme met dans la bouche de ce dernier des
exhortations qui nous révèlent un Pascal tant soit peu
fantaisiste, tant soit peu épicurien, mais qu'il est curieux

de noter car elles vont aboutir à une doctrine de l'Amour
qui deviendra le mobile absolu de toute existence.

> Retourne auprès de ton amie,
> Confie au berceau de ses bras
> Ta raison malade endormie
> Et l'important tu l'apprendras
>
> Le seul bien qui nous intéresse,
> Crois-m'en, car je l'ai médité,
> C'est le trésor de la tendresse,
> Plus humain que la vérité.

Enfin voici les derniers vers qui résument la loi
d'amour à laquelle Faustus va se soumettre désormais ;
ils sont comme le point culminant du poème de Sully
Prudhomme : leur grandiose simplicité les fait briller
d'un incomparable éclat :

> Laissons l'Être voilé se teindre
> Des illusions du regard ;
> Ne touchons pas au léger fard
> Dont nous le parons sans l'atteindre.
> Il nous est donné d'être bons :
> Tout aimer suffit pour éteindre
> La soif de tout savoir : Aimons !

Mais à peine s'est-il abandonné à la résolution de ne
plus demander de bonheur à la recherche passionnée des
origines et des fins qu'il sent sourdre en lui au milieu
d'une douloureuse inquiétude le besoin de dévouement
et la soif de la charité. Il a déjà entendu aux instants de
ses joies les plus exquises, dans l'enivrante volupté de
son cœur et de ses sens, cette Voix de la Terre que le
poète a si habilement intercalée entre les divers épisodes

de son œuvre ; cette voix, écho fidèle de toutes nos douleurs, de toutes nos prières, de tous nos désespoirs, monte
à travers les espaces d'astre en astre, de monde en
monde, d'étoile en étoile comme un hymne douloureux
jamais entendu, jamais exaucé. Faustus comprend que
ces plaintes sont celles de ses frères qui retentissent
jusqu'à lui dans le paradis rêvé de sa nouvelle existence :

> Lamentable océan des douleurs dont la houle
> Se soulève en hurlant, s'affaisse et se déroule
>   Et marcha en avant sans repos !
> N'est-il donc pas encore apparu sur ta route
> Un monde fraternel où quelque ami t'écoute ?
>   N'aurais-tu nulle part d'échos ?

Faustus tressaille jusqu'au fond de son être à cet
appel déchirant des humains ; il veut descendre vers ses
frères, vers les hommes que l'injustice, que la maladie,
que les privations, que les souffrances, que la pensée de
la mort tourmentent sans relâche ; il veut leur dire ce
qu'il a appris, il veut leur rendre l'espérance, ce viatique
suprême et consolateur.

Sa résolution est prise : un songe lui a révélé qu'une
mort nouvelle peut le rapporter sur la terre : il va donc
mourir à l'insu de Stella à qui il ne doit pas imposer
l'épouvantable sacrifice de la félicité qu'elle possède. Mais,
avertie par un sûr et secret instinct, sa compagne ne
consent point à se séparer de lui ; puisque Faustus a
décidé irrévocablement cet héroïque sacrifice, elle parta-
gera son dévouement, et, invoquant tous deux la Mort qui
ne devait plus les atteindre, ils s'endorment l'un près de
l'autre dans les bras de l'éternelle passeuse qui va les

transporter sur cette terre qu'ils quittèrent jadis pour le
Bonheur.

. . . .

Epoux, l'un contre l'autre appuyez bien vos cœurs :
Vos âmes cette fois sur vos lèvres sont sœurs
Par un lien plus fort que les chaines charnelles ;
Leur commun dévouement les a faites jumelles
Par l'héroïque emploi de leur félicité,
Comme jamais encore elles ne l'ont été.
Vous connaissez l'amour, mais non sa joie entière :
La profonde douceur, la jouissance altière
De rendre sur la bouche un culte à la vertu,
De pouvoir s'adorer quand le désir s'est tu.

. . . .

Étendus sans bouger, droits, les bras seuls fléchis
Pour rapprocher leurs mains et les unir, il semble
Que le trépas déjà les ait glacés ensemble.
Ils n'ont pas vu la Mort achever leur repos :
Leurs yeux à leur insu par degrés se sont clos.
Leurs fronts n'ont plus pensé décolorés à peine,
Et tout bas, ralentie, a cessé leur haleine.

. . . .

Quand le soleil du monde abandonné par eux
Embrasa tout à coup l'horizon vaporeux,
Une abeille rôdeuse, explorant les prairies,
Sur un amas foulé de mille fleurs meurtries
S'arrêta pour y faire un butin pour son miel,
Comme avec la douleur se fait la joie au ciel !

Le sacrifice est consommé. Faustus et Stella sont
arrivés sur la terre ; ils ouvrent les yeux, pleins de la
noble impatience d'exercer la mission qu'ils se sont
imposée. Mais, ô douleur ! la Mort leur découvre la
triste réalité : la Terre est devenue un globe désert et
l'Humanité suit sa mystérieuse destinée dans la hiérarchie des mondes.

Triomphe ! Te voila soulagée, ô Cybèle !
        Du fardeau de ton dernier né :
Une floraison folle orne ton front rebelle,
L'ancienne floraison plus simple et non moins belle,
        Qui l'avait d'abord couronné.

Aussi, la Mort répondant à Faustus qui lui demande
avec anxiété ce que l'homme a pu devenir, lui dit :

La nature a frustré bien avant aujourd'hui
L'appel qu'il vous lançait, et votre élan vers lui
(Nul décret désormais ne m'oblige a le taire
Car où cesse l'épreuve expire mon mystère) :
Si vous n'entendez pas monter les bruits confus
Des vivantes cités, c'est qu'elles ne sont plus.

. . . .
L'homme ? l'homme ?
                — Il est loin ! Sous ce riant chaos
Dans la nuit du passé gisent épars ses os.
Et depuis que mon souffle en a tari la moelle,
Sur l'échelle des cieux où le fait voyager,
Sa propre conscience au poids lourd ou léger,
Ce qu'il a d'immortel fuit d'étoile en étoile.

Voilà donc Faustus et Stella en face de l'inutilité de
leur sacrifice. Ah ! pourquoi n'ont-ils pas entendu plus
tôt les accents de désolation qui s'échappaient de cette
terre? Ils auraient eu le temps de secourir les humains
pendant qu'ils étaient encore la proie des souffrances
et du désespoir...! Que vont-ils faire? Que vont-ils
devenir? Une idée généreuse traverse leur cerveau. Ce
qu'ils vont faire? ils vont fonder une humanite nouvelle,
humanite dont ils seront à la fois les créateurs et les
initiateurs, car elle saura par eux qu'après la nuit res-

plendit la lumière et que la tombe est le berceau de
l'immortalité.

> Stella! que faire? où fuir les imprécations
> Et les gémissements qui hantent ma mémoire?
>
> . . . .
> Effaçons-les plutôt, qu'il soit expiatoire,
> Qu'il soit réparateur, notre tardif retour.
> Abordons et faisons de notre ancien séjour
> Le paradis présent d'une race nouvelle
> A qui la vérité tout d'abord se révèle.
>
> . . . .
> Si les sourires d Ève offraient tous les malheurs,
> Ce sont tous les bienfaits qui germent dans mes pleurs
> La femme est chaste en moi, la mère y sera forte :
> Que mon flanc se déchire et qu'un Abel en sorte.
>
> . . . .

Puis, ajoute Stella :

> . . . .
> Assez longtemps l'amour sans fruit nous enivra,
> J'aspire au double honneur qui seul m'apaisera
> D'offrir a mon époux un fils qui lui ressemble
> Et de fonder un ciel, d'être ange et mère ensemble.

Mais Dieu ne veut point qu'il en soit ainsi. Cet
héroïsme de charité va trouver sa récompense. Aussi,
tout à coup, dans un *Essor suprême*, Faustus et Stella
sont emportés par la Mort obéissant à l'ordre souverain
de l'Auteur de toutes choses.

> . . . .
> L'ange, tournant le dos au globe inférieur,
> Vers le plus glorieux séjour et le meilleur
> Ravit éperdument le couple magnanime...
> De la carrière astrale il indique la cime :

« C'est la, c'est la que vous montez,
Où du repos les forts jouissent,
Où sans remords s'évanouissent
En extase les volontés. »

Puis le poète les montre accomplissant cette ascension suprême, en des vers d'une éblouissante allure. Rien ne peut mieux exprimer cette course vertigineuse dans les plaines de l'empyrée, à travers les planètes et les constellations qu'ils traversent avec la rapidite de la pensée et dont la succession se déroule radieuse et fulgurante.

Sur leurs têtes ils voient, de vertige étourdis,
Fondre Cassiopée et le Lion grandis ;
Les polygones d'or s'abaissent, les saluent,
Glissent, puis engloutis derriere eux diminuent.
Comme un œil dilaté par une flèche éteint,
Sirius élargi n'est déja plus distinct.
La Grande Ourse a son tour subitement enorme
Tombe et n'est bientôt plus qu'un point blème et sans forme.
Des Pléiades plus vif et promptement décru
Le tressaillant fantôme a soudain disparu
L'immensité fuyante offre, emporte et dévore
Andromède, Orion, d'autres signes encore.
Persée et les Gémeaux, Castor après Algol :
Le Zodiaque épars s'effondre sous leur vol.
Ils montent étreignant la Mort qui les entraîne
Là-haut, la-haut où germe une lueur sereine ;
Et tout le peuple astral que l'homme a dénombré ,
Ce qu'il nommait le ciel sous leurs pieds a sombré.

. . . .

Enfin le paradis entier s'ouvre pour les recevoir.

Et leur félicité devient apothéose.
            ...Entrez vainqueurs
        Dans le triomphe et dans la joie,
        Où l'auréole aux fronts flamboie
        Allumée aux rayons des cœurs.

C'est là que la houle inquiète
Des accidents vient s'amortir.
Entrez donc pour n'en plus sortir
Dans le *Bonheur*, votre conquête.

. . . .

La Charité les sacre habitants du vrai ciel
Dont ils n'avaient goûté qu'un reflet partiel,
Enfin s'ouvre pour eux cet ineffable empire
De l'idéal suprême où la nature aspire !
Vers qui l'homme en criant lève ses bras meurtris.
Où tend la vie d'essor des cœurs et des esprits.

Ainsi donc leur sublime sacrifice leur vaut la récompense la plus haute, c'est-à-dire la possession de Dieu. Aussi Sully Prudhomme termine son admirable poème par ces vers qui couronnent magnifiquement cette céleste épopée :

. . . .

Dignes du rang suprême où tend le genre humain,
Les voila revenus, fiers, la main dans la main,
Hors de la mer cosmique en naufrages féconde,
Au port d'embarquement, a la source du monde.

Voilà donc dans son ensemble le superbe poème que nous venons d'analyser aussi fidèlement que possible. De semblables œuvres honorent à la fois l'homme qui les a produites et le pays où elles sont venues au jour. Il est consolant, en effet, de voir, au milieu d'une époque aussi troublée que celle que nous traversons, des esprits assez maîtres d'eux-mêmes pour s'abstraire des agitations stériles et des vanités décevantes afin de développer leurs puissances supérieures et d'atteindre aux sommets les plus élevés du Sentiment et de la Pensée. Ces nobles

tentatives reposent délicieusement des vulgarités quoti-
diennes et nous prouvent, malgré tout, que l'art est
immortel, que la conscience n'est pas un vain mot, et
qu'il est dans le cœur humain des aspirations indéracinables que les sarcasmes de l'ignorance ou les dédains du
scepticisme ne parviendront pas à détruire. Mais le
splendide poème que vient d'écrire Sully Prudhomme
n'est-il pas autre chose, comme il l'écrit mélancolique-
ment qu' « une rêverie bienfaisante qui puisse faire
oublier le mutisme et l'immoralité de la nature » ?

Sully Prudhomme a eu, selon nous, au moins d'après
ce qu'il appert des déclarations de sa préface, le tort de
ne considérer le problème de la vie future que comme
un peut-être consolant, une diversion salutaire, une
idéale satisfaction offerte à quelques âmes assoiffées de
justice et de félicité. Selon nous, la question de notre
destinée est la question par excellence. Nous applaudis-
sons de grand cœur ceux qui, comme le poète du
Bonheur, recouvrent de beaux vers, ainsi que d'un vêtement splendide, ce thème éternel de la curiosité humaine;
mais nous sommes de ceux qui considèrent l'immortalité
comme une vérité incontestable, comme le pivot du
Progrès, et non comme une poétique fantaisie destinée à nous faire oublier un instant les douleurs de
l'existence et à éloigner de notre pensée, ne fût-ce que
quelques heures, les terreurs de ce que l'on appelle la
mort et le néant.

En somme, tout est suspendu à cette question
suprême; tout dépend de la façon dont elle est résolue.
Sommes-nous uniquement des êtres éphémères, fugitifs,
émergés de l'abîme pour y disparaître aussitôt? Ou
bien, en dépit des apparences, avons-nous une existence

personnelle avec de solides racines dans le passé et la certitude d'une évolution indéfinie dans ce qu'on nomme l'avenir ?

L'alternative vaut la peine qu'on y réfléchisse; car, si nous ne sommes que des *faits* voués à une réintégration fatale au sein de l'Absolu, la vie doit être considérée par nous sous un angle tout différent de celui qui nous la montre si nous nous sentons des êtres personnels doués d'une existence substantielle sans limite assignable à ses développements.

Nous demandons au lecteur la permission d'exposer brièvement, à propos du poème de Sully Prudhomme, notre opinion sur l'Immortalité et nos vues sur la destinée humaine; le poète du *Bonheur* ayant au point de vue de l'art touché à un sujet si palpitant, il ne nous paraît pas hors de propos de l'aborder nous-même, au point de vue de la raison, dût notre audace ne parvenir qu'au seuil du mystère le plus grand, le plus consolant ou le plus terrible de tous.

Nous sommes : donc nous avons été et nous serons. Voilà pour nous une affirmation qui a toute la puissance d'un théorème d'algèbre. Nous ajouterons le lemme suivant : *Il y a quelque chose, donc il y a Tout.* Rappelons-nous, d'ailleurs, ces profondes paroles de Spinoza : « Nous sentons, nous éprouvons que nous sommes éternels »; ce qui veut dire, quand on y réfléchit tant soit peu, que sous les accidents qui passent, nous demeurons une puissance indestructible. Et puisque l'Être existe, nous avons la vie par son essence et nous sommes les multiples infinis de cette Unité absolue, d'où jaillissent les monades et les mondes dans le flux inexprimable d'une perpétuelle création.

La loi de la vie n'est que la réalisation des possibles
et l'action vitale n'est que la métamorphose progressive
des virtualités qui, éternelles en puissance dans le sein
de l'Être, ne passent que successivement à l'acte sous le
voile des phénomènes. Il n'y a que deux façons de
concevoir l'Univers : en faire le produit de forces aveugles
et fatales, ce qui est absurde et anti-scientifique, puisque
l'expérience nous montre l'Ordre et l'Harmonie se mani-
festant aussi bien dans la vibration des atomes que dans
la marche merveilleuse des planètes et des soleils; ou
bien, il faut reconnaître que le monde est l'œuvre de
l'Intelligence et de la Bonté et que l'homme a son explication, c'est-à-dire sa raison d'être dans l'économie de
l'Univers.

Mais dans cet Univers dont l'astronomie moderne nous
a révélé l'immensité et la constitution, nous n'occupons
qu'un point, pour ainsi dire imperceptible : habitants de
la Terre, nous commençons à peine à connaître le globe où
nous sommes attachés, où nous naissons, vivons et mou-
rons, c'est-à-dire *apparaissons* et *disparaissons*, sans rien
savoir de notre passé et souvent sans rien soupçonner de
notre avenir. Cependant depuis que l'homme est homme
il a su qu'il devait mourir, et, comme l'instinct de la vie a
toujours dominé en nous l'histoire de la pensée humaine
peut se résumer dans l'histoire des tentatives qu'elle a
faites pour soulever le voile et percer le mystere d'outre-
tombe

Jusqu'à présent l'Humanité a oscillé entre trois grandes
explications d'elle-même et de sa destinée.

Ou bien l'être humain n'est qu'un pur phénomène,
une vaine apparence, voué à une restitution suprême
dans le grand Tout; ou l'âme personnelle et libre créée

pour une seule épreuve, obtient une immortalité de
bonheur ou de souffrance; ou bien enfin, ayant déjà vécu,
elle est faite pour se rapprocher de plus en plus du Bien
suprême au moyen de vies successives. Nous ne ferons
pas l'honneur au panthéisme de discuter la première
hypothèse qui est la sienne propre, hypothèse qui ne
résiste pas à l'examen rationnel et qui de plus a contre
elle les expériences scientifiques les plus récentes et les
plus sérieuses.

Quant à la seconde manière d'envisager le problème,
elle est l'expression de ce que le vulgaire entend par
dogme chrétien, mais elle n'est que le résumé de
l'exotérisme de ce même dogme, c'est-à-dire le problème
présenté sous une forme accessible à la masse des intelligences, incapables ou insoucieuses de pénétrer plus
avant dans la recherche du Vrai.

Arrêtons-nous donc à la troisième solution, nous voulons parler de l'hypothèse des vies successives, qui cadre
si parfaitement avec la pluralité des mondes habités; doctrine qui deviendra sans doute, d'ici peu d'années, une
vérité d'expérience scientifique. Mais, hâtons-nous de le
dire, ce système de la perfectibilité des êtres par des vies
progressives, se partage en deux conceptions bien distinctes : celle que nous appellerons l'immortalité sidérale
et celle que nous nommerons l'immortalité terrestre ou
planetaire.

D'illustres esprits ont soutenu l'un et l'autre de ces
systèmes et l'on peut dire qu'à notre siècle les deux
principaux représentants de ces doctrines ont été Jean

Reynaud et Pierre Leroux. Le premier a mis à défendre
sa thèse de transmigration des âmes, de monde en
monde et d'etoile en étoile, toutes les ressources d'une
imagination incomparable, tous les prestiges d'une science
et d'une érudition profondes, tous les entraînements
de la conviction la plus ardente et la plus persuasive.
Jean Reynaud, un des grands spiritualistes de notre
siècle, a abordé le problème de la vie future avec toute
la hardiesse et la maëstria que peut donner le génie. Il
a cru, résumant les travaux d'illustres précurseurs : des
Origène, des Tertullien, des Plotin, des Druides, des
Jordano Bruno, etc., s'inspirant enfin des méditations
des Charles Bonnet, des Dupont de Nemours, des
Ballanche, des Delormel, etc., prouver que la Terre
n'est qu'un point, un lieu de passage dans la hiérarchie
des mondes, un lieu d'épreuve en un mot, où viennent
s'incarner les âmes pour s'élancer ensuite vers des
mondes nouveaux, dans une perpétuelle ascension ou
une descente proportionnées à leurs démérites ou à
leurs vertus.

Si Jean Reynaud place le bonheur de l'homme au sein
du monde sidéral, dans des vies innombrables et constamment progressives dont il est et doit être pour nous l'éternel théâtre, Pierre Leroux le place sur notre planète,
mais dans une série indefinie d'existences. On peut dire
que ces deux façons de résoudre le problème de l'immortalité sont les seules dignes d'attention et les seules
acceptables dans l'état actuel de nos connaissances.

Lequel de ces deux systèmes est le plus vraisemblable ?
Voilà ce qu'il importe d'établir, car, nous le répétons, la
question est de celles qui méritent d'être sérieusement
approfondies. Au premier abord l'hypothèse de l'immor-

talité stellaire préconisée par Jean Reynaud paraît la plus
séduisante, la plus grandiose et la plus poétique ; mais,
après scrupuleux examen, il nous semble que le système
de Pierre Leroux, quoique moins audacieux et moins
brillant, s'approche davantage de la vérité et de la
réalité des choses.

Le poète du *Bonheur* nous paraît incliner quant à lui
vers la théorie des vies successives au sein de l'univers ;
nous n'en voulons pour preuve que les vers suivants
qu'il met dans la bouche de Faustus :

> « La Mort, l'auguste Mort, l'infaillible Passeuse,
> Non celle qu'imagine infecte, blème, osseuse,
> Notre invincible horreur pour le cadavre humain,
> *Mais la force qui fraye aux âmes leur chemin*
> Et les entraîne au but que l'Espérance indique,
> M'apparut sous les traits d'une vierge pudique.
> Elle me révéla sa sainte mission,
> Puis marquant dans l'espace avec précision
> D'un geste sûr le point où la Terre gravite .
> « J'y peux voler, dit-elle, et l'atteindre aussi vite
> Que j'en marque la place, et, couchés dans mes bras,
> Je vous y porterai tous deux, quand tu voudras. »

Il est évident que le système des transmigrations
astrales est le mieux fait pour donner libre carrière à
toutes les fantaisies de l'imagination poétique ; car rien
n'empêche de créer dans ces mondes inconnus de véritables Edens où peuvent se dérouler des existences capables de se soustraire aux accablantes nécessités des lois
physiques de notre planète.

Mais trêve de rêveries cosmogoniques dans une question
qui intéresse si fort les membres de la famille humaine.
Pourquoi ne point s'attacher de préférence à des expli-

cations plus rationnelles et plus vraisemblables, en un
mot, au système de l'immortalité terrestre sagement
compris et dépouillé des fausses interprétations que lui
ont données l'ignorance et la mauvaise foi ? Il est évident
que si on attribue à Pierre Leroux des opinions qu'il n'a
jamais eues et si l'on fausse de parti pris l'économie de sa
doctrine, celle de Reynaud semble préférable en ce
qu'elle paraît ouvrir de prime abord un plus vaste champ
au progrès des âmes. Mais, si l'on comprend bien la
pensée de l'auteur de l'*Humanité*, il n'est pas douteux
que sa manière d'envisager la vie future est celle qui
répond au bon sens général et à nos aspirations vers la
justice, c'est-à-dire vers l'*égalité successive* de toutes
les créatures ou mieux de tous les enfants de Dieu. De
même, nous dit Pierre Leroux, qu'on a opposé sur la
terre la charité à l'égoïsme, au lieu de les fondre dans
un principe supérieur, celui de la solidarité, de même
on a opposé dans l'univers la vie céleste à la vie terrestre, au lieu de les unir entre elles, et de faire de
l'une le simple prolongement de l'autre.

En plaçant le paradis hors de l'Humanité et de la
Terre, dans des espaces imaginaires, on a rendu l'homme
indifférent à l'amélioration de son espèce et à celle du
globe qu'il habite : on a fait de lui un ascète ou, par voie
de réaction, un incrédule et un athée ; dans un cas comme
dans l'autre, la Terre a été pour ainsi dire *désanctifiée*,
avilie et abandonnée au mal. Cette double erreur est issue
d'une mauvaise conception de Dieu. En effet, les uns
l'ont imaginé, comme étant en dehors de l'Univers, dans
un ciel incompréhensible, et les autres ont conçu le
monde comme se suffisant à lui même et n'ayant nul
besoin de Providence créatrice ; or ces deux idées sont

aussi absurdes l'une que l'autre : car Dieu est dans l'univers ou plutôt l'univers est en lui. Mais ajoutons que bien qu'uni au monde, Dieu n'en est pas moins distinct de lui. Il est l'Être parfait d'où découle toute existence, il est le ciel invisible et infini; l'Univers, au contraire, est la totalité des êtres éphémères et relatifs; il est le ciel fini, visible et changeant dont la Terre elle-même est un élément particulier. Aussi est-ce parce qu'ils n'ont pas distingué le ciel absolu du ciel relatif que les hommes se sont imaginé qu'après leur mort ils vivraient dans le premier, d'une existence sans analogie avec la vie actuelle. Notre union avec le Créateur sera, dans la vie future, la même que dans la vie présente, elle n'en différera que par le degré d'initiation. Êtres essentiel-lement finis nous ne pourrons donc jamais voir Dieu face à face, — rêve d'un mysticisme irréfléchi, — car Dieu est l'invisible; mais si nous sommes par le fait de notre nature exclus de la possession complète et définitive de Dieu, nous participerons de plus en plus à son Intel-ligence, à sa Puissance, à sa Bonté et à son Amour; car, ainsi que nous le dit un eminent philosophe, M. Ernest Naville, « créés par la Bonté nous sommes voués à la béatitude ». Mais c'est sur la terre que nous devons acquérir le premier degré d'initiation à ce bonheur progressif. Cette croyance bien enracinée dans nos âmes, nous fera comprendre notre existence à sa juste valeur; elle nous apparaîtra, cette vie, non comme une sépara-tion d'avec notre Principe éternel, mais, au contraire, comme une union avec lui que la mort ne fera que rendre plus étroite.

Nous sommes donc dans le ciel, dans ce ciel relatif, dont la terre est un atome, ciel qui est d'ailleurs le seul

auquel nous puissions prétendre. C'est pourquoi, s'il en
est ainsi, ne mettant pas tout le ciel dans l'autre vie,
nous en garderons, en quelque sorte, pour celle-ci et
l'existence terrestre ne sera plus alors cette existence
maudite que l'on nous a présentée jusqu'ici ; mais une
existence participant dans une certaine mesure de la Vie
divine qui remplit l'Univers.

Cette magnifique synthèse résume, selon nous, la
substance de vérités transcendantes, trop généralement
méconnues ; en effet, si l'on comprend bien l'économie du
système de Pierre Leroux, on verra que la perfectibilité
humaine est inexplicable en dehors des réincarnations
terrestres et de la transformation continuelle des monades
élémentaires constituant cette planète, en êtres de plus
en plus intelligents et libres vers la spiritualisation,
c'est-à-dire vers l'inaccessible et fuyant idéal qui se
nomme l'Infini.

Ainsi donc la Terre et tout ce qu'elle renferme est un
être collectif composé d'innombrables individualités dont
la tendance s'achemine vers le meilleur et le parfait : ce
que nous nommons matière ne serait donc qu'une *masse*
d'essences et de potentialités concrétées dont l'effort
intime tendrait à l'évolution de la Vie pleine et universelle. La Terre serait de la sorte une agglomération d'êtres
dynamiques s'élevant par degrés de l'existence obscure à
l'existence sensible, de l'existence sensible à la vie instinctive, de la vie instinctive à la vie consciente et réfléchie
aboutissant de nos jours à l'humanité actuelle et devant
se développer dans l'immuable sphère de l'éternité en
êtres de plus en plus perfectionnés jusqu'à l'heure où la
planète ainsi métamorphosée et renouvelée passerait à un
ordre supérieur d'existence, soit par l'absorption dans le

soleil ou dans un centre cosmique quelconque, soit par
une métamorphose ineffable que nous ne pouvons pas
même pressentir.

Aussi il n'est nullement déraisonnable de penser que
l'homme terrestre futur sera aussi supérieur à nous que
nous sommes supérieurs à l'heure présente aux zoophytes
et aux mollusques des premiers âges de notre globe.

Nous ne prétendons pas, comme on peut le voir, que
l'homme doit rester éternellement attaché à la planète
qui le porte, puisque nous avons vu que cette planète
elle-même se transforme par l'évolution lente, mais
sûre, des éléments qui la composent; nous ne disons pas
non plus que l'inférieur produit le supérieur, nous croyons
seulement qu'il le contient à l'état de germe se développant sous les apparences de la *forme*.

Il faut donc supposer que l'Univers est un vaste
système d'organismes, d'êtres qui passent éternellement
de la puissance à l'acte, et que l'évolution continue est la
conséquence nécessaire de la Création continue; et
comme toutes les créatures sont égales en virtualité
aux yeux du Créateur éternel, elles n'ont entre elles
que des différences de degré, que des relativités de
succession, ce qui est la seule manière d'expliquer la
hiérarchie des êtres et des mondes. L'univers nous
apparaît donc à la lumière de cette conception, comme
un Tout lié indissolublement par l'homogénéité de ses
parties; c'est, du reste, ce qui faisait dire à saint Paul,
ces admirables paroles : « *Omnis creatura ingemiscit
et parturit usque adhuc......* Toute créature gémit dans
le travail et les douleurs d'un perpétuel enfantement. »

Mais nous n'avons pas l'intention de nous étendre
plus longuement dans des considérations particulières

touchant la vie future; nous voudrions seulement
répondre à une objection que l'on oppose assez souvent
à la doctrine des renaissances terrestres : nous voulons
parler de l'argument tiré du manque de souvenir de
nos existences antérieures. On nous dit que du moment
qu'il y a perte de mémoire après la mort, il n'y a plus
permanence réelle des individus et, reproche plus grave,
on nous accuse de détruire toute sanction de la loi
morale parce que telles ou telles âmes heureuses ou
malheureuses, dans leurs vies successives, ayant perdu
le souvenir de leurs fautes ou de leurs vertus, ignoreraient
pourquoi elles sont punies ou récompensées ; car, nous
dit-on, il n'y a pas d'expiation là où l'on ignore pourquoi
on expie. Cet argument, sérieux en apparence, s'évanouit lorsqu'on veut se donner la peine de l'examiner
avec attention. Voyons en quelques mots les raisons de
son inanité: on nous dit d'abord : là où il n'y a pas souvenir il n'y a pas individualité ; or, si dans une prochaine
vie nous avons perdu la mémoire de ce que nous fûmes,
si nous avons oublié nos affections les plus chères et
laissé dans la tombe le détail des circonstances de notre
vie passée, ce n'est plus nous qui existons, c'est un
autre être qui vit à notre place. Un mot suffira
pour nous debarrasser de cette vaine argumentation.
Nous rappelons-nous notre vie utérine alors que la
monade qui est actuellement notre âme passait par les
phases d'un germe invisible, puis revêtait les formes
transitoires de l'embryon pour aboutir à ce que nous
appelons la naissance? Évidemment non.

Sommes-nous plus capables de nous souvenir des
premiers jours ou des premiers mois, voire même des
premières années de notre existence terrestre? Pas

davantage. Savons-nous même, ce que nous faisions ou pensions il y a quelques années, quelques mois, quelques semaines, quelques heures? Non. Car nous ne conservons de la plupart des actes de notre vie qu'un souvenir confus et latent.

Il n'y a, pour ainsi dire, que les sommets principaux de notre existence qui nous apparaissent de loin en loin ; le reste est réellement comme s'il n'avait jamais été. Que sont, en effet, pour notre souvenir la plupart des pensées, des résolutions, des sensations, des sentiments de toute notre vie? Moins que de vaines ombres, moins que d'insaisissables fantômes, presque le néant. Notre être substantiel demeure donc seul, laissant dans une obscurité salutaire les menues circonstances de notre passé ; telle une comète étincelante n'éclaire que les points de l'espace traversés par la parabole de son noyau incandescent.

Donc, on le voit sans peine, l'objection ne peut se soutenir : ce qu'il importe d'arracher à la destruction apparente ce ne sont point les *phénomènes*, mais le *noumène* essentiel; ce ne sont point les accidents, mais la substance. D'ailleurs, le souvenir de nos vies passées ne serait-il pas le plus encombrant bagage et le plus insupportable supplice de nos vies successives? Ajoutons qu'il n'est pas possible de concilier l'idée de liberté avec la mémoire de nos actions passées, car cette mémoire, on le comprend de reste, porterait atteinte à notre libre arbitre et vicierait le choix de nos déterminations. Mais si nous n'admettons pas la persistance d'un certain souvenir dans nos multiples réincarnations, c'est-à-dire dans les courts instants de nuit et de jour, d'enveloppement et de développement de notre vie terrestre, nous croyons fermement que nous aurons au terme de notre progrès social et collectif sur la planète renouvelee, comme une vue claire et rétrospective de toutes les phases de notre développement; tel le vieillard aux approches de la mort revoit souvent sa vie tout entière, depuis l'enfance jusqu'à la décrépitude, dans une fulgurante et suprême revélation.

On nous reproche maintenant de démoraliser la vie uture en ôtant leur portée et leur caractère essentiel aux châtiments et aux récompenses qui nous attendent dans l'avenir d'outre-tombe et qui se traduisent, en apparence, par l'inégalité des conditions. A cela, nous répondrons qu'il faut se garder de confondre ce qu'on nomme l'expiation et ce qu'on nomme l'épreuve; l'expiation est un trouble, une souffrance, un châtiment qui suit toujours de plus ou moins près les violations de l'ordre dont s'est rendu coupable l'être humain, en préférant d'une manière générale les satisfactions de son égoïsme au bien de la collectivité; aussi croyons-nous pouvoir affirmer que dès cette vie, la peine est dans un rapport mathématique avec la faute commise et qu'il n'existe qu'un seul bonheur que nous puissions goûter, c'est celui qui découle de l'accomplissement du Devoir. Hors de lui, il n'y a qu'agitations stériles, que trouble et affliction d'esprit, et cela malgré les apparences les plus brillantes et les mirages les plus séducteurs.

Donc on n'expie rien au delà du tombeau, car durant la vie, nous ne saurions trop le répéter, le Bien donne la satisfaction absolue; le Mal, le remords et la souffrance. On voit donc d'après cet exposé que la persistance du souvenir n'a rien à voir avec une prétendue expiation d'outre-tombe, car l'être avant d'évoluer vers une vie nouvelle, a rendu ses comptes et payé sa dette à l'incorruptible Justice.

Il entre donc, cet être immortel, dans une existence renouvelée après avoir déposé au creuset de la mort ses scories et ses misères. Ajoutons à ce propos que le mythe du fleuve Léthé n'est pas seulement une fable plus ou moins poétique, mais bien l'expression rigoureuse d'une des plus belles lois de la Vie progressive.

Mais qu'est-elle cette Vie progressive si elle n'est pas la Vie éternelle, c'est-à-dire celle qui doit dès maintenant commencer dans nos âmes par la pratique du Bien, mais dont la mort marque, l'époque d'une grande transformation?

D'ailleurs peu importe la forme de cette vie que notre imagination aidée par nos organes actuels est impuissante à nous représenter. Ce que nous devons croire c'est que notre être tout entier est destiné, après le cycle des épreuves, à la Vie éternelle, au Royaume de Dieu, et que ce Royaume doit être une société d'âmes conscientes d'elles-mêmes et unies par les affections les plus saintes et les plus hautes vertus.

Il nous suffit de comprendre que Dieu sera le centre et le principe de cette existence idéale, car, tout comme le point mathématique peut contenir une infinité d'autres points, le « sein d'Abraham » est assez vaste pour réunir tous les êtres dans l'harmonie d'une ineffable communion. « Vous serez un comme mon Père et moi sommes un ! »

La Vie éternelle, une dans son principe, a donc pour ainsi dire deux périodes : la période de foi à laquelle se rapporte l'économie du temps, et une période de vue qui est l'Éternité dans le sens de la vie future.

L'Univers actuel passera; il passera, comme l'onde rapide, comme le nuage à peine entrevu, comme la fleur qui naît, brille, se fane et meurt, comme l'éphémère qui bourdonne et disparaît : « *Transit figura hujusce mundi* », ainsi que l'écrit l'Apôtre. Il passera ! Que dis-je? il passe... et chaque seconde hâte la métamorphose universelle vers la Vie pleine, bienheureuse et divine.

Nous venons de justifier aussi brièvement que possible, à propos du poème de Sully Prudhomme, nos vues particulières sur l'Immortalité, en indiquant les motifs qui nous font admettre la doctrine des renaissances terrestres limitées à la transformation de la planète, préférablement à toutes autres hypothèses sur la Destinée : le lecteur, nous l'espérons, sentira que cette conception de la vie future est la seule qui s'allie parfaitement avec la loi du progrès humain; car il est facile de comprendre qu'en dehors de l'Humanité, l'homme ne peut rien, et que l'Humanité sans les différents hommes qui la constituent est un mot absolument vide de sens. Nous sommes donc tous les cellules vivantes, les monades actives de ce Grand Être-Humanité qu'ont entrevu les Saint-Simon, les Auguste Comte et les Fourier; de cet être cosmique qui fait la base du Christianisme, que l'Homme-Dieu a personnifié et auquel il a ouvert les routes indéfinies de la Perfection, en nous laissant ces divines paroles qui etincellent dans les ténèbres de notre nuit : « Je suis la Voie, la Résurrection et la Vie. »

Maintenant pour revenir, après cette longue digression, au superbe poème de Sully Prudhomme, disons en terminant que l'on ne saurait trop admirer une tentative

aussi généreuse que celle du poète-philosophe à qui nous
devons déjà tant d'œuvres magnifiques et qui demeurera
comme une des plus nobles personnifications du génie
français.

Faustus et Stella, ces immortelles figures de la Grâce,
de la Beauté, de l'Intelligence et du Dévouement, attes-
teront aux générations futures qu'à notre siècle d'indifférence et de scepticisme, bien des cœurs ont vibré, sain-
tement émus par les accents de la Religion Éternelle,
celle de la Solidarité et du Sacrifice.

M. RENAN

« ..... J'étais prédestiné à être ce que je suis ...
« un tissu de contradictions rappelant l'hirco-
« cerf de la scolastique qui avait deux
« natures. Une de mes moitiés devait être
« occupée à démolir l'autre comme cet animal
« fabuleux de Ctésias qui se mangeait les pattes
« sans s'en douter. »

ERNEST RENAN.

(Souvenirs d'Enfance et de Jeunesse)

M. RENAN

LE Renanisme est une maladie contemporaine. En effet, il y a aujourd'hui ce qu'on peut appeler des Renanistes, c'est-à-dire des fanatiques d'un de nos plus mélodieux académiciens.

Quelle est la raison de l'incroyable notoriété de M. Renan? Mérite-t-il l'enthousiasme des uns et la haine des autres? C'est ce que nous voudrions essayer de rechercher en pleine liberté, et sans faire au célèbre écrivain philosophe le moindre procès de tendance.

Cependant si cette étude paraissait être l'œuvre d'un justicier, nous croyons qu'on reconnaîtra l'absolue sincérité de notre critique et la modération de notre jugement.

Ceci dit, demandons-nous tout d'abord à quoi M. Renan doit son extraordinaire célébrité. Incontestablement c'est à sa *Vie de Jésus.*

Or qu'est-ce que la *Vie de Jésus?* La *Vie de Jésus* est

la traduction, ou pour mieux dire la mise en français lisible, de la doctrine de l'Allemand Strauss et d'autres exégètes d'outre-Rhin qui prétendent que le Christ est un mythe, un être qui n'a jamais existé et au nom duquel, comme cela a eu lieu à l'origine de toutes les religions, on a exposé un système d'idées morales, mais d'inspiration purement humaine.

Voilà la thèse d'un certain rationalisme germanique ; elle a été assez souvent réfutée d'une manière écrasante pour que nous n'insistions pas.

M. Renan, lui, n'osant reproduire en son entier le système de Strauss, l'a modifié, mais pour arriver au même but, c'est-à-dire à nier la Divinité de Jésus-Christ.

Nous allons voir en quoi consistent la plupart de ses procédés.

En attendant, si l'on cherche à savoir pourquoi des gens réputés sérieux tiennent en haute estime M. Ernest Renan ; l'un dira : « Mais c'est parce que Renan est un merveilleux écrivain » ; l'autre, « parce que Renan est un savant exégète » ; le troisième, « parce que Renan est un orientaliste distingué » ; le quatrième, « parce que Renan est un historien remarquable ». Mais peut-être aurez-vous la chance de tomber sur quelqu'un qui aura la franchise de vous dire : « Moi, j'aime Renan parce que c'est un mystificateur exquis. »

Le propos est léger, s'adressant à un homme aussi idolâtré de ses contemporains ; mais voyons si par hasard l'irrévérencieuse opinion de ce dernier interlocuteur n'est pas la bonne, en un mot, n'est pas celle qu'on doit avoir sur l'auteur de la *Vie de Jésus*.

D'abord il y a deux Renan : le philosophe et le romancier.

Commençons par le romancier.

*
* *

Les deux principaux romans de M. Ernest Renan sont
la *Vie de Jésus* et l'*Histoire d'Israel*, dont le premier
volume vient de paraître à grand fracas.

Dans la *Vie de Jésus* il s'est attaché à prouver que le
Galiléen nommé Jésus, fils de Joseph et de Marie, était
un homme aux mœurs pures, à l'esprit ouvert et noble,
en un mot, une personnalité résumant la nature
humaine dans un type très elevé, mais que malheureusement il n'etait pas Dieu.

Cependant, pour arriver à ce resultat, il a fallu à
M. Renan démontrer la fausseté et la contradiction des
textes évangéliques ainsi que l'inanité des propheties.

C'était peu de chose, surtout avec la méthode expédi-
tive et radicale du savant exégète. Un texte le gêne-t-il ?
il le supprime. Un autre vient-il se mettre en travers de
sa thèse par le désagrément d'une inexorable authenticité?
Il le dépèce, le tronque, le mutile, et ainsi préparé, selon
la formule, il le fait bon gré mal gré entrer dans l'alambic
de ses élucubrations.

Ce n'est pas plus difficile que cela.

D'ailleurs, M. Renan a écrit les mots suivants qui
devraient être placés en épigraphe sur la couverture de
tous ses livres, mots que nous recommandons à la
méditation du lecteur :

« *L'Histoire est impossible si l'on n'admet pas hautement qu'il y a pour la sincerité plusieurs mesures.* »

Ce critère nous paraît assez significatif. Et, malheu-

9·

reusement, il nous faut constater qu'il résume toutes les tendances de l'exégèse renaniste.

On ne s'imagine pas, nous l'espérons du moins, que nous allons entreprendre ici une réfutation en règle, page par page et ligne par ligne, de la brillante fantaisie que M. Renan a cru devoir intituler *Vie de Jésus*, fantaisie depuis longtemps jugée par les plus illustres et les plus différents esprits.

Catholiques, protestants, rationalistes, déistes, libres penseurs, ont infligé à M. Renan de cruels démentis et l'ont obligé de renoncer au titre enviable mais sévère d'historien, pour se contenter d'un plus humble, celui de romancier.

Depuis les Gratry, les Dupanloup, les Perraud, les Glaire, les Vigouroux, les Le Hir, les Freppel, les Brucker, jusqu'aux Caro, aux Wallon, aux Secrétan, aux Naville, aux Wilmm, aux Ewald, aux Keim, etc., la science contemporaine a passé au crible le livre de M. Renan et a déclaré qu'il était *manifestement faux* et *scientifiquement nul*.

Laissons de côté toutes les attaques de la *Vie de Jésus*, émanant de plumes que l'on pourrait accuser de partialité, et citons, à cette place, dans l'œuvre d'un rationaliste célebre d'outre-Rhin, M. Ewald, professeur d'exégèse à l'école de Gœttingue, quelques lignes de nature à éclairer sur leur grand homme les *Renanistes* récalcitrants.

C'est à l'*Histoire du Christ* (1), le beau livre de M. Ewald, que nous empruntons ces passages :

« Nous ne pouvons malheureusement pas dire, écrit

(1) Leipzig (Brockauss).

le savant professeur, que M. Renan se soit placé à la
hauteur de son sujet et qu'il ait su de ce vrai point de
vue contempler et décrire avec calme, je ne dis pas
l'incomparable sublimité de cette histoire, mais seulement
sa manifeste et simple vérité... C'est dire qu'il ne peut
rien comprendre à Jésus-Christ, à sa venue, à ses discours, à ses souffrances, à sa victoire; il lui manque
l'idée mère qui seule aurait pu lui apprendre à connaître le Christ et à décrire le Christ tel qu'il est dans
sa sublime grandeur et sa pleine vérité historique. »
(P. 1205.)

« Et c'est précisément la pureté de ce Christ historique, ce qu'il y a en lui de plus puissant, ce qu'il y a en
lui d'unique, de supérieur à toutes les sublimités
humaines, ce qu'il y a en lui de merveilleux et de mille
fois plus merveilleux que tout miracle, c'est là ce qui
demeure pour cet esprit la plus obscure énigme, et c'est
*avec la plus étrange légèreté qu'il mêle dans cette
histoire d'une pureté incomparable, les pensées et les
imaginations les plus basses et, disons-le, les plus indi-
gnes.* » (P. 1206.)

« L'histoire est impossible, dit M. Renan, si l'on
n'admet pas qu'il y a pour la sincérité plusieurs
mesures. » « Cela suffit, ajoute M. Ewald, pour nous
faire comprendre en Allemagne comment M. Renan
considère toute l'histoire humaine et s'il est en état de
juger Jésus-Christ. » (P. 1212.) « Mais il faut lui
reprocher encore son éloge du livre de Strauss, ce livre
tombé depuis longtemps en Allemagne dans l'oubli qu'il
mérite, ce livre entièrement rejeté par la science
allemande la plus profonde comme pleinement indigne
de son sujet et qui n'a produit son effet passager que sur

des hommes dénués de science et sur les ennemis du
Christianisme. » (P. 1214.)

Mais on ignorait peut-être que le mélodieux académicien fût un simple plagiaire.

Écoutons encore ce pauvre M. Ewald qui se plaint
amèrement des larcins du grand historien sacré.

« Si nous revenons à ce que l'œuvre de l'écrivain peut
renfermer de beau et de bon, nous remarquerons que le
tout est emprunté aux sources allemandes et *n'est pas
autre chose que le fruit de nos plus récents travaux...*
Ce n'est pas, ajoute le volé, pour revendiquer un honneur
qui, vu l'ensemble du livre, serait fort pauvre, mais
nous nous étonnons que M. Renan, contrairement à ses
habitudes, ne cite plus l'Allemagne, et dans tout son
livre ne mentionne pas ceux de nos travaux qui se
rapportent au sujet qu'il traite ! » (P. 1218.)

C'est dur pour un homme aussi en évidence que
M. Renan.

Ses fanatiques sont-ils satisfaits ?

Veut on maintenant un échantillon de la logique de ce
charmant esprit ?

Prenons au hasard.

M. Renan veut prouver que Jésus-Christ n'est pas Dieu.
Voici une des raisons qu'il avance.

Sur les quatre Évangiles il y en a trois où Jésus ne
prend pas même le titre de Fils de Dieu. Donc loin de se
dire Dieu il ne se dit pas même Fils de Dieu... *C'est
saint Jean seul qui lui fait prendre ce titre.* Voici d'ailleurs le texte littéral de M. Renan :

« *C'est seulement dans l'Évangile de Jean que Jésus se
sert de ce nom de Fils de Dieu ou de Fils en parlant de
lui-même.* »

Or, cela est matériellement faux.

L'examen de ce tour de gobelet est assez intéressant pour que nous y insistions un peu. La chose en vaut la peine, car elle est caractéristique, puisque la plupart des arguments de M. Renan ont une valeur aussi probante.

Voyons donc d'abord pour l'édification des naïfs l'évangile de saint Mathieu. Que lit-on chapitre xi, v. 27 ? « *Toutes choses m'ont été données par mon Père et nul ne connaît le Fils que le Père, et nul ne connaît le Père que le Fils et celui à qui le Fils aura voulu le révéler.* » Est-ce assez clair? Jésus se dit-il oui ou non le Fils de Dieu ?

Consultons encore saint Mathieu, chapitre xxvi, v. 63, 66. « *Je t'adjure par le Dieu vivant de nous dire si tu es le Christ, Fils du Dieu vivant.* » Jésus répond : « *Vous l'avez dit.* »

Saint Marc est encore plus affirmatif.

Au chapitre xiv, 61, 64, de son Évangile, on lit ces mots : « *Es-tu le Christ, le Fils du Dieu béni?* » Jésus répond : « *Je le suis!* »

Voyons enfin saint Luc, chapitre xxii, 70 : « *Tu es donc le Fils de Dieu?* » Il leur répond : « *Vous l'avez dit, je le suis.* »

O sincérité, voile-toi la face ou plutôt rappelle-nous que tu as plusieurs mesures.

Eh bien! est-ce assez crânement... inexact? Et c'est de cette manière que dans tout son livre, que dans toutes ses œuvres historiques (?), M. Renan spécule sur la crédulité publique. Et c'est auprès de cet homme qu'une foule d'ignorants vient chercher le mot d'ordre philoso-phique et religieux! de cet homme qui a dit : « Moquons-nous de l'histoire puisque c'est nous qui la faisons. »

En combien d'Évangiles Jésus se dit-il Fils de Dieu?
M. Renan dit : En un seul! *Or c'est dans tous les Évangiles, c'est-à-dire dans les quatre.* Qu'en conclure?
D'abord c'est que M. Renan n'a pas lu les Évangiles,
car, s'il les avait lus, il ne se fût pas exposé à une erreur
aussi grossière. Et que penser en fin de compte de
cette trop fameuse *Vie de Jésus?* Ah! c'est bien simple :
ce que Keim, le grand publiciste, une des illustrations de
l'école rationaliste de Tubingue, en disait dans les numéros
de la *Gazette d'Augsbourg* des 15, 16 et 17 septembre 1863.

« C'est un roman, ce sont de nouveaux *Mysteres de
Paris* écrits avec rapidité pour amuser sur un terrain
sacré un public de profanes... Sur toutes les questions
graves le livre est *scientifiquement nul.* Au lieu de se
jouer de cette grande histoire de Jésus, que tous les
siècles contemplent avec recueillement ; au lieu de flatter
les esprits blasés, de contrister les croyants et *d'outrager
la science,* je parle de la science libre, que M. Renan se
remette au travail avec conscience, qu'il n'essaie plus
d'écrire, en six mois, dans une hutte de Maronites, et
entouré de cinq ou six volumes, l'histoire des temps
apostoliques annoncée dans son introduction ; alors il
pourra obtenir son pardon des amis de l'histoire véritable qui rient aujourd'hui de son singulier triomphe. »

On ne saurait trop méditer ces paroles prononcées par
un homme qu'aucun intérêt d'église n'a dominé, car ces
déclarations sont le résumé de la science indépendante,
au sujet du joyeux mystificateur qu'une foule d'ignorants ou d'hypocrites s'obstine à considérer comme le
type du vrai grand homme, du génie de premier ordre.

Ah! qu'on donne carrière à son imagination, à sa

virtuosité, à son dilettantisme dans les œuvres purement spéculatives comme l'*Eau de Jouvence*, le *Prêtre de Némi, Caliban*, etc. Rien de mieux ! Mais qu'on traite en feuilletonniste l'événement le plus considérable de l'Histoire du Monde, voilà ce qui dépasse les bornes de la décence et de l'immoralité philosophique et littéraire.

Et de fait, l'Histoire du Monde ne se résume-t-elle pas dans ces deux mots : — *Le Christ attendu, le Christ arrivé?*

D'ailleurs on sera peut-être bien aise de lire à cette place le jugement de l'œuvre principale de M. Renan tombé de la plume d'un libre esprit que nous avons essayé d'étudier dans ce livre, nous voulons dire Amiel. Voyons avec quelle finesse et quelle juste sévérité le penseur genevois apprécie le fatal aveuglement de l'auteur de la *Vie de Jésus*.

« Ce qui est caractéristique dans cette analyse du christianisme, écrit Amiel, c'est que le péché n'y joue pas de rôle. Or, si quelque chose explique le succès de la Bonne Nouvelle parmi les hommes, c'est qu'elle apportait la délivrance du péché, en un seul mot le *Salut*. Il conviendrait pourtant d'expliquer *religieusement* une *religion* et de ne pas esquiver le centre de son sujet. Ce Christ en marbre blanc n'est pas celui qui a fait la force des martyrs et qui a essuyé tant de larmes. L'auteur manque de sérieux moral, et confond la noblesse avec la sainteté. Il parle en artiste sensible d'un sujet touchant. Mais sa conscience paraît désintéressée dans la question. Comment confondre l'épicurisme de l'imagination s'accordant les douceurs d'un spectacle esthétique avec les angoisses d'une âme cherchant passionnément la vérité? Il y a dans Renan *un reste de ruse séminariste, il étrangle avec des cordons sacrés.* Passe encore ces douceurs méprisantes avec les clergés plus ou moins capticux, mais aux âmes sincères on devrait une sincérité plus respectueuse. Persiflez le pharisaïsme, mais *parlez droit aux honnêtes gens* (1). »

« Parlez droit aux honnêtes gens. » C'est malheureusement ce que M. Renan n'a jamais su et ne saura probablement jamais faire.

Au fond, le semblant de philosophie de l'auteur de la *Vie de Jésus* repose sur la formule actuelle dite l'*Intellectualisme.* D'après les partisans de cette pseudo-nouveauté, la science est destinée à remplacer la Religion, ou le *Moralisme.*

Il ne s'agit plus aujourd'hui de bien agir, mais de bien penser; c'est-à-dire de connaître beaucoup de choses pour réaliser par la synthèse l'apogée du développement de l'esprit. En un mot, l'*Intellectualisme* se flatte de moraliser en éclairant, tandis que la *Religion,* elle, éclaire en moralisant.

Tout est là. Il faut savoir si le dernier but de la vie est la responsabilité qui suppose la liberté, ou si la science théorique du Bien l'emporte sur la mise en pratique de ce même Bien? En somme, si « faire la verité », selon l'énergique expression de l'Évangile, n'est pas supérieur à comprendre sans agir?

(1) *Journal intime (passim).* Georg, édit., Genève.

M. Renan est un apôtre de l'Intellectualisme opposé
au Moralisme. Il croit peut-être diriger la civilisation
avec cette formule : *Suivre ses instincts et développer
son intelligence*. Seulement il ne s'aperçoit pas que
comprendre n'est pas le tout de l'homme; il lui faut
aussi *aimer*, mais aimer dans son acception la plus
haute, nous voulons parler de l'amour moral, le centre
de l'Être dont l'instrument d'expansion est le perfectionnement de la volonté. Le savant exégète oublie donc ou
feint d'ignorer que « le cœur aura toujours ses raisons,
que la raison ne comprendra point ».

Aussi engageons-nous M. Renan à se détromper. Le
raisonnement, c'est-à-dire l'Intellectualisme, fût-il on ne
peut plus délicat et aristocratique, ne remplacera jamais
la Morale pour la direction des masses et des individualités, même aussi remarquables que la sienne. Et la
Morale, quelques efforts que l'on puisse tenter, ne
trouvera jamais une formule s'adaptant aussi bien aux
besoins de tous, que ces éternelles vérités du Christianisme : « Je suis Celui qui suis... Soyez parfaits comme
votre Père céleste est parfait... Vous êtes tous frères...
Aimez-vous les uns les autres, etc. »

N'en déplaise à l'auteur de la *Vie de Jésus*, tous les
germes de progrès sont contenus dans ces sublimes
préceptes dont la fécondité est aussi merveilleuse, qu'il
s'agisse des civilisations présentes ou des sociétés
futures, car le Christ, non pas innovateur, mais restau-
rateur, est venu extraire l'or pur de l'alliage confus des
religions et des philosophies, puis a fait jaillir la lumière
des vagues lueurs qui couvaient au plus profond de la
conscience humaine.

Aussi que les simples se rassurent; Dieu ne dit point :

« Soyez artistes, dilettanti, membres de l'Institut ! »
mais : « Soyez parfaits », c'est-à-dire justes, bons,
victorieux des mauvais instincts et des concupiscences,
en un mot tendez au but de votre destinée suprême,
venez à moi.

Cette destination, il ne nous appartient pas d'en
sonder les mystérieuses perspectives, mais nous pouvons
la pressentir et nous faire les ouvriers libres de son
accomplissement.

Voilà dans ses grandes lignes le secret de la vie.
M. Renan ne paraît pas s'en douter, car il persiste à
prêcher « l'affaissement des caractères et l'assoupissement
des esprits », c'est-à-dire la méconnaissance du devoir,
l'amour de la curiosité vaine, et la reconstruction de la
tour de Babel.

Mais nous allions oublier l'*Histoire d'Israel*, dont le
premier volume vient de paraître avec son cortège
habituel de réclame savante.

Peut-être dans l'intérêt de M. Renan ferions-nous
mieux de n'en point parler, car il est impossible de rêver
un factum plus indigeste et plus vide que ces inextrica-
bles alinéas soi-disant documentaires.

C'est le triomphe du galimatias pompeux.

Sans aucune exagération, le véritable titre de ce livre
eût dû être celui-ci : *Conjectures et suppositions approxi-
matives de M. Renan sur l'histoire du peuple d'Israel.*

Nous ignorons où l'auteur de la *Vie de Jésus* veut en
venir avec son in-folio, mais jusqu'à présent ces pauvres
Juifs sont extraordinairement ennuyeux.

Est-ce leur faute ou celle de leur historien ? Qu'ils
s'arrangent avec lui.

Quoi qu'il en soit, nous ne conseillons pas à nos

contemporains d'aller chercher dans le nouveau volume
de l'illustre académicien des renseignements sérieux sur
la Bible, ou les origines du Christianisme. Ils éprouve-
raient d'amères déceptions.

Cependant, il faut reconnaître que M. Renan est
revenu à des sentiments meilleurs, puisque dans sa
préface (mais, hélas! qui lit les préfaces?), il prend soin
d'indiquer au lecteur quel a été son but en écrivant
l'*Histoire d'Israel*. Ce qu'il a voulu dans son livre,
ce n'est pas du tout dire comment les choses se sont
passées, mais comment elles auraient pu se passer. Il
ajoute : « En pareil cas, toute phrase doit être accom-
pagnée d'un peut-être. Je crois faire un usage suffisant
de cette particule. Si l'on n'en trouve pas assez, que
l'on en suppose les marges semées à profusion. On aura
alors la mesure exacte de ma pensée. »

Il nous semble que pour un historien une pareille
déclaration peut se passer de commentaires.

À ce compte-là, nous aimons mieux l'histoire d'Alexandre Dumas ou de Walter Scott ; elle est au moins plus
amusante.

Avec cela, M. Renan est le plus honnête homme du
monde, bon époux, bon père, bon ami ; il remplit hono-
rablement ses devoirs de citoyen, en un mot, il incarne
dans notre moderne Babylone le *vir bonus* des anciens.

Du reste, il prend soin, et à plusieurs reprises, de
peur qu'on en ignore, de se déclarer dans ses *Souvenirs
d'enfance et de jeunesse*, l'homme le plus irréprochable
de son temps.

Il faut lire ces pages, d'une incroyable naïveté, où sous les plus douceâtres métaphores, il exécute prestement ses anciens maîtres, et traite avec un dédain transcendantal, les hommes qui comme Gratry, ont réduit en miettes la triste logomachie qu'on appelle la *Vie de Jésus*.

Il accuse le grand Oratorien d'« *une application puérile des mathématiques à la philosophie* », tout simplement parce que le Père Gratry a démonté, avec une clarté et une précision algébriques, l'échafaudage de sophismes que M. Renan en parfait hégélien a accumulé dans son livre, sous un air de franche bonhomie.

Quant à Lacordaire, c'est pour l'auteur de la *Vie de Jésus* une espèce d'halluciné, d'instrument creux et sonore « qui a voulu prouver la divinité du Christ par Mahomet et la bataille d'Austerlitz (*sic*) ».

L'évêque d'Orléans est un brave homme, mais qui n'y voit pas plus loin que..... ses préjugés. Quant à M. Le Hir, peut-être le plus grand hébraïsant du siècle, M. Renan n'ose pas dire qu'il ne sait rien..... Mais enfin..... mais cependant..... tout bien pesé..... on peut dire que..... il n'est pas du même avis que lui !

Ah ! cet excellent M. Le Hir, quel boulet pour l'exégète que l'on sait ! Pas moyen avec lui de jouer les grands rôles. Implacable statue du Commandeur, il connaît, celui-là, la science de son ancien élève.

Aussi, quel patelinage charmant, quand M. Renan parle de lui. Ce bon M. Le Hir, ce consciencieux M. Le Hir, ce savant M. Le Hir !

Car il ne faut pas s'y tromper, le procédé de l'auteur de la *Vie de Jésus*, pour jeter de la poudre aux yeux de cette phalange de naïfs qui achètent les livres et font les

réputations, est d'une simplicité enfantine. Molière s'en
est déjà servi dans une de ses plus célèbres comédies.

« Connaissez-vous le grec, l'hébreu, le syriaque, le
sanscrit, le bengali, etc.? » demande l'historien à son
public de mondains à demi lettrés, bien sûr de la
réponse négative.

« Ah! vous ne connaissez pas le grec, le syriaque, le
sanscrit, le bengali! Eh bien, tenez, en voilà! Ah! vous
ne savez pas le grec! »

Et le tour est joué.

Pendant ce temps-là, les éditions se succèdent, les
intelligences se corrompent, les cœurs s'endurcissent, les
âmes se troublent, et M. Renan continue avec sérénité
son œuvre de dissolution sacrilège.

Qu'il le veuille ou non, c'est ainsi. Il a beau répandre
sur les ruines qu'il entasse à plaisir la rosée de sa pleur-
nicherie sentimentale, le mal n'en est pas moins fait,
car larmoyer sur ses actions quand elles sont commises,
pour recommencer et larmoyer encore, est chose trop
facile pour ne pas mériter d'être justement flétrie.

Nous n'avons aucune animosité personnelle contre
M. Ernest Renan (nous verrons d'ailleurs tout à l'heure
qu'il faut distinguer entre différents personnages qui
vivent sous ce nom) ; la diatribe, l'injure, l'anathème ne
servent à rien dans l'état présent de nos mœurs intellectuelles ; du reste, nous avons la prétention de n'être
l'écho que de notre conscience, et notre conscience est
assez chargée pour ne point encore manquer à la
charité, même à l'égard de M. Renan. Ainsi donc, pas
de procès de tendance, mais la simple constatation des
faits. Nous voulons faire et nous faisons de la critique
expérimentale, rien de plus. Aussi, au nom des résultats,

disons-nous à M. Renan, avec tout le calme de la
certitude, que le livre sur lequel il a bâti sa réputation
est l'œuvre d'une légèreté cynique ou d'une insigne
mauvaise foi. Qu'il choisisse.

On a déjà insinué la chose au célèbre exégète avec toutes
les nuances, toutes les douceurs, toutes les atténuations,
tous les enguirlandements du style académique; il nous
plaît à nous de parler aujourd'hui une langue précise
pour dire au demi-dieu que la conscience humaine
l'oblige à se décider entre deux alternatives.

Ou il a traité en fantaisiste, en romancier, le plus
grand événement des temps passés, présents et futurs;
et alors il devait avertir le public que son livre n'était
qu'un *divertissement sacré;* ou il a fait œuvre d'historien : dans ce dernier cas, il entre dans la catégorie
des écrivains les plus dangereux, mais hélas! les plus
impunis, ceux qui s'attaquent à l'âme humaine !

Cependant, s'il lit ces lignes, M. Renan sourira de
pitié, et s'il daigne répondre (le dédain est ordinairement
son arme favorite), s'il daigne répondre, disons-nous, à
ce qu'il appellera probablement une crise d'épilepsie
ultramontaine, il se demandera comment il est possible
qu'en l'an de grâce hégélien 78 et en l'an 27 de la *Vie de
Jésus,* il puisse se trouver encore un plumitif assez.....
province, pour être capable d'aussi grossières confusions.

Comment lui, Renan, un falsificateur de textes, un
assembleur de nuées et d'équivoques? Quelle mauvaise
plaisanterie !

Il a seulement, de par la thèse, l'antithèse et la syn-

thèse, opéré quelques petits rapprochements utiles,
atténué quelques assertions trop hardies, dissous dans
une vaporeuse traduction quelques points de faits insi-
gnifiants, voilà tout !

Mais, crier au scandale pour si peu de chose, quelle
petitesse d'esprit, quelle pudibonderie de sacristie !
D'ailleurs, a-t-on oublié que l'« *Histoire est impossible si
l'on n'admet pas hautement pour la sincérité plusieurs
mesures* »?

Et l'admirable règle de Hegel : *Une assertion n'est
pas plus vraie qu'une assertion opposee*, doit-on encore
ne pas s'en souvenir?

Voilà ce que M. Renan nous répondrait si sa grandeur
ne le clouait au rivage.

Eh bien ! nous faisons appel à tous les gens qui se
piquent de posséder l'exercice régulier de leur raison
et nous leur demandons simplement, avec calme, de
quel nom il faut qualifier un pareil état d'esprit, s'il est
sincère, ou de quel mot il faut flétrir un semblable
système s'il est soutenu pour ériger en vérités inatta-
quables toutes les débauches d'un fanatisme antichrétien ?

Toutes ces choses, il faut les dire et l'on ne doit
point se lasser de les répéter, car, sous prétexte de
tolérance, on a organisé dans notre société contemporaine le règne de l'absurde et la conspiration du
sophisme.

Mais peut-être des hommes comme M. Renan sont-ils
nécessaires pour donner plus de prix à la Raison en

montrant à quels excès, à quel chaos on doit arriver lorsqu'on abandonne le principe régulateur de la vie intellectuelle.

Cependant, après avoir détruit tant de choses, M. Renan doit avoir édifié quelque part un complet et magnifique système de philosophie. Qu'a-t-il donc trouvé de digne de son génie pour remplacer les pompeuses sornettes d'un Christianisme caduc?

Ah! il a trouvé — d'ailleurs après les panthéistes de tous les temps — quelque chose de très ingénieux et de très vague qui s'appelle... « l'Universel Devenir ». Voyons un peu. Nous l'avons accusé d'être un parfait sophiste doublé d'un athée mystique. Quelle grossière erreur! nous répond-il.

— Je crois en Dieu!

— Mais quel est-il ce Dieu? Il doit avoir un nom?

— Je ne sais pas trop, soupire M. Renan, car il n'est pas encore *fini!*

— Ah! il se fabrique alors?

— Oui! Il n'était pas au début, il sera à l'arrivée. C'est l'*Universel Devenir!*

Et voilà. Tirez-vous de là comme vous pourrez. La Foi nouvelle se résume en ceci :

« Au commencement, il n'y avait *Rien;* à la fin, il y aura *Tout.* »

Et qu'on ne nous accuse pas de fantaisie, ou de manque de sérieux, nous ne faisons qu'exposer rigoureusement les conséquences de la pensée philosophique de M. Renan, dépouillée de tout l'attirail de ses équivoques et de ses captieuses réticences.

Puisque dans la *Revue des Deux-Mondes,* du 15 octobre 1863, M. Renan écrit : « ... Il y a une conscience

obscure de l'Univers qui tend à se faire, un secret ressort
qui pousse le possible à exister. Quand la chimie, au lieu
de quatre-vingts ans de progrès en aura cent milliers, qui
sait si l'homme ou tout être intelligent, n'arrivera pas à
connaître le dernier mot de la matière, la loi de la vie ?...
Qui sait si maître du secret de la vie, il n'en modifiera
pas les conditions ? Qui sait, en un mot, si la science
n'amènera pas le pouvoir infini ? L'Être, en possession
d'une pareille science et d'un tel pouvoir, sera vraiment
maître de l'Univers. *Dieu alors sera complet* si l'on fait
du mot Dieu le synonyme de la totale existence : en ce
sens même, Dieu sera plutôt qu'il n'est : Il est *in fieri* ;
c'est le mot de Hegel, *in werden,* il est en voie de se
faire... »

Ainsi donc, avec du *temps* et la *tendance au Progrès,*
M. Renan explique l'Univers sans s'apercevoir que là où
il n'y a *Rien,* le Temps, comme le Diable, perd ses droits
et est incapable de faire surgir du néant le moindre
atome, la plus humble molécule. C'est là ou jamais qu'il
faut dire que le « Temps ne fait rien à l'affaire ». Ainsi
donc, pour qui ne se paie pas de mots, le Temps ne
saurait être l'agent universel, n'étant qu'un rapport de
succession comme l'Espace lui-même n'est qu'un rapport
de coexistence. Quant à la tendance au Progrès, elle
est absolument incompréhensible si on ne lui donne pas
pour point de départ une *origine* quelconque, car le mot
Progrès, pour être concevable, implique l'existence
d'une virtualité indéfinie se développant *en acte* vers le
but idéal de la perfection.

Or, si l'Infini n'existe pas de toute éternité avec la
possession consciente, personnelle, absolue de ses attributs infinis, le mot Progrès est un non-sens puisqu'il

signifie précisément la marche ascensionnelle du *fini* vers le Parfait.

C'est pourquoi, malgré l'opinion de M. Renan, le Progrès implique trois conditions : l'existence du Parfait, celle de l'Imparfait et la tendance de l'Imparfait vers le Parfait.

En effet, pour que l'Imparfait existe, il faut que le Parfait existe d'abord et que l'un et l'autre soient ensuite d'une manière simultanée pour qu'il puisse y avoir *tendance* vers le Parfait, c'est-à-dire *Progrès*.

Le Parfait ne peut pas progresser, car il n'y a rien au delà de lui-même, vers quoi il puisse tendre.

D'un autre côté, l'Imparfait, le fini, ne peut se perfectionner sans avoir la virtualité du perfectionnement. Or, comment avoir cette puissance sans la tenir de l'Être absolu, de la Perfection infinie. Aussi le Progrès prouve-t-il, d'une façon mathématique, irréfutable, l'Existence du premier principe que nous appelons Dieu.

« Le Progrès illimité de l'Univers, nous dit un métaphysicien sublime bien qu'ignoré (1), ne se comprend qu'autant qu'il ait à sa base, au point de départ, comme derrière lui, une *virtualité vivante et effective*; une puissance, un acte capable éternellement de lui communiquer toutes les énergies destinées à se manifester par le développement et l'accroissement des êtres. En un mot, la perfectibilité indéfinie suppose rationnellement derrière elle le Parfait absolu. »

Maintenant, pour ce qui est du détail de la doctrine de M. Renan, on ne peut se figurer la simplicité de son mécanisme.

_____

(1) Pecqueur. (*Commentaire de la 46ᵉ triade des Druides.*)

Dieu était le *Néant;* mais un beau jour, ce *Néant*, s'ennuyant de n'être *Rien*, s'avisa de vouloir être quelque chose, puis de devenir *Tout.*

Dans ce but, il commença à s'agiter confusément (?), il se nébula, se gazéifia, se liquéfia, se minéralisa, se végétalisa, s'animalisa, s'humanisa, se divinisa.

Obtus dans le caillou, plus intelligent dans la plante, un peu plus spéculatif dans le polype, ce Néant qui devient Dieu, aboutit par les degrés successifs de la chaîne minérale, végétale et animale, à son plein épanouissement, c'est-à-dire au *divin*, dans l'homme personnifié par... M. Ernest Renan, car le Dieu en question ne prend conscience et personnalité qu'en devenant individu.

Voilà dans sa logique irréfutable, dans sa nécessité manifeste, le système du penseur sur le problème de la vie.

Et qu'on ne croie pas que nous déguisions les faits pour couvrir l'auteur de la *Vie de Jésus* d'un ridicule immérité. Notre conclusion s'impose et dans le fond et dans la forme.

Le Dieu Renan est la conséquence à la fois lamentable et comique du nouvel évangile régénérateur.

Nous mettons au défi qui que ce soit de nier la rigueur de cette conclusion, car elle est fatale, puisque dans ses *Souvenirs d'enfance et de jeunesse*, M. Renan nous dit : « *Désormais je n'apprendrai plus grand'chose, je vois bien à peu près ce que l'esprit humain, au moment actuel de son développement, peut apercevoir de vérité.* »

On n'est pas plus modeste.

Est-ce clair, oui ou non?

Le système de « l'Universel Devenir » est-il ou n'est-il pas tel que nous venons de l'indiquer?

Dieu qui se *fait* atteint-il seulement dans l'homme son développement de conscience, sa Divinité actuelle?

Si, oui, quel est l'homme qui a jamais osé dire comme M. Renan, qu' « *il n'apprendra plus grand'chose et qu'il voit ce que l'esprit humain peut aujourd'hui apercevoir de vérité* »?

Or, si M. Renan seul a dit cela, et que cela soit vrai, M. Renan est Dieu.

C'est ce que nous voulions démontrer.

Cette merveilleuse synthèse a un nom; elle est, du reste, aussi vieille que l'Erreur. De nos jours elle a eu de nombreux partisans, de célèbres apôtres, les Saint-Simon, les Stirner, les Feuerbach, les Proudhon, les Fourier, etc.

Elle se nomme l'idolâtrie humanitaire et aboutit à l'égoïsme dogmatique, à la fameuse maxime : *Homo sibi Deus.*

M. Renan n'a donc rien inventé.

Mais hélas! si, avec les meilleures intentions du monde, il a voulu déniaiser ses contemporains, il n'a réussi qu'à répandre dans un certain public la triste semence du doute et de l'irréligion.

L'auteur de la *Vie de Jésus* appartient à cette classe de philosophes qui s'imaginent avoir expliqué un ou plusieurs faits parce qu'ils leur ont donné des noms.

Ainsi, que signifie ce fameux *Stimulus* de M. Renan, cet instinct mystérieux (?) qui pousse tout au progrès?

Cette trouvaille est-elle plus compréhensible que la foi en une Intelligence créatrice et conservatrice de son œuvre?

Est-on bien plus avancé après toute cette logomachie? Ce *Stimulus* ressemble furieusement, d'ailleurs, à la *vertu dormitive* de l'opium de l'immortel Poquelin.

Non content de diriger ses coups contre les dogmes de la religion révélée, M. Renan s'est encore donné la satisfaction de nier l'existence de l'âme et cela au moyen d'une de ces comparaisons poétiques où il excelle.

Heureusement qu'il n'appartient pas plus à l'auteur de la *Vie de Jésus* de détruire le Christianisme qu'il ne lui est permis d'anéantir l'âme humaine fût-ce par la vertu de ses plus séduisantes métaphores.

L'âme pour M. Renan, au moins dans une de ses heures de fantaisie transcendante, n'est que la résultante du jeu des organes, l'harmonie du corps. Selon lui le corps peut être comparé à une lyre et l'âme à la musique qu'elle produit, au son qui s'en exhale.

La lyre détruite, l'harmonie disparaît; le corps dissous, l'âme n'existe plus.

Au premier abord cette comparaison semble ingénieuse : à la réflexion elle n'est que puérile.

En effet, peut-on admettre une *harmonie* en lutte avec les cordes mêmes dont elle n'est que la résonnance? Car l'âme est souvent en lutte, en opposition, en antagonisme violent avec le corps; cela n'est pas douteux, bien plus, c'est un fait d'expérience quotidienne.

Conçoit-on alors un combat de l'harmonie contre la lyre? N'est-ce pas chose contradictoire? Mais soit! Nous avons l'instrument et la musique; on n'a oublié que le musicien ! Oui, le corps est une lyre. Où est le chanteur?

Je chante par ma lyre un chant que je ne produirais pas sans elle; mais le produirait-elle sans moi?

Ma lyre brisée, je ne ferai plus entendre ce chant; peut-être en ferai-je entendre d'autres sur d'autres lyres. Ma vie consciente ne serait pas ce qu'elle est sans le corps qui me provoque à sentir, à penser, à vouloir dans telles conditions, à prendre conscience de moi-même sous telle forme, non sous d'autre; il sollicite, il détermine, si l'on veut, et dans tous les cas il circonscrit, il borne, il mesure l'exercice de mon activité; il ne la crée pas. Il ne me produit pas, il me permet de me produire.

C'est ainsi que le philosophe Alaux refute la fantaisie métaphysique de l'harmonieux tueur d'âmes. Il nous semble inutile de rien ajouter à cette impitoyable dialectique, car après une analyse de cette rigueur, M. Renan n'a plus qu'à emporter sa lyre pour s'en servir dans une meilleure occasion, c'est-à-dire devant un public qui se contente d'à peu près sans demander autre chose.

Voilà un nouvel exemple de l'assertionalisme chronique dont est atteint M. Renan.

Une idée traverse-t-elle son esprit, pour peu que cette idée lui paraisse susceptible de produire un *effet* il s'en empare, la frappe au coin de sa charmante originalité et de la sorte estampillée cette idée fait son chemin, vraie ou fausse, féconde ou dangereuse, peu importe : les artistes s'occupent bien de ces détails !

Ainsi donc l'auteur de la *Vie de Jésus* va de par le monde, qu'il trouve très drôle, paraît-il, dogmatisant à tort et à travers, rencontrant, tantôt l'erreur, tantôt la vérité, niant aujourd'hui l'existence du Dieu vivant et personnel, la réalité de l'âme, écrivant demain des pages magistrales et troublantes sur le Divin et l'âme humaine ; tantôt considérant le Christ comme « un naïf villageois un peu sophiste (page 345)... avec des argumentations insipides ou très faibles... aux vues duquel se mêlent bien des ténèbres (p. 120)... dont les affirmations perpétuelles de lui-même ont quelque chose de fastidieux (p. 344)... et dont il est probable qu'on a dissimulé beaucoup de fautes (p. 458) » ; puis disant ensuite à Jésus : « Repose maintenant dans ta gloire, noble initiateur... Ton œuvre est achevée, ta divinité est fondée. Désormais tu assisteras du haut de la paix divine aux conséquences infinies de tes actes...

» Pour des milliers d'années le monde va relever de toi... Mille fois plus vivant, mille fois plus aimé depuis ta mort que durant les jours de ton passage ici-bas, tu deviendras à tel point la pierre angulaire de l'Humanité, *qu'arracher ton nom de ce monde serait l'ébranler jusqu'aux fondements.* Entre toi et Dieu on ne distinguera plus. Pleinement vainqueur de la mort, prends possession de ton royaume où te suivront, par la voie royale que tu as tracée, des siècles d'adorateurs. »

Peut-on rêver un plus incroyable mélange de réticences et de lyrisme, de petitesse et de grandeur ?

Mais des passages comme celui que nous venons de citer sont à l'actif de M. Renan ; ils montrent jusqu'à quel point peuvent se combiner chez l'historien de Jésus l'esprit de secte et les élans que l'incomparable physionomie du Christ fait jaillir de son âme dans les courts instants de sincérité.

Douloureuses alternatives de négation et d'enthousiasme, d'incohérence et de beauté.

Mais, enfin, quel est donc l'avantage pratique, palpable, éclatant, décisif, de tous ces songes creux où la folie le dispute à la mauvaise foi et l'ignorance à l'orgueil ? Qu'on réponde !

En attendant, que M. Renan nous permette de lui remettre en mémoire l'éloquente et admirable apostrophe de Rousseau, stigmatisant à jamais tous les faiseurs de systèmes que le temps emporte dans la région des chimères oubliées.

« Fuyez ceux qui, sous prétexte d'expliquer la nature, sèment dans le cœur des hommes de désolantes doctrines, et dont le scepticisme apparent est cent fois plus affirmatif et plus dogmatique que le ton décidé de leurs adversaires. Sous le hautain prétexte qu'eux seuls sont éclairés, vrais, de bonne foi, ils nous soumettent impérieusement à leurs décisions tranchantes, et prétendent nous donner pour les vrais principes des choses, les inintelligibles systemes qu'ils ont bâtis dans leur imagination.

» Du reste renversant, détruisant, foulant aux pieds tout ce que les hommes respectent, ils ôtent aux affligés la dernière consolation de leur misère, aux puissants et aux riches le seul frein de leurs passions ; ils arrachent du fond des cœurs les remords du crime, l'espoir de la vertu, et se vantent encore d'être les bienfaiteurs du genre humain.

» Jamais, disent-ils, la vérité n'est nuisible aux hommes. Je le crois comme eux, et c'est à mon avis une grande preuve que ce qu'ils enseignent n'est pas la vérité (1) ! »

_____

(1) *Vicaire savoyard.* (Œuvres de J.-J. Rousseau.)

Eh bien! malgré tout le mal que M. Renan a fait, fait encore et fera à une multitude d'intelligences incapables de se défendre par elles-mêmes, et de distinguer le sophisme captieux de la Vérité sainte, l'auteur de la *Vie de Jésus* est gai, de belle humeur, et perpétuellement satisfait.

Notre éminent confrère, M. Jules Lemaître, a déjà, dans une magistrale étude sur le Roi de l'équivoque, montré le contraste de cette cynique folichonnerie et de cette œuvre profondément malsaine et dissolvante.

Si M. Renan se trouve drôle, qu'il rie donc, mais nous croyons qu'il rira seul!

Dans ses heures de liesse intellectuelle et de détente physique, l'auteur de la *Vie de Jésus* quitte le monde des idées pour s'ébattre dans celui moins chimérique de la sensualité.

Le vieil Arouet avait écrit la *Pucelle* et *Candide*, M. Renan s'est offert l'*Abbesse de Jouarre*, qui ne le cède en rien comme croustillant métaphysique aux plus franches gaillardises de M. Armand Silvestre.

Le féminisme latent de l'illustre académicien a abouti, de guerre lasse, à l'apologie pure et simple de la sensualité au seuil même de cette majesté austère et formidable... la Mort!

Devons-nous insister sur le divertissement... sadique d'un esprit en pleine dissolution et nous attarder à des niaiseries? Non certainement.

M. Renan s'amuse, laissons-le s'amuser. Il serait cruel de le déranger dans des occupations aussi graves, au milieu

de spectacles qui stimulent son activité virile et rafraî-
chissent son cerveau de Titan où germent les secrets du
monde.

Dire que l'*Abbesse de Jouarre* est encore un livre
faux, un livre à thèse puérile, chercher à le prouver avec
la dernière rigueur serait aujourd'hui une superfétation,
car le plus vulgaire bon sens ne peut hésiter sur la valeur
du *divertissement rabelaisien* de M. Renan. Tout ce
qui porte un nom dans la critique a d'ailleurs fait justice
de cette étrange et basse théorie qui voudrait ériger la
bestialité en suprême raison de la vie humaine.

En effet, selon l'historien de Jésus, la certitude de la
fin de notre planète suffirait au débordement universel
et soudain des appétits génésiques, c'est-à-dire de notre
retour à la pure animalité, l'état parfait par excellence.

Le respect humain, des conventions absurdes, la
tyrannie d'habitudes ataviques, la mutilation artificielle
de nos instincts, constituent uniquement, d'après
M. Renan, ce qu'on appelle pudeur ou vertu.

Frein stupide, continence criminelle, ridicules exigences
de la société, s'écrie l'inventeur de l'*Abbesse de Jouarre*.
L'Amour et la Mort sont les deux extrêmes de la Vie.
L'un et l'autre de ces deux termes doivent se confondre
et s'absorber; par conséquent, le moment de la mort
est de toute rigueur le mieux choisi et le plus favorable
pour faire... l'amour, puisqu'il faut à la fin désigner
les choses par leurs noms.

Voyez ses héros, Julie et d'Argy : le couperet fatal va
tout à l'heure les jeter dans l'Éternité, que font-ils ?
L'âme envahie par la solennité du terrible inconnu, se
recueillent-ils en se recommandant à l'Auteur de toutes
choses? Quelle naïveté! Elle, la femme chaste, réservée,

pudique, résumant toute une suite de générations imbues de préjugés indéracinables, l'*Abbesse de Jouarre* enfin, sans souci de l'heure formidable qui s'avance, stimulée, au contraire, par la pensée de la mort (en tout cas, singulier et nouvel aphrodisiaque), se donne tout entière à l'homme qu'elle repoussait durant la vie, mais dont, un pied dans la tombe, elle veut l'étreinte suprême.

Lui, le mâle, ne songe qu'à la possession de la femme, à l'assouvissement rapide et sans pensée, à l'union sans lendemain. Voilà le vrai ! nous dit M. Renan. Ces gens-là sont les sages ; ils ont compris que la mort excuse tout, légitime tout, sanctifie tout. Hors de la minute de volupté, ils n'ont vu que le néant. Ceux-là ne se trompent point, ils ont la science de la vie, la seule, la véritable science qui est l'Amour !

Faut-il rire ou faut-il discuter ?

Voilà cependant où l'on arrive de chute en chute et de sophisme en sophisme. *Abyssus abyssum invocat.*

Convenons, en tous cas, que si, selon le trait charmant d'Alphonse Daudet, « le cerveau de M. Renan est une cathédrale désaffectée », cette cathédrale est en train de se métamorphoser en boudoir.

Hélas ! trois fois hélas ! Le mot du criminaliste serait-il vrai, toujours..... même pour les membres de l'Institut blanchis sous la neige des ans, ce mot presque banal à force d'être répété :

« Cherchez la femme » ?

Il est pourtant lamentable que de telles billevesées émanent d'un esprit que l'on s'obstine à considérer par apathie, par ignorance ou par engouement, comme la gloire intellectuelle de la France contemporaine.

La faculté critique est décidément bien affaiblie parmi nous pour que la personnalité d'un sophiste tel que M. Renan tienne encore une si grande place chez un certain public, nous ne parlons pas des complices ou des mystifiés.

Mais à l'encontre de la règle commune, et du proverbe qui engage les prophètes à passer la frontière, M. Renan n'est pris au sérieux que chez lui. A l'étranger il jouit très justement d'une notoriété peu enviable. On le classe généralement dans une catégorie à part; prestidigitateur émérite, il représente quelque chose tenant le juste milieu entre Donato et le professeur Hermann. C'est beaucoup pour un physicien, peu pour un philosophe. D'ailleurs si l'on nous trouvait discourtois nous pourrions nous abriter derrière M. Sarcey dont l'irrévérence a dépassé toutes les bornes lorsqu'il a lâché sa fameuse épithète de « fumiste » d'épouvantable mémoire.

Laissons donc dans leur cellule l'Abbesse de Jouarre et son consolateur... *in extremis*, et voyons en fin de compte en quoi peut bien consister la gloire intellectuelle que le vagabondage pseudo-scientifique et les sophismes de M. Ernest Renan ont donnée à la pensée française que quelques enragés voudraient restreindre à la sienne propre.

Nous croyons pouvoir affirmer que jusqu'à... l'*Abbesse de Jouarre* inclusivement, l'auteur de la *Vie de Jésus* n'a rien ajouté de sérieux au patrimoine de l'esprit français.

Son existence de penseur, d'écrivain et de moraliste (?) n'a été selon ses propres expressions qu' « une charmante promenade à travers la Réalité (1) ».

---

(1) *Souvenirs d'enfance et de jeunesse*, p. 378, Calmann Lévy.

Disons en outre que semblable à celles des renards bretons avec lesquels M. Renan paraît avoir des affinites, cette promenade a surtout consiste à brouiller les voies, à compliquer les labyrinthes, à enchevêtrer les lacis, sans que cette excursion superficielle ait produit autre chose que le dilettantisme vague, l'extravagance et le chaos.

Par ses volte-faces et ses contradictions, essence même de la sophistique, l'auteur de la *Vie de Jésus* a pu paraître incompréhensible; d'indechiffrable, il est devenu profond, car telle est la légèreté de notre esprit moderne qu'instinctivement nous sommes portés à nous arrêter à des nuages dont l'épaisseur et la continuité finissent par nous faire oublier la lumiere.

C'est ainsi que des hommes tels que l'auteur de l'*Abbesse de Jouarre* arrivent à accaparer la faveur publique par la magie d'une virtuosité incontestable, mais d'une virtuosité qui masque des semblants de science et des semblants de philosophie.

Cependant prouver que M. Renan est un sophiste serait perdre son temps puisque lui-même en convient de la meilleure grâce du monde et le crie au besoin sur les toits.

En effet, si l'on se reporte à l'un des plus curieux chapitres de ses *Souvenirs d'enfance et de jeunesse*, on peut lire les lignes suivantes qu'il nous paraît opportun de citer ici : « Au fond, quand je m'étudie, j'ai en effet » très peu changé, nous dit le celèbre exégète; le sort » m'avait en quelque sorte rivé des l'enfance a la fonction » que je devais accomplir. J'étais fait en arrivant à » Paris; avant de quitter la Bretagne ma vie était écrite » d'avance. Bon gré mal gré, et nonobstant tous mes » efforts consciencieux en sens contraire, j'etais prédes- » tiné à être ce que je suis, un romantique protestant

» contre le romantisme, un utopiste prêchant en poli-
» tique le terre-à-terre, un idéaliste se donnant inutile-
» ment beaucoup de mal pour paraître bourgeois, un
» *tissu de contradictions rappelant l'hircocerf de la*
» *scholastique qui avait deux natures. Une de mes*
» *moitiés devait être occupée à démolir l'autre comme*
» *cet animal fabuleux de Ctésias qui se mangeait les*
» *pattes sans s'en douter.* »

Le morceau est véritablement exquis, et nous doutons
qu'aucun critique de M. Renan (car tout le monde s'est
offert un éreintement ou une apologie de ce singulier
personnage) se soit montré aussi juste et aussi sévère à
son égard que le sont ces lignes absolument typiques.

Oui, toute la vie de M. Renan a été un inutile,
nébuleux et subtil dialogue entre son égoïsme et sa
prodigieuse infatuation. Établir le bilan de ses palinodies
est impossible, puisque la contradiction est le principe
même de sa vie intellectuelle.

Il l'écrit, il le prouve, il le répète à chaque page de
son œuvre; et il s'est rencontré des critiques pour le
prendre au sérieux, des critiques que cette attitude
insaisissable a profondément déconcertés.

Il était si facile pourtant de se placer au véritable point
de vue pour déchiffrer les hiéroglyphes de ce sphinx de
contrebande. La règle de la sophistique, c'est-à-dire la
raison renversée, pouvait seule donner l'explication de
ce monstre dans l'ordre de l'esprit, qui, comme le disait
si exactement l'abbé Gratry, se rattache cependant à
l'intelligence humaine par certains points de contact, tout
comme dans l'ordre physique le monstre proprement
dit se rattache au type normal et primitif par quelque
analogie de structure ou quelque conformité de fonctions.

M. Ernest Renan est donc un des plus précieux
ornements de l'école hégélienne qui n'admet rien au-
dessus du rythme trinaire de la thèse, de l'antithèse
et de la synthèse. Ses sectateurs sont les descendants
directs de ces célèbres histrions de dialectique qui par-
couraient les rues d'Athènes et les cités du Péloponèse
en offrant de prouver aux badauds rassemblés l'identité
des contraires, de la nuit et du jour, de la vie et de la
mort, c'est-à-dire l'absurde palpable et éclatant. Socrate
et Platon firent justice de ces bateleurs de la pensée;
qui donc aujourd'hui nous debarrassera des sophistes
ressuscités ?

M. Renan et ses amis ont donc édifié un système de
palingenésie universelle d'où, sans rire, ils font dater
l'existence de la Raison.

C'est l'histoire des fous cherchant à enfermer leurs
gardiens sous prétexte qu'ils sont frappés d'aliénation
mentale.

Et sur ces bases de l'absurde, qu'on l'entende bien, de
l'absurde manifeste, des hommes (nos contemporains)
ont à force de souplesse, de prestiges et d'équivoques,
entraîné pour un temps l'intelligence française hors
des voies supérieures de la Raison, et cela sous prétexte de rationalisme pur. Ils ont fait de l'Histoire
un véritable miroir devant lequel, nouveaux Narcisses,
ils s'abiment dans la contemplation exclusive de leur
moi.

Mais cette éphémère suprématie touche à sa fin par
une loi éternelle des choses, celle du rythme alternatif de
l'ombre et de la lumière. Simple accident de la pensée,
leur règne n'aura fait que retarder le progrès de l'esprit
vers son centre de convergence que nous autres appelons

Dieu ; non pas le Dieu Néant, conception de cerveaux en délire, mais le Dieu Intelligence et Force éternelle, Toute-Puissance créatrice, Bonté infinie, Beauté suprême et splendide Vérité.

Voilà quelle aura été leur œuvre de néant. Mais peut-être est-il nécessaire qu'à certaines époques de trouble, le bien moral, c'est-à-dire la foi dans les vérités de sentiment, se fortifie au spectacle douloureux de ces intelligences où l'orgueil et le mépris des bornes nécessaires ont produit de si irréparables catastrophes.

« Désormais je n'apprendrai plus grand'chose, s'écrie M. Renan au faîte de la vanité, je vois bien à peu près ce que l'esprit humain peut apercevoir de vérité au moment actuel de son développement. Je serais désolé de traverser une de ces périodes d'affaiblissement où l'homme qui a eu de la force et de la vertu n'est plus que l'ombre et la ruine de lui-même et souvent, à la grande joie des sots, s'occupe à détruire la vie qu'il avait si laborieusement édifiée. Une telle vieillesse est le pire don que les dieux puissent faire à l'homme. Si un tel sort m'était réservé, je proteste d'avance contre les faiblesses qu'un cerveau ramolli pourrait me faire dire ou signer. »

Méditons ces paroles à la fois prudentes et prophétiques et demandons-nous après examen scrupuleux à quel Renan déterminé, à quelle nature de l'*hü cocerf*, nous devons attribuer une œuvre comme l'*Abbesse de Jouarre*, par exemple. Est-ce à M. Renan sain d'esprit et de corps ainsi qu'il se juge en 1884? Ou bien est-ce à M. Renan... de 1886?

Le lecteur choisira, il serait peu charitable d'influencer sa décision.

Si nous nous arrêtions là, on serait en droit de nous accuser de partialité, et l'injustice nous répugne.

D'ailleurs il serait puéril de dire que rien dans l'œuvre de M. Renan ne mérite l'attention, que rien n'explique le prodigieux engouement dont il bénéficie du reste dans une large mesure.

Si comme historien (?), exégète (?), philosophe (?), moraliste (?), l'auteur de la *Vie de Jésus* n'a aucune des qualités qui commandent le respect et forcent la sympathie, il faut reconnaître que sa personnalité littéraire est assez curieuse, nous dirions même assez attachante, car M. Renan possède à un degré peu ordinaire la magie de la forme et l'ensorcellement du procédé.

Sans se pâmer devant sa manière d'écrire, que volontiers l'on qualifie d'incomparable, il faut accorder à son style une originalité et une saveur très personnelles. En effet, si beaucoup de gens écrivent aussi bien et mieux que lui, personne n'écrit comme lui, car il a le don de diluer, de diaphanéiser, de volatiliser sa pensée au point de la rendre insaisissable.

Son style flottant, diffus, nuageux, plein de demilueurs, plaît beaucoup aux esprits indécis qui dans ses œuvres trouvent absolument tout ce qu'ils veulent. Il n'y a aucune structure, aucune anatomie, aucune homogénéité dans le style de M. Renan; on n'y rencontre que des fluidités, jamais rien de ferme, de précis et de net. Enfin on peut dire que le contour de sa pensée est aussi *flou* que celui de sa phrase.

Quoi d'étonnant d'ailleurs à ce que la forme reflète exactement le vague du fond. Comment peut-on s'attendre à quelque virilité dans le talent expressif de cet écrivain lorsque toute son argumentation se résume en quelques formules dubitatives ou négatives habilement exploitées par une intelligence fertile en métamorphoses incessantes, quand toute une doctrine (?) repose sur des bases aussi solides que les principes suivants : « Que sais-je?... Peut-être... Il est possible... Je doute que... On est porté à croire... Qui oserait dire?... Il se pourrait que... Probablement..., etc., etc. ! Il faudrait être vraiment d'une insupportable exigence pour demander à son vulgarisateur autre chose que des *à peu près*. Voilà le mot. M. Renan possède comme pas un la recette d'accommoder les *à peu près* au goût des lecteurs d'une certaine culture.

Il sait mêler dans d'agréables proportions le genre idyllique au genre pompeux, le style noble au familier, l'ironie à la tendresse, l'églogue à l'histoire, la pastorale à l'exégèse, la négation à l'affirmation ; en un mot on trouve dans ses œuvres ce qu'on ne rencontre pas partout ; qu'on nous passe la vulgarité du terme, on y trouve à boire et à manger.

Êtes-vous sentimental ? Il est des pages de M. Renan, capiteuses, parfumées, qui vous griseront comme une flore de forêt vierge. Êtes-vous religieux, mystique ? tels autres passages de l'enchanteur feront couler dans vos veines le goût de l'extase et la saveur extrahumaine de la béatitude.

Aimez-vous l'ivresse du haschisch, la stupeur delicieuse de la morphine ? Le magicien vous donnera toutes ces sensations et d'autres encore. Il endormira votre pensée dans une langoureuse somnolence, et, si vous ne vous raidissez pas contre le charme, vous écouterez avec une torpeur invincible ces harmonies sans thème, ces variations désordonnées, comme on écoute sans comprendre les andantes, les allegros, les fugues d'une orchestration qu'on serait incapable de définir. Mais c'est de la musique! et l'harmonie est là qui chante, qui pleure, qui caresse, qui trouble, sans autre résultat que de laisser l'âme en un vague voluptueux et malsain.

Tel le style de M. Renan : il enlace, il séduit, il effemine ; mais veule, sans grandeur, sans puissance, il ne laisse rien de substantiel après lui.

Lorsque le charme cesse et que la réalité nous ressaisit de nouveau, cette volupté se change en lassitude, cette extase en langueur et de tous ces sortilèges il ne reste plus que le vide, le vide effrayant que l'écrivain a pu masquer sous un tapis de fleurs exquises, mais dont la profondeur sombre est encore plus terrifiante après quelques instants d'oubli.

Artiste! oh! M. Renan l'est plus que personne, si l'on fait consister l'art dans la curiosité vaine et le dilettantisme infécond.

Quelquefois une page sonore vient rompre la monotonie de l'ensemble; mais le souffle est fugitif, l'haleine est courte, l'éclair a brillé, puis la lumière a disparu et nous voilà retombés dans la nuit. — Non point dans une nuit obscure où l'œil ne peut percer l'épaisseur des ténèbres, — mais dans une espèce de demi-jour crépusculaire où les formes se dessinent à peine, où il est impossible de distinguer dans la pénombre et le clair-obscur les fantômes des réalités.

On prétend que M. Renan est dans tous ses écrits d'une absolue sincérité. Nous voulons bien le croire, mais c'est tant mieux et c'est tant pis. Tant mieux parce

qu'il répugne de penser qu'une intelligence telle que la
sienne puisse ou ait pu s'abaisser jusqu'à l'erreur
consciente ; tant pis, car si l'auteur de la *Vie de Jésus*
n'a jamais écrit un mot qu'il ne pensât être vrai, tout
porte à croire qu'il ne rétractera jamais les inexactitudes
si profondément regrettables, dont ses œuvres sont
remplies.

Nous ne sommes pas de ceux qui font rôtir dans l'autre
monde les hommes qui ne pensent point comme nous
dans celui-ci.

C'est un procédé discourtois... d'abord, puis trop expé-
ditif pour valoir quelque chose.

D'ailleurs M. Renan peut posséder avec tous ses
autres avantages celui d'être incombustible, ce qui, le
cas échéant, serait sa meilleure vengeance.

Il ne brûlerait pas !

Nous voyons d'ici la tête des dévots.

Non, M. Renan ne doit être maudit par personne, pas
plus que les animaux malfaisants en apparence, car dans
la vie, chacun remplit son rôle et sert à un but évident
ou caché. Si jusqu'ici on n'a point encore deviné l'utilité
des sauterelles, des crocodiles, des vampires, etc., on
finira, soyez-en sûr, par reconnaître que ces animaux et
beaucoup d'autres encore, honnis ou méprisés, sont
d'une nécessité absolue dans le grand laboratoire de la
vie universelle.

Aussi puisque dans la Création il n'y a pas un grain
de sable de trop, pourquoi M. Renan ne serait-il pas utile
à ses semblables ?

Il s'agit uniquement de découvrir à quoi il a été destiné,
et quel bénéfice peut tirer de lui la société contemporaine.

Nous allons le voir.

La vérité est souvent une grande coquette; comme une jolie femme elle a quelquefois besoin d'un repoussoir pour faire valoir ses charmes.

Qu'en conclure ? Que nous comparons l'auteur de la *Vie de Jésus* à une vieille duègne édentée et cacochyme ? Dieu nous en garde.

Nous voulons dire seulement qu'au sortir de son œuvre de perpétuelle hésitation et de perpétuelle ambiguité, on éprouve une soif immense de certitude et de lumière, on apprécie à leur incomparable valeur la clarté resplendissante de la Raison et la sérénité magnifique de la Foi !

C'est un service dont il faut tenir grand compte à M. Ernest Renan.

Nous avons tout à l'heure, dans cette esquisse du rôle de M. Renan, au dix-neuvieme siècle, indiqué un rapprochement que sa dernière fantaisie littéraire pouvait autoriser entre Voltaire et lui.

Peut-être n'est-il pas inopportun d'en préciser les termes et de noter les similitudes et les différences qui caractérisent l'hôte de Ferney et le personnage protéiforme dont il s'agit ici.

Il est incontestable que l'auteur de la *Vie de Jésus* s'imagine le plus naturellement du monde tenir à notre époque le sceptre de la spéculation et exercer sur les intelligences une royauté sans partage.

Pareil à ces dieux hindous dont la seule activité consiste à se contempler le nombril, M. Ernest Renan s'abîme de plus en plus dans l'adoration du *lui*, son objectif exclusif et sacré.

Ceci n'est un mystère pour personne. Du reste, s'il

était permis de concevoir des doutes sur l'autolâtrie de
M. Renan, il suffirait de rappeler qu'il est l'homme qui a
le plus... usé du *moi* et du *je,* ces pronoms personnels,
selon Pascal si haïssables et. ajoutons-le sans crainte, si
fatigants pour les autres.

L'auteur de la *Vie de Jésus* est donc le type de
l'égoïsme le plus naïvement majestueux.

Si par hasard, il arrivait à M. Renan de vouloir dans
un moment lucide rentrer dans l'humanité ordinaire et
dépouiller un peu le demi-dieu, les prêtres de son culte,
ses thuriféraires et ses fidèles ne le supporteraient point,
car il faut à cette légion d'indécis et de sceptiques,
l'apothéose permanente du Roi de l'indécision et de
l'ironie dédaigneuse.

Nous avons eu le dieu Voltaire et nous avons le dieu
Renan.

Le second a sa cour, comme le premier eut la sienne.
La mise en scène est identique, ces deux grands hommes
ne diffèrent que par le procédé.

Voltaire a sapé l'édifice de son temps au nom du bon
sens et de la *Raison.*

M. Renan a désorganisé une partie de la société
contemporaine par l'*Absurde* et en son nom.

Voltaire a d'une main sacrilège secoué sur son gibet
l'immortel et divin Crucifié.

M. Renan s'est contenté de l'adorer et..... de lui
cracher au visage.

Déiste ardent, Voltaire est mort en affirmant la Création et la Liberté humaine.

Athée sentimental, M. Renan mourra en proclamant
le Néant et la Fatalité.

Voilà les caractères essentiels qui les séparent. Mais

ce qui les unit, c'est un immense orgueil et une impiété systematique.

L'un est violent, l'autre doucereux ; l'un brise et l'autre caresse.

Celui-ci, c'est le centurion qui flagelle le Christ au prétoire.

Celui-là, c'est le Pharisien qui fléchit le genou et lui distille son injure.

La postérité absoudra peut-être Voltaire, que fera-t-elle de M. Renan ?

Achevé d'imprimer

le vingt-deux février mil huit cent quatre-vingt-dix

PAR

A. BELLIER & C¹ᵉ

16 — RUE GABIROL — 16

BORDEAUX

MÊME LIBRAIRIE

Envói **franco** contre mandat ou timbres-poste

BEAUX VOLUMES IN-18 JÉSUS, BROCHÉS

Bordeaux. — Imprimerie Nouvelle A. BELLIER & Cie, 16, rue Cabirol

www.ingramcontent.com/pod-product-compliance
Lightning Source LLC
Chambersburg PA
CBHW070315030726
47505CB00004B/993